Ruth Rendell

Durch das Tor zum Himmlischen Frieden

Deutsch
von Edith Walter

rororo

Rowohlt

rororo thriller
Herausgegeben von Bernd Jost

Ungekürzte Ausgabe
Veröffentlicht im Rowohlt Taschenbuch Verlag GmbH,
Reinbek bei Hamburg, März 1995

Umschlaggestaltung Susanne Müller
(Foto: Gluske / Imagine Fotoagentur GmbH)
Die Originalausgabe erschien bei
Hutchinson Publishing Group, London,
unter dem Titel «The Speaker of Mandarin»

Satz Excelsior (Linotronic 500)
Gesamtherstellung Clausen & Bosse, Leck
Printed in Germany
1490-ISBN 3 499 33115 2

Die Hauptpersonen

Adam Knighton Adela Knighton	ahnen nicht, daß sie auf ihrer Chinareise der Vergangenheit und dem Tod begegnen.
Milborough Ingram Pandora Ingram	sind auf Weltreise. Mutter und Tochter haben zwingende Gründe, diese Reise in London zu beenden.
Cyril Baumann Lilian Baumann Margery Baumann	sind Zaungäste einer Tragödie.
Mr. Purbank Mr. Vinald	treffen zufällig zusammen und geraten beide in Verdacht.
Roderick Knighton Colum Knighton Julian Knighton	trauern um ihre Mutter.
Jennifer Norris-Knighton Angus Norris	halten Mord für ein klassenspezifisches Ereignis.

Sung Lao Zhong T'chung Bei ling	sind von unbarmherziger Liebenswürdigkeit.
Hsia Yu-seng	will eine Nachricht übermitteln lassen und löst eine Katastrophe aus.
Henry Chipstead Silver Perry	sind zwei Verbrecher, die noch an Gangsterehre glauben.
Thomas Bingley	sieht beim Wildern einen Mörder.
Chief Inspector Reginald Wexford	ist ein nüchterner Mann und hat Halluzinationen.
Detective Inspector Burden	bedauert die Abschaffung der Todesstrafe.

Teil 1

1

Der vollständig erhaltene Leichnam der Frau, die man die Marquise von Tai nennt, lag etwa einen Meter tiefer auf der unteren Plattform in einem Glaskasten. Sie war, als sie vor etwas mehr als zweitausend Jahren starb, ungefähr fünfzig Jahre alt gewesen. Ein weißes Hemd bedeckte ihren dünnen fünfundsiebzig Pfund schweren Körper vom Hals bis zu den Oberschenkeln. Ihre Beine waren von einem fischähnlichen rötlichen Weiß und von Streifen entstellt, ihr rechter Arm durch einen schlecht verheilten Bruch ziemlich stark verkürzt. Ihr Gesicht war weiß, aufgedunsen, das Nasenbein eingedrückt, und aus dem offenen Mund quoll die Zunge heraus. Das ganze Gesicht war so qualvoll verzerrt, als sei sie erwürgt worden.

Das war jedoch nicht der Fall. Im broschierten Museumsführer stand, und Mr. Sung hatte es bestätigt, daß die Marquise an Tuberkulose und an einer Erkrankung der

Gallenblase gelitten hatte. Kurz bevor sie an einem Herzanfall gestorben war, hatte sie hundertzwanzig Kerne der Wassermelone gegessen.

«Sie hatte Myokaldinfalkt, wissen Sie», sagte Mr. Sung, die Museumsbroschüre aus dem Gedächtnis zitierend, wie es seine Gewohnheit war. «Sie wal sehl klank, wissen Sie, schlechtes Helz, innen ganz schlimm. Wil wollen gehen.»

Sie schlenderten weiter, um durch eine zweite Öffnung die Innenorgane und die dura mater der Marquise zu betrachten, die in Flaschen mit Formaldehyd schwammen. Fragend blickte Mr. Sung seinem Begleiter ins Gesicht und hoffte vielleicht, dort Anzeichen von Übelkeit oder Bestürzung zu entdecken. Doch die Miene des anderen blieb genauso unergründlich wie die seine. Mr. Sung seufzte leicht auf.

«Wil wollen gehen.»

«Ich wünschte, Sie würden das nicht ununterbrochen sagen», meinte Wexford gereizt. «Darf ich Sie korrigieren? Es wäre nämlich viel besser, wenn Sie sagten: ‹Gehen wir› oder ‹Wir müssen weiter›.»

«Sie dülfen kolligielen», erwiderte Mr. Sung ernst. «Vielen Dank. Ich will gut splechen lelnen. Gehen wil? Wil müssen weitel.»

«Gut, dann gehen wir.»

«Antwolten Sie nicht, bitte. Ich übe nul. Gehen wil. Wil müssen weitel. Gut, ich habe velstanden. Kommen Sie, wil wollen gehen. Sind Sie beleit, zul Ausglabungsstätte zu fahlen? Jetzt dülfen Sie antwolten, bitte.»

Sie stiegen wieder in das Taxi. Zwischen Museum und Auto, die beide Klimaanlagen hatten, war die Luft so heiß wie ein Ofen, auf dem langsam eine Kasserolle schmurgelte. Der Fahrer brachte Wexford und Mr. Sung quer durch die Stadt zu den Ausgrabungen, wo Archäologen die Leichname der Marquise, ihres Gatten und ihres Sohnes entdeckt hatten. Außerdem Tonnachbildungen von Bediensteten, Lebensmittel und Artefakte, die die Reisenden auf ihrer Reise über das Grab hinaus begleiten sollten. Die anderen Leichen waren skelettiert, ihre Kleidung zu Staub zerfallen. Nur die Marquise, häßlich, grotesk, aus leeren Augenhöhlen starrend, hatte sich in ihrem gemalten Gewand, den zwanzig Schichten reiner Seide, in die sie gehüllt war, die wächsernen Züge des Lebens bewahrt.

Wexford und Mr. Sung blickten durch den Holzrost in den großen, tiefen rechteckigen Schacht des Grabes, und Mr. Sung zitierte beinahe wortwörtlich einen langen Abschnitt aus *Fodor's Führer durch die Volksrepublik China*. Er hatte ein ausgezeichnetes Gedächtnis und schien zu glauben, Wexford könne, da er die chinesischen Schriftzeichen nicht entziffern konnte, auch seine eigene Sprache nicht lesen. Es war sogar Wexfords Exemplar des *Fodor*, das Sung sich am Abend ganz einfach ausgeliehen hatte, aus dem er zitierte. Wexford hörte nicht zu. Er hätte viel darum gegeben, den schlitzäugigen Mr. Sung mit dem rosigen Babygesicht loswerden zu können. In jedem anderen Land hätte eine Bestechungssumme in Höhe eines Monatsgehalts ihn ohne weiteres von seinem Führer und Dolmetscher für immer befreit – und hier hätte ein Monatsgehalt sich durchaus im Rahmen von Wexfords finanziellen Möglichkeiten gehalten. Aber in China durfte nicht einmal Trinkgeld gegeben werden. Mr. Sung ließ sich nicht korrumpieren. Obwohl noch sehr jung, war er schon Parteimitglied. Seine Augen glänzten fanatisch, wenn er von den großen Staatsmännern sprach. Natürlich zählte auch Mao Tse-tung dazu, der aus Mr. Sungs Heimat, der Provinz Hunan, stammte. Manchmal fragte sich Wexford, ob er eines Tages – in zwanzig Jahren vielleicht, wenn er dann noch lebte – die *Times* aufschlagen und lesen würde, der neue Vorsitzende der Kommunistischen Partei Chinas sei ein gewisser Sung Lao Zhong, 47, aus Tschangscha. Das war durchaus möglich. Mr. Sung beendete seinen auswendig gelernten Vortrag, seufzte unter den Lasten seiner Pflicht, weigerte sich jedoch, sich ihr zu entziehen.

«Lichtig», sagte er. «Gehen wil? Wil besuchen jetzt Polzellanfablik und vol dem Abendessen Lehlelbildungsanstalt.»

«Nein, das tun wir nicht», widersprach Wexford. Ein Moskito biß ihn eben dicht über dem Sprungbein. Die Hitze war unerträglich. Wie die nur in seiner Phantasie existierende Kasserolle begann auch er allmählich zu schmurgeln. Zäher, dickflüssiger Schweiß lief ihm klebrig über den ganzen

Körper. Das lag ebenso an der hohen Luftfeuchtigkeit wie an der Temperatur von siebenunddreißig Grad. «Nein, das tun wir nicht. Wir fahren ins Hotel, duschen und halten Siesta.»

«Wil haben dann abel keine Zeit mehl fül Polzellanfablik.»

«Da kann man nichts machen.»

«Es ist abel dlingend, daß Sie besuchen Lehlelbildungsanstalt, an del gloßel Volsitzendel Mao studielte.»

«Nicht heute», sagte Wexford. Die Eiseskälte im Auto ließ den Schweiß nicht mehr rieseln, sondern strömen. Er wischte sich das Gesicht ab.

«Sehl gut, ich hoffe, Sie welden nicht beleuen», sagte Mr. Sung. Wie jede Gefühlsaufwallung, richtete auch Entrüstung großes Unheil bei seiner Aussprache des Englischen an. «Ich fülchte, Sie welden bestimmt beleuen.» Seine Stimme klang auf unbestimmte Weise drohend. Sollte sein widerspenstiger Besucher noch mehr rebellieren, dachte Wexford, behauptet er vielleicht, derartige Unterlassungen seien ihm nicht gestattet. Wenn Lüxingshe, das Internationale Chinesische Reisebüro, dessen Vertreter Mr. Sung praktisch war, von Wexford verlangte, daß er Fabriken, Kindergärten, Hochschulen und Ölraffinerien besichtigte, dann würde er Fabriken, Kindergärten, Hochschulen und Ölraffinerien sehen, daran war nicht zu zweifeln.

Mr. Sung wandte sich ab und sah aus dem Fenster. Sein Gesicht drückte nur selten etwas anderes aus als unbarmherzige Liebenswürdigkeit. Sein Scheitel schwebte irgendwo in Wexfords Schulterhöhe, obwohl er für einen Südchinesen nicht gerade klein war. Er trug ein schneeweißes Baumwollhemd, sackartige olivgrüne Baumwollhosen und walnußbraune Plastiksandalen. Sein Vater, hatte er Wexford erzählt, gehörte dem Parteikader an, seine Mutter, seine Schwester und seine Frau waren Ärztinnen. Sie lebten alle zusammen in einer Zwei-Zimmer-Wohnung in einem der kasernenartigen grauen Betonblocks der Stadt. Zur Familie gehörte außerdem Mr. Sungs kleiner Sohn Tsu Ken, der noch ein Baby war.

Fußgänger und Radfahrer anhupend, die auf ihren Rädern einfach alles transportierten – angefangen bei zwei Ferkeln und einem Huhn bis zu mehreren Kleinmöbeln –, schlängelte sich der Wagen durch düstere und freudlose Straßen zum *Xiangjiang Hotel.* Es gab in Tschangscha nicht mehr viele Gebäude, die vor der Revolution im Jahr 1949 erbaut worden waren: nur noch das Haus des Kuomintang-Generals mit dem geschwungenen grünen Dach in der Nähe des Hotels und die Ruine einer europäischen Kirche mit grauer Stuckfassade, über deren Ursprung niemand mehr etwas zu wissen schien. Mr. Sung stieg aus dem Wagen und begleitete Wexford in die Halle. Dort schüttelten sie sich die Hände. Ein zwangloseres Benehmen hätte der Chinese für eine Pflichtverletzung gehalten. Wexford war schon froh, daß er ihn daran hindern konnte, ihn mit dem Lift in die achte Etage zu bringen. Er stehe, bitte, um sieben Uhr wieder zur Verfügung, sagte Mr. Sung. Sie wollten dann gemeinsam ein Freilichtkino besuchen, in dem ein Film über die Geschichte der Revolution gezeigt wurde.

«O nein, besten Dank», erwiderte Wexford. «Zu viele Moskitos.»

«Sie nehmen jeden Fleitag Anti-Malaliapille, hoffe ich?»

«Trotzdem lasse ich mich nicht gern beißen.» Wexfords Sprungbein schien auf das Doppelte seiner normalen Größe angeschwollen. «Rätselhafterweise –» in einem der wenigen im Hotel vorhandenen Spiegel erhaschte er einen Blick auf sein schweißüberströmtes, sonnenverbranntes Gesicht, das man schon unter normalen Umständen nicht gutaussehend nennen konnte – «wirke ich auf *Anophelesmücken* besonders anziehend, doch ist diese Leidenschaft nicht gegenseitig.» Mr. Sung musterte ihn mit verständnisloser unbarmherziger Freundlichkeit. «Und ich habe keine Lust, im Freien zu sitzen und sie dazu einzuladen, mir das Blut auszusaugen wie Vampire.»

«Ich velstehe. Sehl gut. Sie gehen in das Hotel-Kino und sehen sich *‹Shanghai Gill›* und Challie Chaplin in *‹Del gloße Diktatol›* an. *‹Shanghai Gill›* sehl gutel chinesischel Film übel Baualbeitel. Ich sitze neben Ihnen, damit Sie die Stolly velstehen.»

«Möchten Sie denn nicht lieber zu Hause bei Ihrer Frau und bei Ihrem Baby bleiben?»

Mr. Sung lächelte rätselhaft. Er schüttelte Wexford noch einmal die Hand. «Ich tue meine Albeit, odel?»

Wexford lag auf dem eisenharten Bett, unter sich die dünne Steppdecke. Das Laken war aus einem unerfindlichen Grund ein blauweißkariertes Tischtuch. Aus der japanischen Klimaanlage kam in unregelmäßigen Abständen ein Schwall kalter Luft, während vor dem Fenster das Haus des Generals und die braunen Pfannendächer von Tschangscha in der feuchten Hitze brieten. Er hatte sich mit dem Wasser aus der Thermosflasche, die zu den Annehmlichkeiten seines Zimmers gehörte, in einer mit Apfelblüten verzierten Kanne grünen Tee gebraut. Zu Abend essen mußte man hier um sechs – Frühstück gab es um sieben und Lunch um halb zwölf, was entsetzlich war –, aber bis dahin hatte er noch anderthalb Stunden Zeit. Er schaffte es einfach nicht, die Limonade und die Erdbeer- und Zimtbrause in sich hineinzuschütten, die man hier stündlich gegen den allzu großen Wasserverlust des Körpers trinken sollte. Er trank immer nur grünen Tee, den er sich selbst sehr stark zubereitete oder an einem Straßenstand für einen einzigen *fen* – ungefähr ein Drittel Penny – pro Glas kaufte.

Nach der zweiten Tasse Tee döste er ein, und dann war es auch schon Zeit zu duschen und zum Abendessen ein frisches Hemd anzuziehen. Später wollte er seiner Frau schreiben, jetzt hatte er keine Zeit. Hongkong, wo sie ihn erwartete, schien unendlich weit weg zu sein. Er ging in den Speisesaal hinunter. Dort hatte er einen Tisch und einen Ventilator für sich allein. Hinter einem Wandschirm aus Bambus saß die einzige im Augenblick anwesende ausländische Reisegruppe an einem großen runden Tisch. Es waren Italiener. Er setzte sich und bat die Bedienung, ihm eine Flasche Bier zu bringen.

Die Italiener kamen herein und begrüßten ihn. Die Bedienung schaltete den Ventilator ein, rückte den Wandschirm zurecht und begann Wexfords Essen aufzutragen. Es gab Huhn mit Bambussprossen in Ingwersoße, in Öl gebratene Erdnüsse, hellgrünen, fast rohen Spinat, gebratenen Kürbis und gebratenen Fisch.

Da er ursprünglich mit seinem Neffen Howard und mehreren Polizeibeamten gereist war, die alle einen viel höheren Rang hatten als er, hatte er im Koffer ein Eßbesteck mitgenommen, weil er befürchtete, daß man im *Peking Hotel* weder Gabel noch Löffel kannte. Wie grün er gewesen war! So grün wie der Tee. Das *Peking Hotel* war wie ein strenges, nüchternes *Ritz* mit einer Klimaanlage, die arktische Luft erzeugte, einer riesigen Ladenstraße und Vorhängen, die sich elektrisch öffnen und schließen ließen. Doch aus irgendeinem Grund hatte keiner von ihnen die Silberbestecke benutzt, die man ihnen brachte. Von Anfang an hatten sie alle wie die Chinesen gegessen, und inzwischen konnte er mit den Eßstäbchen so geschickt umgehen wie ein Würdenträger in der Verbotenen Stadt. Er brachte es sogar fertig, wie er jetzt entdeckte, mit den Stäbchen eine ölige Erdnuß aufzunehmen, so gut konnte er sie handhaben. Die Bedienung brachte ihm eine Schüssel mit Reis und die große grüne Flasche Tsingtao-Bier.

Ein Gefühl ungeheuren Wohlbehagens überkam ihn, als er zu essen begann. Obwohl er sich schon zwei Wochen in China aufhielt, konnte er noch nicht glauben, daß er, der einfache Dorfpolizist, hier in Cathaysia und über die Große Mauer gegangen war. Er hatte die Tatarenstadt gesehen, den Fuß in das Marmorboot im Sommerpalast gesetzt, die scharlachroten Säulen im Tempel des Himmels berührt und fuhr jetzt nach Süden, um so viele wunderbare Dinge zu sehen und so viele Freuden zu erleben, wie Lüxingshe ihm gestattete.

Als Chief Superintendent Howard Fortune von Scotland Yard, der Sohn von Wexfords verstorbener Schwester, bei einem Familientreffen zum erstenmal verlauten ließ, er habe die Absicht, im Sommer 1980 nach China zu reisen, hatte sein Onkel etwas empfunden, von dem er normalerweise nicht geplagt wurde – Neid. Natürlich würde Howard viel Zeit am Konferenztisch verbringen. Die Abteilung der chinesischen Regierung, die ihn eingeladen hatte, wollte sich über Methoden zur Vorbeugung und Aufklärung von Straftaten informieren. Darüber hinaus würde sie wohl dem liebsten Zeitvertreib aller Kommumsten huldigen und den Gästen stolz alle nationalen Institutionen und Errungenschaften zeigen – in Howards Fall vermutlich Polizeidienststellen, Gerichte, Gefängnisse. Trotzdem würden er und sein Team noch Zeit haben, den ehemaligen Kaiserpalast, in dem jetzt ein Museum untergebracht war, den Kohlenhügel und die Marco-Polo-Brücke zu besichtigen. Sein Leben lang hatte sich Wexford gewünscht, die Verbotene Stadt zu sehen, sich jedoch damit abgefunden, daß es ihm nie vergönnt sein würde. Aber er hatte nichts davon erwähnt und Howard gutmütig geneckt, indem er ihm sagte, er müsse unbedingt Seide, Jade und einen Stein der Großen Mauer als Souvenir mitbringen.

Eine Woche später hatte Howard angerufen und erklärt, er habe in Brighton zu tun und wolle auf der Rückfahrt seinen Onkel in Kingsmarkham besuchen. Er kam am Samstagabend gegen sechs, ein ungewöhnlich blasser Riese von einem Mann, der zwar völlig gesund war, es aber schon seit jeher fertiggebracht hatte, zwanzig Jahre älter auszusehen. Seine Schwiegereltern lebten in

Hongkong, wo seine Frau ihn erwarten wollte. Was halte Tante Dora davon, Denise dort zwei oder drei Wochen Gesellschaft zu leisten?

«Reg auch?» hatte Dora rasch gefragt. Sie war es gewohnt, viele Stunden, manchmal sogar Tage von ihm allein gelassen zu werden. Doch nie wäre sie bereit gewesen, zu verreisen und ihn allein zu lassen – solange sie nicht dazu gezwungen war.

«Das geht nicht», erwiderte Howard, den Kopf schüttelnd. «Er hat etwas anderes zu tun.»

Wexford dachte, er meine Kingsmarkham und warf ihm, eine Braue hochziehend, einen schrägen Blick zu, weil er fand, Howard habe sich recht merkwürdig ausgedrückt.

«Ich brauche ihn in Peking», ergänzte der Neffe.

Schweigen. Dann sagte Wexford: «Das meinst du doch nicht ernst, Howard, oder?»

«Natürlich meine ich es ernst. Ich habe freie Hand, mir mein eigenes Team auszusuchen, und du gehörst dazu, weil du bei weitem der beste Ermittlungsbeamte bist, den ich kenne. Und ich gebe dir rechtzeitig Bescheid, damit ihr euch Einzelvisa besorgen könnt. Die Gruppenvisa sind schrecklich lästig, wenn man sich allein ein bißchen im Land umsehen will. Was du bestimmt vorhast, wie ich dich kenne.»

Und das tat er jetzt, während Howard, der Amateurantiquar, hingerissen durch die gelb überdachten Pavillons von Peking schlenderte und die anderen Mitglieder des Teams über den Wolken und unter asiatischen Himmeln zu britischen Sorgen und britischen Verbrechen zurückjagten. Wexford nahm jetzt zwei Wochen seines Jahresurlaubs. Er war vor drei Tagen von Peking heruntergeflogen, und am Flughafen von Tschangscha hatte ihn Mr. Sung sofort unter seine Fittiche genommen. Den Flug würde er nie vergessen, auf dem die Stewardess ihm eine sehr seltsame Mahlzeit aus hartgekochten Eiern, Biskuitkuchen und wie Bonbons verpackten getrockneten Pflaumen serviert hatte. Er war der einzige Passagier weißer Rasse gewesen, und die anderen – Jungen und Mädchen in blauer Baumwolle, hohe koreanische Offiziere, sehr korrekt in ihren khakigrünen Uniformen – hatten sich mit

Fächern aus goldbestickter schwarzer Seide gefächelt.

Ein diskretes Hüsteln riß Wexford aus seiner Nachdenklichkeit. Vor ihm stand Mr. Sung, der ihn zweifellos ins Kino führen wollte. Wexford forderte ihn auf, sich zu setzen und ein Bier zu trinken, doch das lehnte Mr. Sung ab. Er war Antialkoholiker. Den angebotenen Platz hingegen schlug er nicht aus und begann Wexford im gleichen Atemzug einen Vortrag über die höhere Bildung in China mit besonderem Hinweis auf das Pekinger Fremdspracheninstitut zu halten, das er seine *Alma mater* nannte. Habe Wexford während seines Aufenthalts die Universität besichtigt? Nein? Wie merkwürdig. Doch das werde er bestimmt bereuen, es werde ihm leid tun. Wexford trank zwei Tassen grünen Tee und aß vier Litschipflaumen und ein Stück Wassermelone.

«Passen Sie auf, daß Sie nicht schlucken die Kölnel wie die zweitausend Jahle alte Dame», sagte Mr. Sung, der einen recht eigenartigen Humor hatte.

Der ‹*Große Diktator*› war chinesisch synchronisiert. Wexford hielt es genau zehn Minuten im Kino aus. Es kam ihm so vor, als seien alle Kinder von Tschangscha ebenfalls da, und sie lachten so viel und so laut, daß sie ihren Müttern fast vom Schoß fielen. Er entschuldigte sich bei Mr. Sung und sagte ihm – was sehr merkwürdig, aber die absolute Wahrheit war –, daß er fror. Die Klimaanlage jagte ihm eisige Luft über die linke Schulter und in den Hals. Er schlenderte auf die Straße hinaus, wo sich die Luft warm, pelzig und staubig anfühlte wie das Innere eines Muffs. Gegenüber war ein Laden, in dem Tee verkauft wurde. Wexford überlegte, daß er sich am Morgen frischen Tee kaufen wollte, da das Paket fast leer war, das vom Hotel gestellt wurde.

Er ging spazieren. Er hatte einen sehr guten Orientierungssinn, was wichtig war, da er die chinesischen Schriftzeichen auf den Straßenschildern nicht lesen konnte und sich wie ein Analphabet vorkam. Die Stadt war schlecht beleuchtet, ein Straßengewirr, exotisch und phantastisch, ohne den geringsten Anspruch auf Schönheit zu erheben. Auf einer breiten Hauptstraße spielten die

Leute im Licht der Straßenlaternen auf dem Gehsteig Karten. Wexford machte kehrt und schlug den Weg zum Fluß ein. Menschenmengen drängten sich in den Straßen, freundliche Leute, zu höflich, um ihn anzustarren, aber die Kinder zeigten natürlich kichernd auf den blauäugigen Riesen. Zehn Uhr ist schon mitten in der Nacht, wenn man um sechs aufstehen muß. Wexford machte sich noch eine Tasse Tee, ging ins Bett, schlief ein und tauchte bald darauf in einen Traum, wie er ihn noch nie – oder zumindest seit Jahren nicht mehr – gehabt hatte.

Ein Alptraum. Er war in China, doch es war das China seiner Jugend, bevor die Kommunisten an die Macht kamen, bevor die Kulturrevolution die Tempel der Taoisten, die Tempel von Buddha und Konfuzius zerstörte und die Städte noch von unzähligen Pagoden eingefriedet wurden. Er war ein junger Mann, ein Chinese vielleicht sogar. Und er wußte, daß er auf der Flucht war – möglicherweise vor den nationalistischen Soldaten, vielleicht aber auch vor den Kommunisten oder den Japanern. Er ging barfuß und mit einem Packen auf dem Rücken außerhalb der Stadtmauern auf einem Pfad zum nördlichen Teil der Stadt.

Die steinerne Tür, die in den Hügel eingelassen war, stand ein wenig offen. Er ging hinein, als sei hier der Ort, an dem er Zuflucht für die Nacht finden konnte, und geriet in einen höhlenartigen Gang, der bis ins Herz des Hügels zu führen schien. Es war kalt und die Luft stickig und modrig, und sie roch, wie es vor fast zweitausend Jahren zur Zeit der Han-Dynastie gerochen haben mochte. Er ging immer weiter, ohne Angst. Er fühlte sich höchstens ein bißchen unsicher. Der Gang war finster, und doch fiel es ihm nicht schwer, den Weg in das rechteckige Gemach mit den holzverkleideten Wänden zu finden, das von einer einzigen kleinen Öllampe aus grüner Bronze erleuchtet wurde.

Die Lampe brannte neben einem hölzernen Tisch oder einer Bank, und er hatte den Eindruck, daß dies das Bett war, auf dem er die Nacht verbringen sollte. Er ging darauf zu, hob die bemalte Seidendecke, mit der es zugedeckt war, und blickte auf die Marquise von Tai hinunter. Er hatte einen Sarkophag aufgedeckt, der in einer Gruft stand. Das Gesicht der Frau war qualvoll verzerrt, die Wangen aufgedunsen, die schwarzen Augen traten aus den Höhlen, und die Lippen waren so weit geöffnet, daß die zusammengeschrumpften Kiefer, die wenigen noch vorhandenen gelben Zähne und die geschwollene Zunge sichtbar waren. Er wich zurück und wollte sich entfernen, denn aus der dunklen Tiefe des Sarges stieg süßlicher Verwesungsgeruch. Aber als er das seidene Tuch in die Hand nahm, um das gräßliche tote Ding wieder zuzudecken, schien ein Schauer durch die merkwürdig streifigen Glieder zu gehen, und die Marquise erhob sich und legte ihm die eisigen Arme um den Hals.

Wexford befreite sich gewaltsam von seinem Traum und erwachte mit einem Schrei. Er setzte sich auf, knipste das Licht an und wurde sich der überlaut summenden Klimaanlage und seines dröhnenden Herzschlags bewußt. Was war er doch für ein Narr! Kam es daher, daß er im Kino gewesen war, lag es daran, daß er mit Ingwer gewürzten gebratenen Fisch gegessen hatte, oder war ganz einfach die Hitze an diesem Traum schuld, der direkt aus ‹*Der Fluch des Mumiengrabes*› zu stammen schien. Schließlich war die Marquise nicht die erste Frauenleiche, die er gesehen hatte, und die meisten, zu denen er gerufen worden war, waren bei weitem nicht so gut erhalten gewesen. Er trank ein Glas Wasser und schaltete das Licht aus.

Am nächsten Tag sah er die Frau mit den gebundenen Füßen zum erstenmal.

2

Sie war nicht die erste Frau ihrer Art, der er begegnete. Die erste war ihm auf einer der Marmorbrücken entgegengekommen, die den Graben um das Tor des Himmlischen Friedens überspannen. Es war eine winzige alte Frau gewesen, zusammengeschrumpft, was für alte Chinesen typisch ist, mit schwarzer Jacke und Hose bekleidet. In einer Hand hatte sie einen Stock gehabt, mit der anderen den Arm ihrer Tochter oder Schwiegertochter festgehalten, denn sie konnte nur humpeln. Ihre Füße glichen Hufen, waren, als sie jung war, vielleicht zierliche Hufe gewesen, jetzt aber nur noch schlurrende Klumpfüße in rötlichen Strümpfen und schwarzen Pantoffeln, die einem fünfjährigen Kind gepaßt hätten.

Wexford war fasziniert und dann plötzlich angewidert gewesen. Die gebundenen Füße waren um das Jahr 500 Mode geworden, wenn er sich recht erinnerte, und die Kuomintang hatten die Sitte oder, besser gesagt, die Unsitte abgeschafft. Zuerst hatte man sie nur in Adelskreisen praktiziert, doch dann hatte die Mode sogar unter den Landbewohnern um sich gegriffen, so daß man in China kaum noch ein Mädchen mit nicht verkrüppelten Füßen gefunden hatte. Er hatte sich gefragt, wie alt die Frau sein mochte, die am Arm ihrer Tochter über die Marmorbrücke ging. Vielleicht nicht älter als Sechzig. Man hatte mit dem Bandagieren der Füße, wobei die Zehen unter die Fußsohlen gebunden wurden, begonnen, wenn ein Mädchen noch im Babyalter und die Knochen biegsam waren. So groß war die Macht der Mode, daß kein Mann eine Frau mit normalen Füßen geheiratet hätte, eine Frau, die sich leicht und mühelos bewegen konnte. In den dreißiger

Jahren dieses Jahrhunderts wurde die Sitte gesetzlich verboten, und Füße, die nicht unwiderruflich verkrüppelt waren, mußten aufgebunden werden. Faszination besiegte Abscheu, Mitleid und Widerwillen, und Wexford starrte die Frau an. Schließlich starrten alle auch ihn an.

Wie empfand eine solche Frau jetzt? Was fühlte sie? Selbstmitleid, Groll, Neid auf ihre freieren weiblichen Nachkommen und, schlimmer noch, auf ihre befreiten Altersgenossinnen? Wexford glaubte es nicht. Die menschliche Natur reagierte anders. Trotz aller Schmerzen, die sie gelitten hatte, obgleich sie in ihrer Bewegungsfreiheit stark eingeschränkt war und täglich von neuem litt, weil die Füße gesäubert und frisch bandagiert werden mußten, verachtete sie zweifellos die Mädchen, die auf großen, gesunden Füßen über die Brücke liefen, und stolperte mit einem geringschätzigen und arroganten Schnauben nur um so stolzer auf ihren winzigen, spitzen Mißbildungen einher.

Sie war die erste von etwa zehn solcher Frauen, die Wexford gesehen hatte. Sie waren der Grund gewesen, daß er sich die abgeknickten Füße der Marquise von Tai neugierig betrachtet hatte, obwohl er wußte, daß die Sitte erst Jahrhunderte nach ihrem Tod in Mode gekommen war. Als er sich den Traum am Morgen noch einmal vergegenwärtigte, kam er ihm lächerlich vor. Er hatte keine Alpträume, hatte nie welche gehabt und auch nicht die Absicht, jetzt damit anzufangen. Es mußte das Essen gewesen sein.

Das Frühstück war bei weitem das am wenigsten schmackhafte Essen, das er vorgesetzt bekam, und er musterte es resigniert. Getoastete Brötchen aus dunklem Brotteig, Zwieback, ranzige Butter, Pflaumenmarmelade, Schokoladekremkuchen und Kokosbiskuits. Tee wurde in einem Aluminiumkessel gebracht, und er trank zwei Tassen. Mr. Sung erschien, bevor er mit dem Essen fertig war.

Er hatte ein frisches blaßrotes Hemd an – er war einer der am saubersten aussehenden Menschen, denen Wexford je begegnet war –, und sein schwarzes Haar war noch feucht von der Morgenwäsche. Wie schaffte man es nur, einen solchen Eindruck zu machen, wenn man das Bad nicht nur mit vier oder fünf Mitgliedern der eigenen Familie, sondern mit allen Mietern eines Stockwerks teilte? Es war einfach bewundernswert. Wexford erinnerte sich voller Unbehagen daran, daß man sagte, die Menschen des Westens röchen für den Chinesen unangenehm, weil sie Molkereiprodukte aßen. Wenn das stimmt, müßte eigentlich mein Körpergeruch in letzter Zeit wesentlich besser geworden sein, dachte er und schob die fast flüssige grünliche Butter beiseite.

«Sie haben nichts dagegen, mit Bus-Leisegesellschaft zu fahlen?»

«Nein, durchaus nicht. Warum sollte ich?»

Als habe Wexford protestiert, anstatt sich einverstanden zu erklären, sagte Mr. Sung mit unterdrücktem Vorwurf: «Es ist nicht wiltschaftlich, den Bus fünfzig Kilometel fül einen Mann zu fahlen. Das gloße Velschwendung. Viel bessel ist, Sie kommen mit Gesellschaft, sehl nette Eulopäel und Amelikanel. Lichtig?»

Die sehr netten Europäer und Amerikaner marschierten gerade zum Bus, als Wexford aus dem Hotel kam. Sie sahen müde und ein bißchen aufgelöst aus und machten nicht den Eindruck, als wünschten sie sich nichts so sehnlich wie eine Fahrt durch die vor Hitze brodelnde chinesische Landschaft zu den Stätten, an denen Mao Tse-tung geboren und aufgewachsen war. Es blieb ihnen jedoch kaum eine andere Wahl. Ihr Führer, mit dem Mr. Sung sich auf mandarin unterhielt – womit vor allem in England und Amerika der Dialekt gemeint ist, der heute in Peking gesprochen wird –, schien noch unerbittlicher. Sie rauchten beide Mentholzigaretten und schwatzten unheimlich schnell drauflos, wobei der andere Führer genauso unnachgiebig, entschlossen, fröhlich und sauber wie Mr. Sung aussah. Außerdem war er ein bißchen größer, bißchen dünner, sein Englisch ein bißchen schlechter, und er wurde Wexford als Mr. Yu vorgestellt. Sie schüttelten sich die Hand. Als nächstes erfuhr Wexford, daß Mr. Yu ein ehemaliger Kommilitone von Mr. Sung war und ebenfalls die Alma mater für Fremdsprachen absolviert hatte.

Das Grünste von allem, was da wächst, ist Reis. Wexford blickte aus dem Fenster auf

Reispflänzchen, halbreifen Reis und Reis, der bald geerntet werden konnte. Es war der absolute Inbegriff von Grün, vielleicht das vollkommene Grün des Aristoteles, dem jedes andere nacheifern müsse. Männer und Frauen im traditionellen chinesischblauen Baumwollanzug, den spitz zulaufenden Strohhut auf dem Kopf, arbeiteten mit schwerfälligen grauen Wasserbüffeln auf den Feldern. Um Mr. Sung und Mr. Yu von ihren begeisterten Vorträgen über Maos politische Karriere abzulenken, fragte Wexford, um was für Feldfrüchte es sich hier handle. Um Erdnüsse, Auberginen, Rizinuspflanzen, Manioksträucher, Wasserbrotwurzeln und Sojabohnen, erfuhr er. Wasserflächen – Teiche, Seen, Kanäle – waren in die ordentlich aussehende Landschaft hineingetupft und wirkten wie Edelsteine auf gemusterter Seide.

Nach einer Weile stand Mr. Yu auf, ging nach vorn zum Fahrer und begann zu Nutz und Frommen der Touristen Zeitungsartikel in schlechtes Englisch zu übersetzen. Wexford überlegte eben, was mit einem Piratenstreik in Ungarn und Masern in Afghanistan gemeint sein konnte, als sich ein Mann neben ihn setzte, der zur Busgesellschaft gehörte.

«Haben Sie etwas dagegen?» fragte er.

Was konnte Wexford schon anderes sagen, als daß er nichts dagegen hatte.

«Ich heiße Lewis Fanning», sagte sein neuer Nachbar, ein kleiner Mann mit einem roten Gesicht voller Falten und einem dichten semmelblonden Schopf. «Ich dachte, ich muß mich entweder zu Ihnen setzen oder schreiend aus dem verdammten Bus springen. Schlimmer als diese Bande können Sie nicht sein, und es besteht immerhin die Möglichkeit, daß Sie besser sind.»

«Besten Dank.» Wexford stellte sich vor und fragte Fanning, ob er aus Mr. Yus Enthüllungen schlau geworden sei.

«Er meint Piloten und Raketen. Hätte ich gewußt, daß er diese Fahrt mitmacht, wäre ich im Hotel geblieben und hätte mich besoffen. Wie die Dinge liegen, glaube ich nicht, daß ich noch bei Verstand bin, wenn wir Kanton erreichen.»

Wexford fragte ihn, warum er die Reise überhaupt mitmache, wenn er sie so verabscheue.

«Lieber Gott im Himmel, das ist für mich kein Urlaub. Ich arbeite. Ich bin der Reiseleiter. Ich habe die Bande mit dem Zug hierhertransportiert. Wundert es Sie immer noch, daß ich langsam durchdrehe?»

«Mit dem Zug von wo?»

«Von Calais», sagte Fanning. Wexfords ungläubiges Staunen schien ihn aufzuheitern. «Sechsunddreißig Tage habe ich in Eisenbahnzügen gesessen, unter anderem im Transsibirien-Expreß. Zehn Irre durch Asien führen – wissen Sie, was das heißt? An der Berliner Mauer hätte ich eine davon fast verloren. Der Waggon wurde abgekoppelt, und sie blieb im anderen Zugteil sitzen. Sie sprang schreiend heraus und rannte die Gleise entlang. Eine ist Alkoholikerin, und eine kann die Männer nicht in Ruhe lassen. Meines Wissens hatte sie unterwegs vier in verschiedenen Schlafwagen.»

Wexford mußte unwillkürlich lachen. «Und wohin geht die Reise?»

«Nach Hongkong. Wir fahren morgen abend – über Kweilin. Ich schlafe in einem Abteil mit zwei Kerlen, die seit Irkutsk nicht miteinander reden.»

Auch Wexford wollte diesen Zug nehmen und teilte, soviel er wußte, sein Vierbett-Abteil nur mit Mr. Sung. Doch er zögerte, Lewis Fanning einzuladen, sich ihnen anzuschließen, und am Ende unterließ er es. Er hörte sich einen sehr eingehenden Bericht über die Neigungen der trunksüchtigen Touristin an, der darin gipfelte, daß sie – die täglich eine ganze Flasche Whisky trank – in Ulan Bator von vier Männern in den Zug zurückgetragen werden mußte. Der Bericht dauerte bis Shaoshan, wo sie Tee tranken, bevor sie den Hügel zum Bauernhof der Mao hinaufkletterten. Die Landschaft hatte hier das Frische, Funkelnde, das man an einem schönen Tag nach einem ausgiebigen Regen auch in England findet. Vor dem Haus erhoben Lotospflanzen die runden, sonnenschirmähnlichen Blätter, und in einem flachen Teich blühten rosa Lilien. Der Reis war von dem hellen, zarten Grün kaiserlicher Jade. Dennoch war die Hitze fast unerträglich. «39 Grad», sagte Mr. Yu. Wexford multiplizierte mit neun, teilte durch fünf und zählte 35 dazu und erhielt beängstigende 102 Grad Fahrenheit. Im Schatten wurde es plötzlich erschreckend kühl, aber sie hielten sich nicht oft im Schatten auf, und als sie, die Köpfe mit Maoismen vollgestopft, den Hügel wieder hinuntergingen, mußten sie – noch vor dem Lunch – das Museum für Maoiana besichtigen.

Wexford gehörte zu jenen Engländern, die behaupten, ein heißes Getränk wirke viel kühlender und erfrischender als ein kaltes. Im Speisesaal des Hotels bestellte er sofort eine sehr große Kanne starken, heißen Tee. Mr. Sung und Mr. Yu saßen mit zwei einheimischen Fremdenführern zusammen. Die Reisegesellschaft wurde aus irgendeinem unerforschlichen chinesischen kulinarischen Grund hinter einen Wandschirm plaziert, und Wexford fand sich wieder allein an einem Tisch.

Er ärgerte sich über sich selbst, weil ihm die Hitze so zusetzte. Fühlte er sich vielleicht so kaputt und völlig erschlagen, weil er aus einem nördlich gelegenen Land kam? Hinter ihm rührte ein Ventilator in der schweren, heißen Luft herum. Zwei Mädchen servierten ihm ein wahres Festessen – nicht weniger als sieben Platten. Hartgekochte Eier, die zerstoßen und dann gebraten worden waren, Lotosknospen, Schweinefleisch mit Ananas, Ente mit Rosenkohl, Pilzen und Bambusspitzen und Garnelen mit Erbsen und rohen geschnittenen Tomaten. Er bestellte noch mehr Tee. Von dem Augenblick an, in dem er die geschnitzten Eßstäbchen in die Hand nahm, begann er so stark zu schwitzen, daß sein Hemd und die Stuhllehne klatschnaß wurden.

Am anderen Ende des Raumes aßen die Führer getoastete dunkle Brötchen und hundert Jahre alte Eier und etwas, das wie eine Schlange aussah.

«Sie essen alles, was sich bewegt», hatte Lewis Fanning leise zu Wexford gesagt, als er den Speisesaal betreten hatte. «Sie essen auch Mäuse, wenn sie sie fangen.»

Die beiden Bedienungen – junge Mädchen – kicherten leise. Es klang wie Vogelgezwitscher bei Sonnenuntergang. Die Stimmen der Männer schwollen an und senkten sich im Rhythmus des merkwürdig rein und klar klingenden uralten Mandarin. Wexford fragte sich, wie die Europäer eigentlich dazu gekommen waren, Chinesen gelb zu nennen.

Die Haut dieser vier war von einem fast durchsichtigen Elfenbein, die Wangen leicht gerötet, und sie hatten schmale braune Hände. Er wandte sich ab, zwang sich, nicht hinüberzustarren, und blickte statt dessen in den im Schatten liegenden Teil des Raumes, aus dem die Kellnerinnen kamen. Und plötzlich entdeckte er die alte Frau auf der Schwelle.

Sie sah ihn eindringlich an. Ihr Gesicht war blaß, sie hatte Pausbacken und Augen, die so dunkel waren wie Rosinen. Das Haar der Chinesen wird nur selten weiß und bleibt meist bis ins fortgeschrittene Alter kohlschwarz. Obwohl diese Frau schon sehr alt zu sein schien, war ihr Haar nur ganz leicht angegraut. Sie trug eine graue Jacke über schwarzen Hosen, und ihre gebundenen Füße in den grauen Strümpfen und den Kinderschuhen waren keilförmig. Sie stand sehr aufrecht da, stützte sich aber trotzdem auf einen Stock. Es sah so aus, als wolle sie ihn ansprechen, als wappne sie sich, den Mut zu finden und ihn anzusprechen. Ihr Blick war fast verwirrend. Aber das war lächerlich. Mit allergrößter Wahrscheinlichkeit sprach sie ohnehin nur Chinesisch. Noch einmal trafen sich ihre Blicke. Wexford legte die Stäbchen aus der Hand, wischte sich den Mund ab und stand auf. Er wollte zu Mr. Sung gehen und ihn bitten zu dolmetschen, so offensichtlich war es, daß sie mit ihm sprechen wollte.

Aber bevor er Mr. Sungs Tisch erreicht hatte, war die Frau verschwunden. Er schaute zurück, doch der Platz, an dem sie gestanden hatte, war leer. Ohne Zweifel hatte er sich nur eingebildet, daß sie etwas von ihm wollte. Schließlich, sagte er sich, bin ich nicht in Kingsmarkham, wo man ihn häufig konsultierte, über ihn murrte und ihn manchmal sogar um Hilfe anflehte.

Nach dem Lunch ging es wieder hinaus in die unbarmherzige Sonne, um die Schule zu besichtigen, die Mao besucht hatte, und in Ehrfurcht vor dem Teich zu verharren, in dem er geschwommen war. Auf dem Rückweg zum Bus hielt Wexford nach der alten Frau Ausschau. Er warf einen Blick in die dämmerige Hotelhalle, sah sie jedoch nirgends. Sehr wahrscheinlich hatte sie ihn aus demselben Grund angestarrt wie die Kinder.

Mit seiner Größe, seiner Kleidung, der rötlichbraunen Haut und dem schütteren blonden Haar fiel er hier so auf, wie ein weißes Einhorn aufgefallen wäre, das die Straße entlanggaloppierte.

«Wil fahlen jetzt», sagte Mr. Sung, «zu Nummel eins Nolmalschule, zum Haus von gloßem Volsitzenden Mao am Teich zum Klalen Wassel.» Mit jugendlichem Schwung stieg er in den Bus.

Den letzten Tag seines Aufenthalts in Tschangscha verbrachte Wexford auf der Orangeninsel und in dem Museum, in dem die Artefakte aus den Grabmalen von Mawangdui ausgestellt waren. Dort lag, eine Nachbildung aus Wachs diesmal, die Marquise von Tai, ebenfalls hinter Glas, aber aus größerer Nähe zu betrachten. Wexford trank im Museumsladen einen halben Liter grünen Tee, kaufte für Dora ein bißchen Jade und für seine jüngere Tochter einen Fächer aus Büffelknochen, die wie Elfenbein aussahen. Sheila, die fanatische Natur- und Tierschützerin, hätte Elfenbein abgelehnt. Außerdem erstand er für sie ein Bild mit Bambusstangen und Heuschrecken und dem Siegel des

Malers in Rot und seiner kalligraphischen Unterschrift in Schwarz.

Die alten Häuser auf der Insel mit ihren von Mauern umfriedeten Gärten, den Blumen und Gemüsen und dem gemächlich strömenden Fluß hatten etwas Englisches an sich. Die Wände bestanden aus mit Lehm beworfenem Flechtwerk wie die der Cottages in Sewingbury. Doch hier duftete die Luft nach Ingwer, und die Cannalilien glühten in der dunstigen Hitze ziegelrot. In der Nähe der Stelle, an der einst Mao geschwommen war, badeten Jungen und Mädchen im Fluß. Mr. Sung nahm die Gelegenheit wahr, Wexford einen Vortrag über die politische Struktur Chinas zu halten, dem Wexford nicht zuhörte. Um sein Visum zu bekommen, hatte er in den Antrag seine Konfession und seine politische Einstellung eintragen müssen. Er hatte, nicht ohne Humor, die gängigsten eingetragen: Kirche von England und konservativ. Manchmal fragte er sich, ob diese reaktionären Angaben an seinen Führer weitergegeben worden waren. Er setzte sich in den Schatten und betrachtete bewundernd den Torbogen mit dem spitzen grünen Dach, der sich zart und wie eine Kostbarkeit vom silberblauen Himmel abhob.

Durch den Torbogen kam, diesmal auf einen Spazierstock mit einem Griff aus geschnitztem Büffelknochen gestützt, die alte Frau mit den gebundenen Füßen, die er in Shaoshan gesehen hatte. Wexford entfuhr ein Ausruf des Erstaunens. Mr. Sung unterbrach seinen Vortrag und fragte scharf: «Stimmt etwas nicht?»

«Nein. Es kommt mir nur ungewöhnlich vor. Die Frau dort drüben habe ich gestern in Shaoshan gesehen. Wie klein die Welt ist.»

«Klein?» fragte Mr. Sung. «China ist ein sehl gloßes Land. Walum soll Dame aus Shaoshan nicht nach Tschangscha kommen? Sie kommt, sie geht, wie es ihl gefällt, alle chinesischen Menschen sind flei. Lichtig? Ich sehe keine Dame. Wohin ist sie gegangen?»

Die Sonne schien Wexford in die Augen, und er mußte blinzeln. «Dort drüben am Tor. Eine kleine Frau in Schwarz mit gebundenen Füßen.»

Mr. Sung schüttelte heftig den Kopf. «Sehl schlechte feudale Sitte, nul sehl wenige haben jetzt noch Füße gebunden, alle tot.» Unter gröblicher Mißachtung der Wahrheit fügte er hinzu: «Können nicht gehen, müssen zu Hause bleiben.»

Die Frau war verschwunden. Durch den Torbogen zurück? Einen der gepflasterten Wege zwischen den Beeten mit Cannalilien entlang? Wexford beschloß, die Initiative zu ergreifen.

«Können wir gehen?»

Erstaunen malte sich auf Mr. Sungs glattem Gesicht. Wexford vermutete, daß es bisher kein anderer Tourist gewagt hatte, sich ihm nicht widerspruchslos zu unterwerfen.

«Okay, in Oldnung. Fahlen wil in den Yunlu-Palast.»

Als sie die Insel verließen, trafen sie die Reisegesellschaft unter der Führung von Mr. Yu. Lewis Fanning war nirgends zu sehen, und neben Mr. Yu ging, in eine ernste Unterhaltung mit ihm vertieft, der jüngere und besser aussehende der beiden Männer, die sich in der Transsibirischen Eisenbahn gestritten hatten. Sein «Feind», ein großer, dicker Mann, bildete das Schlußlicht der Gruppe und warf nervöse und unglückliche

Blicke um sich. Die Kleider der Frauen hatten während der sechsunddreißig Tage im Zug so gelitten, daß sie nie wieder gut aussehen würden. Entweder waren sie vom allzu häufigen Waschen ausgeblaßt und lappig oder schmutzig und zerdrückt, weil sie nie gewaschen worden waren.

Es war Wexford nicht schwergefallen, die Nymphomanin und die Alkoholikerin herauszufinden: übertrieben stark geschminkt die eine, unscheinbar und grau die andere. Außer diesen offensichtlich allein reisenden vier Leuten gehörten noch eine alleinstehende recht betagte Dame und zwei ältere Ehepaare zu der Gruppe, von denen eines von einer Tochter mittleren Alters begleitet wurde. Alles in allem, dachte Wexford, scheinen sich die Jungen und die Schönen keine so langen Reisen durch Asien leisten zu können.

Beim Abendessen wurde ihr Tisch so eng mit Wandschirmen umstellt, daß er die Gruppe erst wieder zu Gesicht bekam, als sie in den Bus nach Zhuzhou stiegen, wo sie den Zug Shanghai – Kweilin nehmen wollten.

3

Es wäre schneller und einfacher gewesen zu fliegen. Fannings Gruppe mußte natürlich jede Etappe mit dem Zug fahren, aber Wexford hätte den Luftweg vorgezogen. Es ging jedoch nicht nach seinem, sondern nach dem vereinigten Willen von Lüxingshe und Mr. Sung.

Im Bus hatte er einen Doppelsitz für sich allein. Unauffällig beobachtete er seine Mitpassagiere. Zwei Tage im Hotel in Tschangscha hatten viel zu ihrer Wiederbelebung beigetragen, und sie sahen bei weitem nicht mehr so struppig aus, als seien sie verkehrt herum durch eine Hecke gezerrt worden.

Von den beiden Feinden hatte sich auch jeder einen Doppelsitz gesichert. Einer hinter dem Fahrer, der andere in der gleichen Sitzreihe wie Wexford auf der anderen Seite des Mittelgangs. Aus den Augenwinkeln las Wexford das Schildchen, das am Handkoffer des älteren Mannes hing. A. H. Purbank mit einer Adresse irgendwo in Essex. Purbank war etwa 45, mager und sah aus, als sei er nicht gesund. Er trug ausgebeulte Jeans und ein am Hals offenes hellgrünes Hemd. Sein flotterer Widersacher hatte ebenfalls Jeans an, aber es waren engsitzende, schicke, und dazu ein «Freundschafts»-T-Shirt. Er hatte sich auf dem Sitz umgedreht und unterhielt sich mit der Frau hinter ihm. Es war die nicht mehr junge Tochter eines der beiden Ehepaare. Nach einer Weile stand sie auf und setzte sich auf den Platz neben ihm.

Wie unangenehm muß es gewesen sein, die vielen, vielen Meilen von Irkutsk zum Baikalsee mit einem Mann zusammengepfercht zu sein, mit dem man nicht spricht, dachte Wexford mit einem zweiten Blick zu Purbank hinüber. Was für ein Streit mochte die beiden friedlich aussehenden Reisenden entzweit haben? Beide waren Engländer, beide stammten aus der Mittelklasse, waren vermutlich erfolgreich, hatten einen Hang zu Abenteuern und im Grunde sehr viel gemeinsam. Und doch hatten sie eine so bittere Auseinandersetzung gehabt, daß sie auf diesen ungeheuer weiten Strecken, die sie in Ostasien zurücklegten, kein Wort miteinander wechselten. In den Hotels mußten sie bei Tisch, wenn auch nicht zusammen, so doch nahe beieinander gesessen haben, vielleicht sogar in nebeneinanderliegenden Zimmern gewohnt. Jetzt würden sie ein Schlafwagenabteil teilen müssen, einen Raum mit anderthalb mal zweieinhalb Metern Platz für jeden. Sie würden daliegen und in der ratternden Dunkelheit acht bis neun Stunden lang dieselbe warme Luft atmen müssen. Es war grotesk.

Gehörte einer von ihnen – oder vielleicht alle beide – zu den vier Männern, mit denen, Fannings Behauptung nach, das hübsche, grell angemalte, alternde Geschöpf in der Pünktchenbluse und der weißen Hose während der Reise sexuelle Beziehungen gehabt hatte? Fanning neigte zu wilden Übertreibungen. Er konnte aber kaum gemeint haben, daß der Vater der Blonden, der jetzt mit dem weißen Baumwollhut über den Augen schlief, oder der silberhaarige Mann mit der häßlichen Frau zu den Bettgenossen der Farbenprächtigen gehört hatten. Natürlich, überlegte Wexford, hat er auch nicht gesagt, daß es sich um Mitglieder seiner Gruppe handelte, und im Transsibirien-Expreß hat es schließlich viele andere Männer gegeben.

Der strahlendblaue Himmel hatte sich bewölkt, und es hatte angefangen leicht zu regnen. Der Regen hielt auch noch an, als sie auf den Bahnsteig kamen. Vor jeder Waggontür stand ein Mädchen in grauer Uniform mit dem roten Stern der Volksrepublik auf der Mütze. Wexford wurde in das Abteil geführt, in dem er die Nacht verbringen sollte. Zwar war es sauber, und die Kojen sahen sehr bequem aus, doch die Hitze war unerträglich. Das Thermometer an der Wand zeigte zwei Grad unter hundert – siebenunddreißig Grad Celsius an. Sobald der Zug abgefahren war, öffnete Wexford das Fenster und schaltete den Ventilator ein. Kaum merklich kühlere Luft kam durch das Fliegengitter herein.

Gleich nach der Abfahrt erschien Mr. Sung bei ihm. Wexford, der eine Thermosflasche entdeckt hatte und sich aus dem Vorrat, den er in Tschangscha erstanden hatte, eine Kanne Tee aufbrühte, bot ihm eine Tasse an, aber Mr. Sung lehnte ab. Wie überall, gab er sich auch hier den Anschein, als sei er sehr beschäftigt. Der Speisewagen öffne um acht, sagte er, und dann gebe es auch etwas zu trinken: Bier, Rotwein, Weißwein, Mao Tai und vielleicht sogar japanischen Whisky.

Wexford trank Tee und las in seinem *Fodor's*. Es dämmerte schon, wurde allmählich dunkel, und es war nicht mehr so unangenehm heiß, wenn auch durch das feinmaschige Fliegengitter Rußflocken hereinkamen. In Dunkelheit gehüllt, flog die Provinz Hunan an den Fenstern vorüber. Der Zug hatte inzwischen seine Reisegeschwindigkeit erreicht. Nach einer Weile ging Wexford auf den Korridor, um festzustellen, wo sich Toilette und Waschraum befanden.

Neben dem Waschraum, im ersten Abteil des Waggons, saßen vier Hongkong-Chinesen in Palm Beach-Hemden und weißen Hosen und spielten Karten. Die Tür des nächsten Abteils wurde geöffnet, als Wexford vorbeikam, und eine Stimme sagte: «Entschuldigen Sie. Darf ich wohl einen Augenblick Ihrer Zeit in Anspruch nehmen?»

Wexford zierte sich nicht lange und trat ein. Die beiden Frauen hatten seine Neugier geweckt, und er wollte sich ein eigenes und genaueres Urteil über sie bilden. Diejenige, die seiner Meinung nach die Alkoholikerin war, lag auf einer der unteren Kojen, hatte die Schuhe abgestreift und die geschwollenen Beine mit Hilfe von zwei Kissen hochgelegt. Sie lächelte Wexford matt an.

«Es ist furchtbar anstrengend, wenn man ständig versuchen muß, sich diesen Chinesen verständlich zu machen», sagte die andere, «und dieser gräßliche Yu ist natürlich wieder mal verschwunden. Er verschwindet immer, wenn er gebraucht wird. Wahrscheinlich denkt er, daß er um so begehrter ist, je rarer er sich macht. Ach, ich bin übrigens Lois Knox, und das ist Hilda Avory. Ihren Namen kenne ich schon, ich habe ein bißchen an Ihrem Gepäck herumgeschnüffelt. Und jetzt bitte, bitte – glauben Sie, Sie könnten unseren Ventilator in Gang bringen?»

Die Eisenbahnangestellte, die ihn zu seinem Abteil geführt hatte, hatte ihm auch gezeigt, wie der Ventilator funktionierte, daher hatte er keine Schwierigkeiten, den Schalter zu finden, der unter der Tischplatte sehr gut versteckt war.

Lois Knox klatschte in die Hände wie ein kleines Mädchen.

«Und könnten Sie, da Sie so ein Tausendsassa sind, auch noch so lieb sein und uns zeigen, wie man das verdammte Radio abschaltet?»

Wexford hatte geglaubt, die kriegerische Musik, die ihn bei seinem Eintritt begrüßt hatte und die jetzt – vermutlich wegen irgendeiner politischen Rede – unterbrochen wurde, gefalle den beiden Frauen.

«Aber nein, wir finden sie abscheulich, nicht wahr, Hilda? Da unten sollte eigentlich ein Knopf sein, aber er ist abgebrochen und läßt sich nicht drehen. Wie sollen wir bei diesem Krach auch nur fünf Minuten schlafen können?» Lois Knox hatte strahlend meerblaue Augen, die eindringlich auf seinem Gesicht ruhten. Die Muskeln ihres Gesichts waren nicht mehr straff, das Kinn nicht mehr fest, aber mit den im Luftzug des Ventilators flatternden schwarzen Haaren wirkte sie irgendwie jung. Das Haar war gefärbt und wuchs an den Wurzeln rötlichbraun nach, da es seit fünf Wochen keinen Friseur mehr gesehen hatte.

«Sie reisen ganz allein, nicht wahr?» Sie wartete seine Bestätigung nicht ab. «Wir machen diese fürchterliche Zugreise mit, aber nie wieder, so wahr uns Gott helfe! Wie herrlich wäre es, zur Abwechslung einmal zu fliegen – oder nur ganz bescheiden mit dem Bus zu fahren, nicht wahr, Hilda?»

Hilda Avory antwortete nicht. Sie streckte die Hand nach ihrer Teetasse aus, trank und schüttelte sich dann. Sie sah verschwitzt aus, ihre Haut glänzte, das Haar klebte ihr auf der Stirn und das Kleid stellenweise an ihrem Körper, als habe sie draußen im Regen gestanden.

Wexford machte sich daran, die Schaltknöpfe des Radios zu untersuchen. «Ich könnte es in Ordnung bringen, wenn ich eine Zange hätte», sagte er.

«Wie wollen Sie diesem unergründlichen kleinen Yu erklären, was eine Zange ist? Wollen Sie eine Tasse Tee? Oder ein Glas *laoshan*?»

«Das ist Mineralwasser auf chinesisch», sagte Hilda Avory, die sich zum erstenmal zu Wort meldete. Sie hatte eine rauhe, unerwartet tiefe Stimme.

«Leider, leider haben wir nichts anderes. Hilda möchte nämlich nach und nach ‹trokken› werden, nicht wahr, Liebling? Es wäre deshalb sehr unklug, Alkohol hier zu haben. Die Versuchung wäre viel zu groß, wissen Sie?»

Was sollte er darauf sagen? Er nahm eine Tasse Tee an. Die Musik plärrte von neuem los, diesmal mit einer chinesischen Version von *Washington Post*.

«Was sollen wir nur tun?» rief Lois Knox und legte bittend die Hände zusammen. Die roten Nägel waren so lang wie die eines Manchu. «Morgen früh sind wir garantiert wahnsinnig.»

«Wie wäre es, wenn wir die Kabel durchschnitten?» sagte Wexford.

Die tiefe Stimme aus der anderen Koje sagte: «Das ist keine gute Idee. Ich habe von Leuten gehört, die das getan haben und hinterher den ganzen Zug neu verkabeln lassen mußten. Es hat sie Tausende von Yuan gekostet.»

«Ich will sehen, was ich tun kann», sagte Wexford. Er trank den Tee aus und ging dann auf die Suche nach einem Schaffner oder einem Zugbegleiter.

Der einzige, den er fand, war ein sehr junger Mann, der, den Kopf an die harte Wand gelehnt, in einem winzigen Kämmerchen neben dem Waschraum eingeschlafen war. Wexford ging durch den Verbindungsgang in den nächsten Waggon. Er begann am ganzen Körper zu schwitzen, und Schweißtropfen traten ihm auf Stirn und Oberlippe. Ohne kühlende Luftzufuhr der Ventilatoren war die Hitze noch immer unerträglich. Draußen sah man jetzt nur noch undurchdringliche Schwärze, und durch den oberen Teil der Fenster funkelten schwach ein paar Sterne herein. In einem Abteil mit Mr. Yu und einem anderen jungen Chinesen saß Mr. Sung. Sie waren in eine Landkarte des Flusses Lischuei vertieft, die vor ihnen auf dem Tisch lag.

«Speisewagen öffnet elst um acht», sagte Mr. Sung, sobald er Wexford erblickte. Alle Führer schienen zu glauben, daß Besucher aus dem Westen den ganzen Tag essen und trinken mußten, um das Gleichgewicht nicht zu verlieren, und daß sich die Wünsche der Touristen daher nur um dreierlei drehen konnten: die nächste Mahlzeit, Tee oder Bier. «Ich hole Sie ab, sobald Speisewagen geöffnet.»

«Ich brauche eine Zange», sagte Wexford.

Mr. Sung, Mr. Yu und der dritte Mann sahen ihn verständnislos fragend an. Wexford fiel ein, daß er in Peking einen Dolmetscher gefragt hatte, wo er Aspirin kaufen könne, und in einen Laden geschickt worden war, der Eiskrem verkaufte.

«Stange?» sagte Mr. Sung endlich hoffnungsfroh.

«Wollen Sie Zigaletten?» erkundigte sich Mr. Yu. «Sie bekommen genug, wenn Lestaulantwagen öffnet.»

«Ich will keine Zigaretten, ich will eine Zange.» Wexford ahmte mit den Fingern das Zwicken einer Zange nach, tat, als wolle er einen Nagel aus der Wand ziehen. Mr. Sung beobachtete ihn freundlich. Mr. Yu starrte ihn an und lachte. Der dritte reichte ihm ein großes, zerlesenes Buch, das sich als englisch-chinesisches Wörterbuch herausstellte. Wexford zeigte auf das Wort Zange und das entsprechende chinesische Schriftzeichen. Alle drei lächelten und nickten. Mr. Sung ging den Korridor hinunter und kam mit einer jungen Zugbegleiterin zurück, die Wexford eine Pinzette überreichte.

Wexford gab auf. Es war Viertel vor acht, und er begann sich auf ein Bier zu freuen. Als er in seinen Waggon zurückging, traf er eine kleine ältere Frau aus Fannings Gruppe. Sie reiste in Begleitung eines Ehepaars, und Wexford nannte die drei bei sich das «Dreiecksverhältnis» – was ganz bestimmt nicht zutraf. Sie trug ein paar Teebeutel in der Hand.

«Guten Abend», sagte sie. «Das ist ein richtiges Abenteuer, nicht wahr?» Wexford wußte nicht, ob das ernst oder ironisch gemeint war und wurde noch unsicherer, als sie, den Kopf ein wenig auf die Seite neigend, fortfuhr: «Wir Engländer müssen zusammenhalten, das sage ich immer.»

Jetzt war ihm natürlich klar, daß sie sich über ihn lustig machte, obwohl die Bemerkung weder witzig noch besonders geistreich war. Sie bezog sich ganz unverkennbar auf seine kurze Bekanntschaft mit Lois Knox, die sie wahrscheinlich vom Korridor aus beobachtet hatte. Ihre Miene blieb sachlich ernst, ihre Lippen zuckten leicht. Sie war so klein und dünn wie eine Chinesin, und der dunkelblaue Hosenanzug, den sie trug, nahm ihr jeden weiblichen Reiz. Wie stand sie zu dem Mann, der, wie Fanning ihm gesagt hatte, Rechtsanwalt im Ruhestand war? War sie seine Schwester? Die Schwägerin? Die Busenfreundin seiner Frau oder die Witwe seines besten Freundes? Sie ging weiter, und Wexford stellte, bevor sie das nächste Abteil betrat, fest, daß sie keinen Ring trug.

In dem Kämmerchen neben dem Waschraum schlief der junge Mann noch immer, und noch immer lehnte sein Kopf an der Wand. Jetzt erst bemerkte Wexford, daß auf dem Boden, neben den Füßen des Jungen, eine Wachstuchtasche mit Werkzeug lag. Er ging hinein, öffnete die Tasche und nahm eine Zange heraus.

Vor den Fenstern flogen ein paar Lichter vorbei. Sie fuhren durch ein Dorf oder eine kleine Stadt. Ganz flüchtig waren die Umrisse eines Berges zu sehen, dann hüllte die Dunkelheit sie wieder ein, und die Geschwindigkeit des Zuges nahm wieder zu. Wexford blieb in der Tür von Lois Knox' Abteil stehen. Das Radio spielte noch immer – Melodien aus ‹*Schwanensee*›. Hilda Avory lag noch immer auf der unteren Koje, und am

Ende, neben Hildas Füßen, saß Purbank. Er schien genau über das Thema zu dozieren, das Wexford nach China geführt hatte – die vorbeugende Verhinderung von Straftaten. Auf Lois' Gesicht malte sich der Ausdruck einer Frau, der von Kind an eingetrichtert worden war, daß man Männern immer und um jeden Preis schmeicheln mußte. Hilda hatte die Augen geschlossen, und ihre Züge wirkten leicht gespannt.

«Diese Kommunisten erklären immer hochtrabend, sie hätten das Verbrechen praktisch ausgerottet. Das klingt ja wunderschön, aber aus der Praxis wissen wir, daß es nicht wahr ist. Ich meine, wo hat man mir die Uhr, meine Diners Club-Karte und mein Geld geklaut? Nicht in Westeuropa, o nein! In der Union der Sozialistischen Sowjetrepubliken. Und das, wohlgemerkt, in einem Zug. Warum also sollte es hier wohl anders sein? Hier herrscht derselbe Mangel an materiellen Gütern – ein schlimmerer sogar, wenn möglich –, und deshalb können Sie drauf wetten, daß sie es nicht erwarten können, das Hab und Gut der reichen Kapitalisten in die kleinen heißen Finger zu bekommen. Und das bedeutet, Ihr Hab und Gut. Also lassen Sie nichts im Abteil, tragen Sie immer alles bei sich, und wenn Sie...»

Wexford hustete. Lois sah ihn und sprang, die Hände zusammenschlagend, auf. Während seiner Abwesenheit hatte sie mehr Lippenstift und Lidschatten aufgelegt und sich in ein tief ausgeschnittenes gelbes Kleid mit schwarzem Muster geworfen.

«O wie haben Sie mich erschreckt! Tony hat uns mit seinen Geschichten von Raub und Mord entsetzliche Angst eingejagt.»

Purbank stieß ein bellendes Macho-Lachen aus, das die «kleine Frau» beruhigen sollte. «Aber, aber, wann hatte ich denn von Mord gesprochen? Ich habe Mord nicht einmal erwähnt. Ich wollte Ihnen nur sagen, daß ich es nicht für ratsam halte, Wertsachen herumliegen zu lassen.»

«Und damit haben Sie ganz recht», sagte Wexford.

Er tastete unter dem Tisch herum, bekam den zerbrochenen Radioknopf mit der Zange zu fassen, drehte ihn gegen den Uhrzeigersinn, und die Musik verstummte.

«O Sie wunderbarer, wunderbarer Mann!»

rief Lois. «Hören Sie doch, wie still es ist! Endlich Ruhe und Frieden! War er nicht herrlich, als er eben so selbstsicher und absolut männlich hereinkam? Sie wären dazu nicht fähig gewesen, Tony. Sie haben uns nur lang und breit erklärt, wir müßten den Krach die ganze Nacht ertragen und uns außerdem darauf gefaßt machen, beraubt zu werden.»

«Gib dem Mann eine Tasse Tee», murmelte Hilda in ihr Kissen.

«Von mir bekommt er alles, was er will.» Lois hielt Wexford die Teetasse entgegen und machte einen tiefen Kotau, wie ihn ihrer Meinung nach kaiserliche Konkubinen zu machen pflegten. «Wenn du nur nicht den ganzen Scotch ausgetrunken hättest, Hilda!»

Im nächsten Moment erschien Mr. Yu in der Tür und verkündete, der Speisewagen habe eben geöffnet, man möge ihm bitte folgen. Purbanks Warnung beherzigend, belud sich Lois mit ihrer Handtasche, dem Handkoffer und einem Kasten, der wie ein Schmuckkoffer aussah. Wexford trank den inzwischen lauwarmen Tee. Ihm war klar, daß er praktisch in der Falle saß und mit Purbank und den beiden Frauen an einem Tisch essen mußte. Er tröstete sich jedoch mit dem Gedanken, daß der Speisewagen bestimmt bald wieder schloß. Überall, wo Wexford bisher gewesen war, hatte es nach zehn Uhr kein Nachtleben mehr gegeben. Aber würde man in diesem stickigen Zug überhaupt schlafen können? Schon machte sich der Mangel an Schlaf bei ihm bemerkbar – weniger durch Müdigkeit als durch eine merkwürdige Leichtigkeit im Kopf und ein Gefühl der Unwirklichkeit.

Sie marschierten den Korridor entlang. Wexford ging als letzter, Lois war unmittelbar vor ihm. Der Junge in dem kleinen Dienstabteil schlief noch immer. Sein Kopf war inzwischen von der Wand abgerutscht, vornübergefallen und ruhte auf dem Tisch. Wexford schlüpfte zu dem Jungen hinein und verstaute die Zange wieder in der Werkzeugtasche. Lois hatte nicht gemerkt, daß er verschwunden war, und war weitergegangen. Wexford blieb einen Augenblick am Fenster stehen und bemühte sich, in der vorbeifliegenden Dunkelheit etwas von der Landschaft zu entdecken. Er hörte Schritte hinter sich, die sich ihm aus der Richtung näherten, aus der er und die anderen gekommen waren. Als er sich umdrehte, erblickte er, nur noch ein paar Meter von ihm entfernt, die alte Frau mit den gebundenen Füßen.

Diesmal ging sie ohne Stock. War sie ihm in den Zug gefolgt? Er schloß die Augen, öffnete sie wieder, und die alte Frau war nicht mehr da. War sie in einem Abteil verschwunden? Eine Hand mit langen roten Krallen legte sich ihm auf den Arm, und das Parfum von Lois Knox stieg ihm aufdringlich in die Nase.

«Reg? Kommen Sie doch, mein Lieber, wir dachten schon, wir hätten Sie verloren.»

Er ging hinter ihr her in den Speisewagen. Blaue Samtvorhänge, Spitzenstores und auf den Sitzen die dunklen Baumwollbezüge mit plissierten Volants, die man in ganz China in Warteräumen, Zügen, auf Flughäfen und sogar in Flugzeugen findet. Lois klopfte auf den Stuhl neben dem ihren, und es blieb Wexford nichts anderes übrig, als der Aufforderung Folge zu leisten. Auf dem Tisch standen eine Platte mit eingepackten Süßigkeiten, eine andere mit Biskuitscheiben, eine Weinflasche, die – laut Purbank – Schnaps und eine Schnapsflasche, die Wein enthielt. Beide hatten die Farbe eines Rieslings. Wexford bat den Ober um eine Flasche Bier. Purbank zündete sich eine Zigarre an und begann über die häufigen Einbruchdiebstähle in Essex zu sprechen.

Der Speisewagen war voll. Chinesische Reisende aßen Nudeln und Gemüse aus Tonschüsseln. Die Fremdenführer tranken Tee und flüsterten miteinander. Hinter Wexford saßen die beiden verheirateten Paare an einem Tisch, und der ältere der beiden Männer erklärte den anderen mit der hohen, munter gefühllosen Stimme, wie man sie oft bei Chirurgen findet, die uralte Kunst des Füßebindens. Die Frau des Anwalts stieß einen Laut des Abscheus und des Widerwillens aus, als er beschrieb, wie die Zehen langsam verkümmerten.

Das Bier kam. Es war warm und schmeckte süßlich. Wexford verzog das Gesicht und winkte dem Kellner, der mit einem Teekessel die Runde machte. Unter dem Tischtuch berührte Lois' Knie das seine.

«Entschuldigen Sie mich», sagte er, stand auf und ging zu Mr. Sungs Tisch hinüber. «Sagen Sie mir bitte, wann Sie ins Bett wollen. Ich möchte nicht, daß Sie meinetwegen länger aufbleiben.»

Die Bemerkung war der Anlaß zu einem neuen, verwickelten Mißverständnis. Warum wollte Mr. Wexford ihn, Mr. Sung, ins Bett schicken? Er war nicht krank. Es war – mit Mr. Sungs Worten – noch nicht einundzwanzighundert Uhr. Wieder wurde das Wörterbuch zu Rate gezogen. Mr. Yu lächelte gütig und rauchte eine Zigarette. Schließlich kam es heraus, daß Mr. Sung nicht in Mr. Wexfords Abteil schlief und das auch nie beabsichtigt hatte. Er war mit Mr. Yu und dem dritten Mann, den er als Mr. Wong vorstellte, in einem Abteil untergebracht. Da der Zug nicht voll besetzt war, hatte Wexford sein Abteil für sich allein. Also marschierte er zu Fanning hinüber und bot ihm eine der freien Kojen an.

Aber Lewis Fanning lehnte auf eine Art ab, die fürjemanden, der sich mit Charakterstudien befaßte, sehr aufschlußreich war.

«Guter Gott im Himmel!» rief er. «Ich

könnte die zwei nicht allein lassen. Sie würden sich im Handumdrehen an die Gurgel fahren. Sie würden einander in Stücke reißen. Nein, ich bin Ihnen schrecklich dankbar, aber es geht leider nicht.»

Man merkte Fanning jedoch deutlich an, daß er die bevorstehende Nacht keineswegs fürchtete, sondern sich darauf freute, um später seine Erlebnisse, mit einem Maximum an Dramatik, all jenen zu erzählen, die gewillt waren, ihm zuzuhören. Mr. Sung, Mr. Yu und Mr. Wong hatten angefangen Karten zu spielen. Der Chirurg zeichnete Mittelfußknochen vor und nach dem Binden auf eine Serviette. Wexford setzte sich wieder. Seine Teetasse war inzwischen frisch gefüllt worden. Hilda Avory hatte anscheinend beschlossen, mit dem «Trockenwerden» erst später anzufangen und trank langsam und stetig aus einem Glas, das sie mit großer Regelmäßigkeit aus der Weinflasche füllte, die – laut Purbank – den starken chinesischen Schnaps Mao Tai enthielt. Purbank erzählte Anekdoten von Diebstählen und Einbrüchen. Lois Knox preßte wieder das Knie an das von Wexford, und er fühlte ihre bloßen Zehen an seinem Fußknöchel. Offenbar hatte sie unter dem Tisch die Sandale abgestreift. Der Zug fuhr durch undurchdringliche Dunkelheit – eine Dunkelheit, die keine Abgrenzung zwischen Himmel und Erde zuließ und in der kein einziges Licht zu sehen war.

Die kleine Frau im blauen Hosenanzug betrat den Speisewagen und zögerte einen Augenblick, bevor sie auf den Tisch zuging, an dem die beiden Ehepaare saßen. Der Anwalt sprang auf und zog einen Stuhl für sie heraus. Und plötzlich begriff Wexford, daß sie es war, die er gesehen hatte. Sie war es gewesen, die im Korridor auf ihn zugekommen war, als er sich vom Fenster abwandte, sie, die in ihrem Abteil verschwunden war, als er die Augen geschlossen hatte. Auch sie war klein und dünn, auch sie trug eine dunkle Hose mit dunkler Jacke. Und obwohl ihre Füße gewiß nie gebunden gewesen waren, waren sie nicht viel größer als die eines Kindes, und sie trug auch die schwarzen chinesischen Pantoffeln, die man überall kaufen konnte. Wexford lachte innerlich herzlich über sich. Er mußte wirklich sehr müde und verwirrt sein, wenn er sich einbildete, die Chinesin, die er in Shaoshan und dann auf der Orangeninsel gesehen hatte, folge ihm mit dem Zug nach Kweilin. Er trank seinen Tee und ließ sich dann ein Glas Mao Tai einschenken. Wer weiß, vielleicht verhalf es ihm zu einem besseren Schlaf.

Hilda Avory erhob sich unsicher. «Ich glaube, ich könnte versuchen, ein bißchen zu schlafen», sagte sie mit zitternder Stimme. «Bitte bleib nicht zu lange, Lois. Du weckst mich, wenn du um Mitternacht hereinplatzt.»

«Liebling, ich platze nie», antwortete Lois und rutschte ein bißchen näher zu Wexford. «Seien Sie lieb, und helfen Sie ihr ein bißchen, Tony. Dieser verdammte Zug schaukelt so.»

Purbank zögerte, hin- und hergerissen zwischen dem Wunsch, Gentleman zu sein und dem Verlangen, eine zweite Flasche Lorbeerblütenwein zu bestellen, bevor der Speisewagen schloß. Aufmerksam geworden, hatte Fanning sich halb von seinem Platz erhoben, doch Wexford sah seine Chance und packte sie beim Schopf. «Darf ich?» fragte er, und Lois murrte verdrossen vor sich hin. Er lächelte ihr zu wie einem schwierigen Kind, das einem zum Glück nicht gehörte und das man vielleicht nie wiedersehen würde. Dann nahm er Hildas Arm und steuerte sie sicher zwischen den Tischen durch und hinaus in den Korridor.

Sie schwitzte stark deodorierten, nach einem französischen Parfum duftenden Schweiß, der ihr den Arm herunterlief und ihm den Hemdsärmel durchweichte. Vor dem Fenster tauchte ein mit Lichtpünktchen besetztes kastenförmiges Gebäude aus dem Dunkel auf und blieb zurück, als der Zug weiterstürmte. Wexford schob die Tür des Abteils neben dem seinen auf und half ihr hinein. Jemand hatte den Ventilator abgeschaltet, und die Luft war heiß und stickig und roch leicht nach Ruß. Wexford schaltete den Ventilator wieder ein. Das Thermometer zeigte 95 Grad Fahrenheit oder 35 Grad Celsius. Hilda fiel mit dem Gesicht nach unten auf die linke Koje und blieb so liegen. Wexford stand noch ein paar Sekunden unschlüssig da, fragte sich, ob er etwas für sie tun könne, und kam zu dem Schluß, daß er alles getan hatte. Er fuhr sich mit der Zunge über die trockenen Lippen. Der Mao Tai hatte ihn wieder durstig gemacht, und er ging in sein Abteil hinüber.

Auch hier war der Ventilator abgeschaltet. Wexford knipste ihn an und schlug das Laken auf der linken unteren Koje zurück. Seine Thermosflasche war frisch gefüllt, und auf dem Tisch lagen zwei Teebeutel. Er hatte Teebeutel noch nie gemocht, gab daher einen Löffel voll von seinem eigenen Silberblatt-Tee in die Tasse und goß das fast kochende Wasser darüber. Ein würzig-aromatischer Duft stieg von der Flüssigkeit auf, die ganz anders roch als der Tee aus dem Supermarkt zu Hause. Ein paar Minuten, während er den Tee trank, blickte er hinaus in die schimmernde sternenlose Schwärze, die am Fenster vorüberströmte, dann zog er das Rollo herunter.

Lois Knox und Purbank kamen jetzt zusammen den Korridor herunter. Er hörte ihre Stimmen, aber nicht, was sie sprachen. Dann sagte Purbank lauter: «Gute Nacht, die Damen.» Und seine Schritte entfernten sich.

Wexford wartete, bis der Korridor leer

war und ging dann in den Waschraum. Die Toilette war frei, der Waschraum besetzt. Der Anwalt war ihm zuvorgekommen. In der Toilette war es heiß und roch widerlich nach Ammoniak. Der Zug ratterte und sang. Wexford wartete auf dem Korridor, blickte aus dem Fenster ins Nichts, sagte dem Doktor, der mit seiner Frau vorüberkam, gute Nacht und wartete darauf, daß der Anwalt das Bad räumte. Purbanks Feind und die Tochter des Doktors waren nicht im Speisewagen gewesen. Eine Ferienromanze?

Die Badezimmertür wurde geöffnet, der Anwalt kam heraus, sagte ziemlich kurz angebunden: «Gute Nacht», und marschierte, sein dunkelbraunes Handtuch und den karierten Kulturbeutel unter den Arm geklemmt, davon.

Wexford wusch sich Hände und Gesicht, putzte sich die Zähne und bemühte sich, kein Wasser zu schlucken. Natürlich hätte er sich ein bißchen Wasser aus der Thermosflasche mitnehmen sollen.

Alle Abteiltüren waren geschlossen. Das Licht im Korridor war nicht sehr hell. Nicht zum erstenmal fragte sich Wexford, ob es wohl in ganz China eine einzige Hundert-Watt-Birne geben mochte. Er schob die Tür seines Abteils zurück.

Auf der rechten unteren Koje, auf dem Rücken, die von Streifen entstellten rötlich-weißen Beine ausgestreckt, das kurze weiße Hemd ein wenig hochgeschoben, das Gesicht weiß und aufgedunsen, das Nasenbein eingedrückt, den Mund mit der hervorquellenden Zunge geöffnet, lag die Marquise von Tai.

4

Er schrie nicht, er stöhnte nicht einmal auf. Er schloß die Augen und ballte ganz fest die Hände. Ohne noch einmal das tote Ding anzusehen, das mumifizierte zweitausend Jahre alte Ding, machte er rasch kehrt und verließ das Abteil. Er wußte nicht, ob er die Tür hinter sich geschlossen hatte oder nicht.

Er ging den Korridor hinunter. Im Waschraum stand das Fenster offen, er beugte sich hinaus und atmete tief die kühlere Luft ein.

Die Dunkelheit brauste an ihm vorüber. Niemand wußte besser als er, daß es dumm und gefährlich war, den Kopf aus dem Fenster zu stecken. Vor Jahren, als er noch jung gewesen war, hatte er an einer amtlichen Leichenschau teilgenommen, die wegen eines Mannes abgehalten wurde, der sich auch aus einem Zugfenster gebeugt hatte und geköpft worden war, als der Zug in einen Tunnel einfuhr. Er atmete tief, schloß wieder die Augen. Jeder Versuch, zusammenhängend zu denken, schlug fehl. Er würde in sein Abteil zurückgehen und etwas tun müssen.

Die Tür zum Waschraum wurde geöffnet, und jemand sagte: «Oh, entschuldigen Sie.» Es war der alte Doktor.

«Ich gehe schon», entgegnete Wexford.

Er hätte gern gewußt, ob sein Gesicht so kalkweiß war, wie es seinem Gefühl nach sein mußte. Dem Doktor schien nichts aufzufallen. Vor sich hinsummend, begann er sich die Hände zu waschen. Schnell ging Wexford zu seinem Abteil zurück, und da er blindlings vorwärtsstürmte, wäre er fast mit Lois Knox zusammengestoßen, die eben ihre Abteiltür öffnete. Sie trug ein kurzes, zerdrücktes weißes Negligé aus Stickereispitze, und ihr Gesicht wirkte irgendwie nackt, weil es nicht geschminkt war.

Er entschuldigte sich. Sie antwortete nicht und knallte die Tür zu. Er holte tief Atem, straffte sich, öffnete seine eigene Tür und warf einen Blick in die Koje. Sie war leer.

Wexford setzte sich. Er schloß die Augen, öffnete sie, schaute in die Koje – sie war noch immer leer. Er hätte jetzt dringend einen steifen Whisky oder auch nur einen Mao Tai gebraucht, war jedoch überzeugt, daß er um diese Zeit – es war schon nach elf – weder das eine noch das andere bekam, auch dann nicht, wenn er gewußt hätte, wie er den Zugbegleiter oder -betreuer herbeirufen konnte. Was ohnehin nicht der Fall war. Er streute Teeblätter in eine saubere Tasse und schüttete heißes Wasser darüber. An dem, was er gesehen hatte, gab es nichts zu rütteln und zu deuteln. Der Leichnam hatte hier gelegen. Derselbe Leichnam, den er durch die Öffnung im Fußboden des Museums in dem gläsernen Sarkophag gesehen hatte.

Haargenau derselbe war es gewesen – die

Mumie mit dem verkürzten rechten Arm, dem offen gähnenden Mund und der herausquellenden Zunge. Er wußte, daß er sie gesehen hatte. Zaghaft zuerst und dann energischer tastete er die gegenüberliegende Koje ab. Das Kissen war deutlich eingedrückt, das oberste Laken nicht mehr glatt. Jemand hatte dort gelegen, war dorthingelegt und während seiner Abwesenheit wieder weggebracht worden.

Er stellte fest, daß es keine Möglichkeit gab, das Abteil zu verschließen, doch es gelang ihm, mit Hilfe der *Peking Blue News* den Schnapper des Schlosses so zu präparieren, daß niemand die Tür von außen öffnen konnte. Er trank seinen Tee. Der Ventilator war über Nacht abgeschaltet worden, und obwohl Wexford das Fenster geöffnet hatte, war die Luft in dem kleinen Raum schwer und warm. Ein häßlicher Gedanke kam ihm, während er sich auszog. Er zog die metallene Leiter von der Wand herunter, stieg hinauf und überzeugte sich, daß in den beiden oberen Kojen niemand lag. Er hatte sich eben an eine besonders unerfreuliche Geschichte von F. Marion Crawford erinnert, in der ein

Schiffspassagier in der oberen Koje seiner Kabine den Leichnam eines Ertrunkenen oder seinen Geist gefunden hatte.

Nachdem er noch eine zweite Tasse Tee getrunken hatte, löschte er das Licht. Lange, sehr lange warf er sich schlaflos von einer Seite auf die andere, und dann schlief er für eine knappe Stunde ein. Als er wieder aufwachte, war es erst drei, und er wußte, daß er in dieser Nacht kein Auge mehr zumachen würde.

Er richtete sich auf, knipste das Licht an und stellte sich eine Frage: War es möglich, daß das, was er in der Koje liegen gesehen hatte, Lois Knox gewesen war?

Wexford war ein bescheidener Mann und von seiner Anziehungskraft auf Frauen – wenn er überhaupt je daran dachte – nicht sehr überzeugt. Für seine Frau schien er auch nach dreißigjähriger Ehe noch unverändert attraktiv zu sein, und dafür war er zwar dankbar, es war jedoch kein Grund für Spekulationen. Ihm hatte es an weiblicher Bewunderung eigentlich nie gemangelt, doch er hatte sie nie ernst genommen. Und die Idee, Lois Knox ernst zu nehmen, wäre ihm überhaupt nie gekommen. Doch wenn er es recht überlegte, dann war für sie diese Reise eine Art Sextour – vorausgesetzt daß das, was Fanning über sie gesagt hatte, ganz oder teilweise stimmte. Wexford wußte sehr gut, daß eine solche Frau den von ihr ausgesuchten Partner nicht einmal attraktiv finden mußte. Es genügte, daß er ein Mann und verfügbar war, jemand, der ihr angeknackstes Ego aufrichtete, für einen Abend, vielleicht auch nur für eine Stunde, der sie aus ihrer panischen Angst erlöste, Alter und Tod ein paar Zentimeter weiter hinausschob.

Als er den Speisewagen verließ, hatte er ihr gedankenlos zugelächelt. Hatte sie dieses Lächeln für eine Einladung gehalten? Sie war im Korridor gewesen, als er aus dem Waschraum zurückkam, und sie hatte ein kurzes weißes Hemd oder einen kurzen weißen Morgenrock angehabt. Außerdem war sie ihm offensichtlich böse gewesen, hatte vor Wut gekocht. War sie es, die in der Koje gelegen und auf ihn gewartet hatte? Was mußte sie empfunden haben, als er zurückwich, entsetzt die Augen schloß und wortlos hinaustaumelte?

Wexford war sich klar darüber, daß sehr viele Leute das komisch gefunden hätten. Schließlich hatte diese Frau, die nicht mehr jung und nicht mehr attraktiv, aber immer noch so herausfordernd schamlos war wie eine junge Schönheit, nur bekommen, was sie verdiente. Gott sei Dank wußte sie wenigstens nicht, daß er sie irrtümlich für einen zweitausend Jahre alten, von Krankheit ausgemergelten Leichnam gehalten hatte, dessen innere Organe jetzt in Formaldehyd schwammen.

Aber traf das alles auch zu? Wieder schloß er die Augen und vergegenwärtigte sich, was er gesehen hatte. Die Marquise von Tai. Das Gesicht war nicht das von Lois – Gott bewahre ihn! Und der verkürzte rechte Arm? Die von tiefen Streifen durchzogenen Oberschenkel?

Vielleicht brauchte er in Zukunft eine Brille, die er ständig tragen mußte, nicht nur eine zum Lesen. Vielleicht verlor er den Verstand. Vorausgesetzt, man erkrankte an Schizophrenie – was durchaus möglich war, denn es gab so etwas wie eine spontan auftretende Schizophrenie, die Menschen mittleren Alters befiel –, dann hatte man wahrscheinlich Halluzinationen, ahnte jedoch nicht, daß es Halluzinationen waren und benahm sich, kurz gesagt, wie er sich benommen hatte. Sei kein Narr, sagte er sich. Schlaf endlich einmal. Kein Wunder, daß du Visionen hast, wenn du nie zum Schlafen kommst. Gegen Morgen döste er noch einmal ein, bis die Sonne aufging und der Ventilator sich einschaltete.

Am Morgen sehen die Dinge immer anders aus. Vielleicht finden wir diese Binsenweisheit so erstaunlich, weil sie eine so bemerkenswerte Wahrheit ist. Sie trifft immer zu. Alles Beängstigende, Erschreckende, Makabre, Monströse ist im nüchternen Morgenlicht wie weggeblasen. Das Licht, das Wexfords Abteil füllte, war nicht besonders kühl, hatte jedoch dieselbe reinigende Wirkung. Er war nicht verrückt, er sah noch sehr gut, und ganz bestimmt hätte er am Abend vorher nicht das große Glas Mao Tai trinken sollen.

Die Ereignisse bestätigten ihm auch bald,

daß die Erscheinung in der unteren Koje wirklich Lois gewesen war. Im Speisewagen saß sie mit Hilda Avory, dem Anwalt, seiner Frau und der Freundin seiner Frau an einem Tisch. Alle blickten auf, als er kam, und wünschten ihm guten Morgen – nur Lois nicht. Sie hatte den anderen etwas aus ihrem Führer von Kweilin vorgelesen, unterbrach sich, schaute aus dem Fenster und las mit schwärmerischer Stimme und übertriebener Betonung erst weiter, als er schon vorbei war.

Wexford setzte sich Fanning gegenüber.

«Wie war Ihre Nacht? Wie ich sehe, haben die beiden sich nicht gegenseitig umgebracht.»

«Mr. Purbank und ich haben tief und fest geschlafen, vielen Dank», antwortete Fanning. «Mr. Vinald hat uns Gott sei Dank nicht mit seiner Anwesenheit beehrt. Ich vermute, daß er die freie Koje in Dr. Baumanns Abteil belegt hat, kann aber nicht behaupten, daß mich das Thema unbedingt fasziniert.»

«Unkonventionell», sagte Wexford.

«Ach, wissen Sie, ein paar Tage im Transsibirien-Expreß, und Sie vergessen die wichtigsten Grundsätze Ihrer guten Erziehung. Es gibt auf der ganzen Welt nichts Vergleichbares. Nicht daß das auch auf die Baumanns und Mr. Vinald zuträfe. Daddy und Gordon haben brav oben, Mami und Margery hübsch unten geschlafen.»

Wexford warf einen Blick zu der plumpen blonden Frau hinüber, die neben ihrem Vater und Gordon Vinald gegenübersaß und die chinesische Variation eines spanischen Omelettes aß, die stets unter dem Sammelbegriff «Eier» auf der Speisekarte erschien und – egal, wo er gerade gewesen war – immer zum Frühstück serviert wurde. Miss Baumann war eine angenehme Erscheinung mit einem Gesicht, das ruhige Heiterkeit ausstrahlte, und sie machte nicht wie Lois Knox den Fehler, ihre füllige Figur in Hosen und T-Shirt zu zwängen. Dann fiel sein Blick auf Lois selbst. Ihr Haar war sorgfältig frisiert, ihr Gesicht recht passabel auf jugendlich geschminkt. Sie hatte nicht die geringste Ähnlichkeit mit der Marquise von Tai, und es wäre eine grausame Verunglimpfung gewesen, das auch nur anzudeuten. Ihre Blicke trafen sich, und sie wandte sich mit bewußter und wohlberechneter Geringschätzung ab.

«Hat Mrs. Knox sich schon auf ihre bewährte Manier an Sie herangemacht?» fragte Fanning unschuldsvoll.

«Guter Gott, nein», erwiderte Wexford.

«Es hat mich nur interessiert.»

Mr. Sung, Mr. Yu und Mr. Wong aßen Nudeln mit Reis und Gemüse. Purbank kam herein, und Wong stand sofort auf, um mit ihm zu sprechen. Was immer er sagte, es ließ Purbanks Gesicht plötzlich merkwürdig eckig aussehen, und einen Moment malte sich eine fast panische Angst darauf. Er ließ den Chinesen stehen und setzte sich allein an einen Tisch.

Wexford war erleichtert. Er hatte wieder einen Blick für das Verhalten der Menschen, er war wieder er selbst, hatte seine Gedanken von dem befreit, was am Ende doch kein «Leichnam in der Koje» gewesen war. Der Kellner kam mit dem Teekessel vorbei, und Wexford reichte ihm seine Tasse.

Wieder eine graue Hotelkaserne, so absolut phantasielos gebaut, daß Wexfords fester Überzeugung nach bei der Planung dieses Gebäudes kein richtiger Architekt die Hand im Spiel gehabt haben konnte. Aber als er in seinem Zimmer ans Fenster trat, ließ ihn der Ausblick alles von Menschen Geschaffene vergessen. Die Berge, die den Horizont bildeten, und vor diesem Horizont die lange Hügelkette, waren so phantastisch geformt, daß sie allem anderen ähnlich sahen, nur nicht den Karstformationen, als die sie im Führer bezeichnet wurden. Sie glichen Kegeln, Zypressen, großen Blätterpilzen. Sie erhoben sich, baumbewachsen, senkrecht aus der Ebene, die Wände kerzengerade, die Gipfel runde Kuppen. Das waren die Berge von den chinesischen Gemälden und Zeichnungen, von denen Wexford bisher geglaubt hatte, die Künstler hätten sie stilisiert. Bei ihrem Anblick konnte man die grauen Blocks vergessen, die überall in der Stadt in die Höhe geschossen waren und aussahen wie dieses Hotel, um nur noch diese unglaublich schönen Berge zu betrachten – sie und die kleinen rotbraunen Dächer, das Wasser, das sich überall in Teichen und Seen sammelte, und den Fluß Li-schuei, der sich wie flüssiges Silber durch die Landschaft schlängelte.

Es war für China ziemlich ungewöhnlich, daß man auf einer Eisenbahnreise vom einheimischen Führer begleitet wurde. Normalerweise hätte Mr. Sung sich auf dem Bahnhof von Tschangscha von Wexford verabschiedet, und ihn hätte in Kweilin ein anderer Führer erwartet. Es sah jedoch so aus, als wohne Mr. Sung in Kweilin und habe es nicht für unter seiner Würde gehalten, aus persönlichen Gründen an der richtigen Stelle ein bißchen nachzuhelfen, damit er die Reise mitmachen konnte. Mr. Yu und Mr. Wong waren auf dem Bahnhof von Kweilin verschwunden, und Fannings Gruppe befand sich jetzt unter der Obhut eines totenblassen, für einen Chinesen ungewöhnlich großen Mannes namens T'chung. Dieser neue Führer hatte seinen Touristen unbarmherzig eine Exkursion durch mehrere Höhlen verordnet.

Sie blieben nur zwei Tage in Kweilin, und die mußten zweifellos genutzt werden. Wexford gelang es, Mr. Sung geschickt zu entgehen und unter den Kassia-Zimtbäumen allein einen ruhigen Spaziergang durch die Stadt zu machen. Man konnte hier ebenso leicht wie in Peking von einem der unzähligen Fahrräder umgestoßen werden, die sich auf den Straßen drängten. Männer mit gebeugten Schultern und gespannten Muskeln zogen mit Betonblöcken beladene Karren, während Frauen, den Jochbalken mit an beiden Enden herunterhängenden und bis zum Rand gefüllten Körben über den Schultern, mit ihrem merkwürdigen Kulitrab vorüberjoggten. Unter den Kassiablättern flatterten grüne und schwarze Schmetterlinge umher. Wexford bezahlte ein paar Fen, um sich eine Ausstellung mit Bildern und mit dem Pinsel geschriebenen Blättern anzusehen und in einem Bonsaigarten spazierenzugehen. Er betrat einen der dunklen, nach Gewürzen duftenden Lebensmittelläden und kaufte grünen Tee. Er blieb eine Weile und sah sich das Warenangebot an: Krüge mit Süßigkeiten, getrocknete Meeresalgen in Bündeln, Fässer mit Reis, sauren Fisch, Ingwerwurzeln, Behälter mit Sojasoße und unzählige andere Dinge. Als er sich umdrehte, um sich die unter Glas ausgestellten Kuchen und Torten anzusehen, entdeckte er auf der gegenüberliegenden Seite des Ladens die alte Frau mit den gebundenen Füßen. Sie stützte sich auf ihren Stock und schaute kritisch in ein Reisfaß, wie er es vor kurzem auch getan hatte.

Er brauchte nur einen Sekundenbruchteil, um zu erkennen, daß es nicht dieselbe alte Frau war. Sie richtete sich auf, wandte den Kopf, und er sah ein Gesicht, das einer von hundert Runzeln durchzogenen braunen Nuß glich. Auf der winzigen Stubsnase saß eine Brille. Ihr Blick glitt gleichgültig über ihn hinweg, zumindest war darin nicht mehr als das kurze Aufblitzen einer natürlichen Neugier zu sehen. Dann begann sie mit einem schnellen Singsang auf die Verkäuferin einzureden, die ihr etwas zugerufen hatte. Läden wie diesen hat es in England vor vierzig Jahren gegeben, dachte Wexford. Damals, als ich noch ein Kind war. Die Verkäuferinnen waren höflich, bedienten die Kunden geduldig, gaben sich Mühe, und der Kunde hatte immer recht. – Wie sich die Zeiten doch geändert hatten! Die alte Frau kaufte ihren Reis, zwei Stück Torte, einen Beutel geröstete Sojabohnen und verließ dann den Laden mit dem schwerfälligen Ponytrab, der einzigen Gangart, zu der man fähig ist, wenn man keine Zehen hat und der Spann wie ein U nach unten gebogen ist.

Beim Abendessen war Wexford froh, daß man ihm auch hier einen Fächer und einen sorgfältig abgeschirmten Einzeltisch gab. Hinter dem Schirm hörte er Lois Knox und Purbank über die unzähligen Meilen schimpfen, die sie in den Höhlen zu Fuß laufen mußten, und das nach dieser Eisenbahnfahrt. Der Kellner brachte ihm gebackenen Karpfen, Schweinefleisch und Auberginen in Ingwersoße, Glasnudeln mit Pilzen, ein paar Scheiben Entenfleisch, gekochte und in dünnen geschlagenen Eierteig getauchte und gebackene Eier. Der Tee war sehr stark und aromatisch. Als er mit dem Essen fertig war, ging er auf das Dach in die neue Bar, auf die das Hotel sehr stolz zu sein schien.

Es war offensichtlich, daß ihre Schöpfer nie eine westliche Bar zu Gesicht bekommen hatten. Vielleicht hatten sie von Bars gelesen oder kannten ein paar aus alten Filmen. Die

Folge war eine Mischung aus einer Teestube in einem englischen Dorf und einem Saloon einer Cowboystadt in einem Western der dreißiger Jahre. Auf dem Betondach mit der Betonbrüstung standen lange, rohe Holztische und hölzerne Klappstühle. Lichtquellen waren an Drähten hängende elektrische Birnen und der Mond. An der Theke konnte man Feuerwerkskörper kaufen, und auf der entfernten, dunklen Seite des Daches ließen ein paar Chinesen Knallfrösche los.

Der Ausblick, den man von hier genoß, entschädigte jedoch für alles, was der Bar fehlen mochte. Der Himmel glänzte im Mondlicht, und über dem schimmernden Band des Flusses türmten sich die Berge wie schwarze Gewitterwolken. Als Wexford, ein Glas Kassia-Zimtwein neben sich auf der Brüstung, sich vorbeugte, um auf die Stadt hinunterzuschauen, begann ein Plattenspieler zu plärren, der auf einem Kartentischchen stand. Es war eine LP mit Weihnachtsmusik. Mit sirupartigen Stimmen begann ein Engelschor «Stille Nacht, heilige Nacht» zu singen, ging dann zu «Morgen kommt der Weihnachtsmann» über, und zum Schluß kam Bing Crosby mit seinem unnachahmlich gefühlvoll gesungenen «White Christmas». Es war hier noch heißer als in Tschangscha, stickig und feucht, die Bäume dicht belaubt, und über den Himmel segelte der helle Junimond. Als die Platte unerbittlich weiterspielte, begannen die Amerikaner am Tisch neben Wexford zu lachen. Der adrette, lächelnde Chinesenjunge, der die Platte aufgelegt hatte, strahlte sie dankbar an. Er hatte die ausländischen Touristen glücklich gemacht. Er wollte sie sogar noch glücklicher machen, indem er ihre Musik noch einmal spielte.

Als die «Stille Nacht», die bittere Kälte, Kirchenglocken und den Stern von Bethlehem heraufbeschwor, zum zweitenmal durch die heiße, stille Luft hallte, kam Lois Knox die Treppe herauf. Sie trat unter dem Betonbaldachin über dem Bartresen hervor auf das Dach und wurde von einem großen, beleibten Australier begleitet, mit dem Wexford im Lift zum Essen hinuntergefahren war. Sie hatte frisches Make-up aufgelegt, hatte es irgendwie geschafft, zum Hotelfriseur zu gehen, und sie trug ein frischgebügeltes blaues Leinenkleid und hochhackige blaue Schuhe. Sie sah besser aus denn je, und der Australier schien völlig hingerissen von ihr. Wexford begriff, daß sie ihm verziehen hatte, sie konnte es sich jetzt leisten. Sie winkte und rief ihm zu: «Wir werden Sie in Ihrer Andacht nicht stören!» Der Australier nahm ihren Arm und führte sie auf den Teil des Daches, den weder Mond noch elektrisches Licht erreichten.

Wexford setzte sich allein an einen Tisch. Nach dem gestrigen Abend war es wahrscheinlich klug, wenn er nicht zuviel trank. Außerdem war der Kassia-Zimtwein widerlich süß. Kurz darauf kamen Gordon Vinald und Margery Baumann zusammen auf das Dach. Wexford unterhielt sich eine Weile mit ihnen und ging dann in sein Zimmer. Auf seinem Programm standen nur noch zwei Punkte: grüner Tee und Bett.

Als er am nächsten Morgen das Hotel verließ, kam es ihm so vor, als sei er in eine Dampfwolke geraten. Zwar war es erst Viertel vor acht, aber die Temperatur näherte sich schon 85 Grad Fahrenheit oder 29 Grad Celsius.

Wexford fand es geradezu lächerlich, die wenigen hundert Meter bis zum Landesteg mit dem Bus zu fahren. Er ging zu Fuß und versuchte, die merkwürdige Leichtigkeit abzuschütteln, die er im Kopf fühlte, und sich von dem beklemmenden Eindruck zu befreien, daß alles unwirklich war, was um ihn herum geschah. Das Summen der Klimaanlage hatte ihn gegen zwei Uhr geweckt, und als er sie abgeschaltet hatte, war das Zimmer wieder so heiß geworden wie ein Ofen. Das Bett war außerdem das härteste, auf dem er je versucht hatte zu schlafen. Ein hölzernes Gestell, schmal wie ein Feldbett, mit einer dünn wattierten Auflage. Er hatte dagelegen, gelesen und sich bemüht, seinen schmerzenden Gliedern die Folterung zu erleichtern.

Seine Reiselektüre – einen englischen Klassiker, chinesische Gedichte und einen preisgekrönten modernen Roman – hatte er bis auf ein Buch ausgelesen, eine Anthologie mit dem Titel ‹*Meisterwerke des Übersinnlichen*›. Die erste Geschichte der Sammlung war ‹*Die obere Koje*›, und er war froh, daß er den Band nicht schon im Zug aufgeschlagen hatte.

Als er die von Kassia-Zimtbäumen gesäumte lange Allee hinunterging, kam er allmählich wieder zu sich, und die Nöte der Nacht fielen von ihm ab. Das Boot hatte schon angelegt, und die amerikanische Gruppe war bereits an Bord, ebenso die australischen Geschäftsleute. Als Wexford ihnen folgen wollte, hielt der Minibus am Straßenrand, und Mr. Sung sprang heraus. Unverkennbar verärgert und sehr anmaßend.

«Das ist sehl schlecht», sagte er vorwurfsvoll. «Sie dülfen nicht allein gehen. Walum walten Sie nicht auf den Bus, wie ich gesagt habe? Sie können nicht ohne Fahlkalte an Bold von Schiff gehen.»

Er reichte Wexford ein Stück bunter Pappe. Mr. T'chung sammelte Fannings Gruppe um sich, indem er mit den Armen winkte, als seien es an einem Mast befestigte Flügelsignale. Wexford nahm die entwertete Fahrkarte entgegen. Der Fluß Li-schuei und ihre Fahrtroute bis hinunter nach Yangshuo waren darauf eingezeichnet, außerdem ein paar chinesische Schriftzeichen in roter Tinte und das hochtrabende Wort «Schiffspapier». Das Boot selbst war recht hübsch, ein typisches Flußschiff mit einem Salon und einem Oberdeck, auf dem Liegestühle aufgestellt worden waren.

«Schöne Landschaft beginnt um halb elf», sagte Mr. Sung.

«Ist das keine schöne Landschaft?» fragte Wexford, als das Fallreep eingezogen wurde und sie ablegten. Der Fluß Li-schuei, breit und bronzefarben, schlängelte sich zwischen kegelförmigen Bergen aus der Stadt hinaus.

«Halb elf», sagte Mr. Sung, «dülfen Sie fotoglafielen.»

Wexford war es müde, ihm immer wieder zu erklären, daß er keinen Fotoapparat hatte. Es war unmöglich, Mr. Sung begreiflich zu machen, daß man ohne Fotoapparat frei war. Gordon Vinald, die Frau des Anwalts und ihre Freundin waren schon auf das Oberdeck geklettert, murmelten vor sich hin, legten neue Filme ein, mühten sich mit Teleobjektiven ab. Wexford setzte sich im Salon zu Margery Baumann und trank Tee, der eben serviert wurde. Manchmal bringt es eine Frau mittleren Alters fertig, so frisch auszusehen wie ein junges Mädchen, und so sah an diesem Morgen um halb neun auf dem Fluß Li-schuei Margery Baumann in einem blauweiß karierten Baumwollkleid und dem gepflegten, duftigen blonden Haar aus.

«Ich freue mich auf diesen Ausflug», sagte sie. «Er wird sehr schön. Und hinterher – nun, dann möchte ich so schnell wie möglich wieder nach Hause.»

«Aber Sie fahren doch nicht wieder mit dem Zug?»

«O nein, dem Himmel sei Dank!» Sie hatte ein hübsches, leichtes Lachen, und sie lachte sehr viel. Aber nicht aus Nervosität, dachte Wexford. «Wir fahren mit dem Zug nach Kanton, verlassen China mit dem Zug, und fliegen von Hongkong mit der braven alten Swissair zurück.»

«Hat Ihnen die Reise nicht gefallen?»

«Sie war in mancher Beziehung einfach wunderbar.» Einen Moment lang bekamen ihre Augen einen verträumten Ausdruck, als stürmten schöne, vielleicht sogar romantische Erinnerungen auf sie ein. Dann wurde sie wieder sachlich. «Aber ich habe genug, sechs Wochen sind wirklich zuviel. Außerdem werde ich zu Hause gebraucht. Ich bekomme schon ein schlechtes Gewissen.»

«Was sind Sie von Beruf, Miss Baumann?»

«Ich bin praktische Ärztin.» Er wußte nicht, warum ihn das so überraschte. Doktorskinder wurden oft ebenfalls Doktoren. Aber sie sah viel eher wie eine Frau aus, die ihr Leben ihren alten Eltern widmete. «Ich hatte seit drei Jahren keinen Urlaub gehabt – jedenfalls nicht mehr als ab und zu ein Wochenende. Also nahm ich mir einen Vertreter und den ganzen Urlaub, der mir zustand, auf einmal.»

«Praktizieren Sie in London?» Er durfte wirklich nicht so viel fragen, auch wenn es ihm durch seinen Beruf zur Gewohnheit geworden war. Sie schien es aber nicht übelzunehmen.

«Nein, in Guildford.»

«Tatsächlich? Da bin ich ja in Ihrer Nähe – in Kingsmarkham.»

«Da sind Ihnen die Knightons noch näher. Sie kommen aus einem Ort, der Sewingbury heißt.»

«Die Knightons?»

«Diese beiden», sagte Margery, da der Anwalt und seine Frau eben draußen vorübergingen. Lois Knox kam mit ihrem Australier in den Salon. Sie stellte ihn als Bruce vor. Wexford, dem es gelang, ernst zu bleiben, schüttelte ihm die Hand. Bruce begann sofort, laut über das Doppeldenken der Chinesen zu schimpfen, darüber, daß alles dem «Volk» gehörte – das Geld gehört dem Volk, das Hotel gehört dem Volk, die Schule gehört dem Volk –, aber die Leute selbst besitzen nichts. Er wandte sich angriffslustig an Mr. T'chung, der friedlich mit Mr. Sung Tee trank.

«Sie sagen, es sei Sklavenarbeit gewesen, die Grabstätten der Ming zu erbauen, habe ich recht? Also ist es unrecht, Männer zu zwingen, ein grandioses Grabmal für irgendeinen lausigen Kaiser zu errichten?»

«Selbstvelständlich ist es unlecht», antwortete Mr. T'chung.

«Aber es ist kein Unrecht, Männer ein verdammt großes Mausoleum für Mao Tse-tung auf dem Tien-an-men-Platz bauen zu lassen. Wo liegt da der Unterschied?»

Mr. T'chung sah ihn gelassen an. «Das»,

sagte er mit seiner leicht abgehackt klingenden Stimme, «ist eine Flage, die niemand beantwolten kann.»

Bruce warf die Arme in die Höhe und lachte bellend.

«Laßt doch die leidige Politik», sagte Lois.

Wexford ging an Deck. Die Freundin der Knightons und Hilda Avory saßen in Liegestühlen, und die eine trank Tee, die andere Mao Tai. «Jemand, der diesen Ausflug gestern gemacht hat, hat mir erzählt, daß das Boot mitten auf dem Fluß kaputtging», sagte Hilda mit ihrer rauhen Stimme. «Die Reparatur dauerte drei Stunden.»

«Dann ist die Wahrscheinlichkeit sehr hoch, daß es heute nicht passiert.»

«Das hat nichts mit Wahrscheinlichkeit zu tun, nur damit, ob man was davon versteht oder nicht. Aber ich tröste mich damit, daß es hier nicht ganz so schlimm ist wie in Rußland.»

Auf der einen Seite des Flusses schwammen Jungen – Wasserbüffel auf der anderen. Hoch über der Klippe kreisten zwei Vögel, die wie Adler aussahen. Wexford saß schweigend da, beobachtete das Leben auf dem

Fluß, das an ihm vorüberzog, sah ein Dorf mit einer kleinen gewölbten Brücke, die über eine Bucht führte, einen Tempel mit blauem Dach, den die Kulturrevolution übersehen hatte, Männer, die mit Kormoranen fischten... Er blieb in der Sonne sitzen, solange er die Hitze ertrug. Mrs. Knighton kam an Deck und fotografierte unermüdlich alles, was sie sah: Wasserbüffel, Kormorane, Bauern auf den Feldern, Boote mit viereckigen orangefarbenen Segeln und sogar ein Gebäude, das Wexford für eine Kläranlage hielt. Um halb elf ging er, fast durchgebraten, unter Deck. Aber was Mr. Sung prophezeit hatte, trat ein. Die Landschaft wurde plötzlich spektakulär, die Berge sahen aus wie phantastische Wolkengebilde, das Wasser war glasklar, hatte aber eine sehr starke Strömung.

Das Mittagessen wurde um halb zwölf serviert, der Lieblingszeit der Chinesen, und es war die fürchterlichste Mahlzeit, die Wexford bisher gegessen hatte. Der Hauptgang bestand ausschließlich aus jenen Organen und Innereien, die im Westen kein Mensch essen würde. Es amüsierte ihn, daß die chinesische Küche, die als eine der köstlichsten und raffiniertesten gilt, auch ihre dunklen Seiten hatte.

Als Wexford sich während des Essens ein bißchen umsah, entdeckte er plötzlich den Mann, der ihm im Zug als Mr. Wong vorgestellt worden war. Er war sehr überrascht. Doch vielleicht war es gar nicht Mr. Wong, vielleicht verwechselte er ihn mit jemand anderem. Aber er glaubte es eigentlich nicht. Zu behaupten, alle Chinesen sähen für europäische Augen gleich aus, war genauso falsch wie die weitverbreitete Meinung, alle Chinesen seien gelbhäutig. Nun, Mr. Wong hatte bestimmt einen ganz konkreten Grund dafür, daß er hier war, und dieser Grund war für das Internationale Chinesische Reisebüro Lüxingshe vermutlich kein Geheimnis.

Die schattigen Niedergänge des Schiffes waren gerade breit genug, daß man einen Stuhl hineinzwängen konnte. Dort saß Wexford verschlafen, während das Boot von Chaoping durch tiefes Wasser nach Huashan tuckerte, vorbei an treibenden Booten, auf denen ganze Familien lebten, vorbei an den Fischern mit den Kormoranen, zwischen den kuppelförmigen Bergen, auf denen Bäume wuchsen wie das Moos auf den Steinen. Gerade als er nicht schlafen wollte, schaffte er es nicht, sich wachzuhalten.

Lärm und Unruhe weckten ihn, und er merkte sofort, daß das Boot nicht mehr fuhr. Normalerweise wurde er sehr schnell wach, aber nach so vielen schlaflosen Nächten und in der feuchten Hitze, die so müde machte, kam er nur sehr langsam zu sich. Sein erster Gedanke war, daß Hilda Avory doch recht gehabt und das Boot wieder einen Defekt hatte. Aber der Maschinenraum war direkt hinter ihm, und als er sich umdrehte, sah Wexford, daß er leer war.

Dann entdeckte er die auf dem Wasser tanzenden Köpfe. Er stand auf und versuchte an die Reling zu kommen, aber schon nach ein paar Metern wurde er von den in den Gang drängenden Menschen aufgehalten. Im Salon war niemand mehr, und mindestens zwanzig oder dreißig Leute standen am Bug. Wexford machte kehrt und stieg auf das Oberdeck. Auch hier reckten die Leute die Hälse, aber man sah wenigstens den Fluß. Wexford entdeckte Mr. Sung, der völlig angekleidet in der Nähe des Bootes umherschwamm, und außer ihm noch die – wie ihm schien – gesamte Mannschaft. Und nicht nur die Mannschaft – Margery Baumann, Gordon Vinald, Tony Purbank, sie alle schwammen oder traten Wasser, suchten etwas. Suchten jemanden...

Mrs. Knighton, den Fotoapparat in den dicken roten Händen, sagte zu Wexford: «Ein Mann ist über Bord gegangen. Er konnte nicht schwimmen, und sie können ihn nicht finden.»

«Wissen Sie, wer es ist?»

Sie begann zu knipsen und sagte gleichgültig: «Niemand von uns. Ein Chinese.»

5

Erst nach einer Stunde gaben sie die Suche auf. Vorher war jedoch noch ein Mitglied der Crew an Land gesetzt worden und zu Fuß zum nächsten, etwa vier bis fünf Meilen entfernten Ort aufgebrochen, um von dort aus zu telefonieren. Wexford sah der kleinen Gestalt im blauen Hemd nach, die zwischen Fluß und Reisfeldern immer kleiner wurde, bis sie schließlich von üppigeren Blau- und Grüntönen verschluckt wurde.

Margery Baumann kam als erste wieder an Bord zurück. Sie trug einen einteiligen schwarzen Badeanzug. Sie gehört zu den Frauen, die einen solchen Ausflug nie antreten würden, ohne einen Badeanzug unter dem Kleid zu tragen, dachte Wexford. Sie sagte nichts, sondern ging in den Waschraum hinunter, um sich abzutrocknen und wieder anzuziehen. Purbank war der nächste, er fröstelte trotz der Hitze. Der einzige der Mannschaft, der an Bord geblieben war – ein noch junger Mann, obwohl älter als die anderen, die Wexfords Meinung nach alle aussahen wie achtzehn –, schien der Kapitän zu sein. Er half Purbank an Bord, versuchte ihm etwas in gebrochenem Englisch zu sagen, schaffte es jedoch nicht und hob die Hände.

Gordon Vinald schwamm noch zwischen den Riffen umher, die stellenweise bis dicht unter die Oberfläche des Wassers reichten. Aber als die Chinesen, einer nach dem anderen, die Suche aufgaben, kraulte auch er langsam zum Boot zurück und ließ sich heraufhelfen. Nachdem nicht mehr gesucht wurde, hatten sich die Leute wieder zerstreut und waren entweder auf das Oberdeck oder in den Salon gegangen. Der Fluß war leer, eine schimmernde türkisfarbene Fläche unter blaßblauem Himmel. Den Horizont bildeten die im Dunst schwebenden blauen Bergkuppen. Ein so schöner, sanft lächelnder Fluß. Ein Fluß, den Künstler seit zweitausend Jahren gemalt hatten und zweifellos noch weitere tausend Jahre malen würden. Unter seiner sich seidig kräuselnden Oberfläche hing in einem der Riffe, wie von riesigen Zähnen festgehalten, ein ertrunkener Leichnam, klein, dünn, weiß wie eine Wurzel.

«Was ist passiert?» wandte sich Wexford an Purbank. «Ich habe geschlafen.»

Purbank, der nichts am Leib hatte als eine blaue Unterhose und sich von der Sonne trocknen ließ, fuhr sich mit den Fingern durch das nasse Haar. «Das weiß keiner so recht. Ist das immer so, wenn jemand über Bord geht? Der Mann war hier oben, wo wir jetzt sind. Er muß allein gewesen sein und hockte wahrscheinlich auf den Fersen, wie sie's ja alle machen. Und dann verlor er irgendwie das Gleichgewicht. Konnte natürlich nicht schwimmen. Kapitän Ma hat jeden, der schwimmen kann, hinterhergeschickt, aber als ich ins Wasser sprang, war er schon nicht mehr zu sehen.»

«Wer war es?»

«Wer war was?»

«Der Mann, der ertrunken ist. Wer war er?»

«Das weiß der liebe Gott. Um die Wahrheit zu sagen, ich habe nicht einmal gefragt. Ich meine, wir haben ihn ohnehin nicht gekannt, oder? Es war ein Chinese.»

«Keiner von der Crew?»

«Keine Ahnung. Nach der Art und Weise, wie Sie einen ausfragen, könnte man Sie für einen Polizisten halten. Ich wette, davon kriegen wir noch genug, wenn uns erst mal die chinesischen Cops anfangen auszuquetschen, sobald wir in – wie heißt das Nest doch gleich? – in Yangshuo sind.»

Doch offenbar hatte Kapitän Ma nicht die Absicht, nach Yangshuo weiterzufahren. Hinter der nächsten Biegung, die der Fluß mache, gebe es ein Dorf mit einer Anlegestelle, und dorthin führen sie jetzt, sagte Mr. Sung zu Wexford. Die Maschinen begannen zu dröhnen, und das Boot setzte sich in Bewegung. Ein Bus werde die Reisegruppe abholen. Es sei am besten so, niemand brauche sich Sorgen zu machen, es handle sich um einen unglücklichen Zwischenfall. Mehr sei es nicht.

«Wissen Sie eigentlich, wer ertrunken ist?» fragte Wexford. «War es einer von der Crew?»

Mr. Sung zögerte. Er schien zu überlegen und sah dabei recht unglücklich aus. Wexford, der eine langjährige Erfahrung darin hatte, menschliche Reaktionen zu studieren, war der Meinung, daß das, was er in Mr. Sungs Gesicht sah, nicht so sehr Ausdruck der Trauer über den Tod eines Mitmenschen war, sondern eher Angst um die eigene Haut. Schließlich sagte er widerstrebend: «Sein Name wal Wong T'ien Shui.»

«Mr. Wong, den Sie mir im Zug vorgestellt haben?»

Mr. Sung nickte. Er blickte über die seitliche Reling auf die Riffe, von denen eins den Kiel des Bootes leicht angekratzt hatte. «Im Janual und Feblual ist es unmöglich, hiel zu navigielen», sagte er fröhlich.

Wexford zuckte mit den Schultern. Er ging in den Salon und trank zuerst eine und dann noch eine zweite Tasse grünen Tee. Das aromatische Getränk hatte fast die Wirkung von Alkohol und belebte ihn. Die Reisenden packten ihre Siebensachen zusammen – Tüten, Taschen, Regenmäntel, Regenschirme, Landkarten – und bereiteten sich auf die Landung vor.

«Was zum Teufel hatte Wong überhaupt auf diesem Ausflug zu tun?» erkundigte sich Fanning grollend bei Wexford. «Ich dachte, er sei Student? Ich dachte, er sei an seiner Universität in Tschangscha? Chinesen können nicht einfach im Land umherzigeunern und überall hinfahren. Sie sind nicht frei. Ich wette fünfzig Yuan, daß bald der Teufel los sein wird. Wegen dieser Sache werden ein paar Köpfe rollen. Gott sei Dank fahre ich mit meiner lieben kleinen Bande morgen nach Kanton.»

Sie gingen an Land. Auf einem kleinen Strand saß ein alter Mann mit einem dünnen Bart und einem noch dünneren Schnurrbart. Um den Alten herum spielten drei kleine Kinder im Sand. Außerdem bevölkerten Hunderte von Hennen und Enten und zwei weiße Ziegen den Strand. Der alte Mann betrachtete die Menschen aus dem Westen mit leidenschaftsloser, freundlicher Neugier. Er sagte etwas zu Kapitän Ma und nickte dann.

Das Dorf lag über ihnen auf einer Anhöhe. Es war jetzt die heißeste Zeit des Tages. Noch nie hatte Wexford die Sonne als Feind empfunden, etwas, vor dem man flüchten mußte, vor dem man sich fürchtete. Die Gruppe zog langsam die Straße hinauf, und vor ihnen tanzten Luftspiegelungen im grellen Licht. Der Boden war dick mit rötlichbraunem Staub bedeckt, der unter jedem Schritt hoch aufwirbelte. Staub hüllte alles ein – die Hütten, die den Weg säumten, die Mauern, das Gras, sogar die Arme und Beine der Kinder, von denen jedes an einer Handvoll pappigem Reis kaute und die Besucher anstarrte.

Auf dem Kamm des Hügels bauten ein halbes Dutzend Männer und ein Mädchen einen Wohnblock. Der Geruch von Fluß und Staub wich dem wesentlich angenehmeren von Sandelholz. Im Nebenhaus war ein Laden, in dem außer Fanning und Wexford sofort alle verschwanden. Am Ende des Dorfes stand ein großes Haus mit einem von einer Mauer umgebenen Hof – einst vielleicht sogar das Heim des einheimischen Kriegsherrn. Fanning hockte sich auf der Veranda vor dem Laden in orientalischer Manier auf die Fersen und zündete sich eine Zigarette an.

«Ich will Telefongespläch mit Yangshuo fühlen», erklärte Mr. Sung. «Dann kommt Bus bald.»

«Telefonielen welde ich», korrigierte Mr. T'chung ihn tadelnd und begann ihn in einem arroganten und einschüchternden Singsang zurechtzuweisen, wobei er ihm mit dem Finger vor der Nase herumfuchtelte. Bei der Wahl eines neuen großen Vorsitzenden hätte T'chung Bei ling wahrscheinlich größere Chancen als Sung Lao Zhong, dachte Wexford.

Um sich das Dorf ausgiebig anzusehen, war es zu heiß, trotzdem schlenderte Wexford durch eine oder zwei schmale Gäßchen. Kichernd liefen ein paar Kinder hinter ihm her. Als er zum Laden auf dem Marktplatz zurückkehrte, erblickte er im tiefen Schatten eines überhängenden Daches eine alte Frau. Er blieb stehen und musterte sie – von dem mit Grau durchsetzten schwarzen Haar über das aufgedunsene weiße Gesicht, das Gesicht der Marquise von Tai, bis hinunter zu den winzigen keilförmigen Füßen in den Kinderpantoffeln. Er ging auf sie zu und blieb, ungefähr einen Meter vor ihr, wieder stehen.

«Sie wollen mit mir sprechen?» sagte er ganz besonders deutlich.

Sie antwortete nicht. Er wiederholte seine Frage. Die Frau schien vor Scheu oder vor Angst zusammenzuschrumpfen. Auf der anderen Seite des Platzes rief Mr. T'chung: «Bus ist eingetloffen. Bitte kommen Sie schnell hinuntel zum Bus!»

Als Wexford sich wieder der alten Frau zuwandte, war sie verschwunden. Wohin? Ins Haus? Aber es war doch unmöglich, daß sie sich immer und überall in fremde Wohnungen retten konnte. Er öffnete die Tür und schaute hinein. Es war eine schmutzige, elende Hütte. Auf dem Fußboden saß ein Kind und stopfte sich Reis in den Mund, und in einer Ecke war ein kleines Schwein angepflockt. Keine alte Frau und keine zweite Tür, durch die sie hätte hinausgehen können.

Fast hätte er einen Augenblick an das Übersinnliche geglaubt...

Aufgeregt von ihren Einkäufen erzählend, gingen Fannings Gruppe und die Australier den Hügel hinunter zum Bus. Der ertrunkene Mr. Wong war im Moment vergessen.

Der Bus parkte am Strand, und der Wagen daneben war unverkennbar ein Polizeiauto. Die Polizei war an Bord und sprach mit Kapitän Ma. Ein Beamter ging auf Mr. T'chung zu und stellte ihm eine ganze Reihe von Fragen.

«Die Volkspolizei kommt heute abend in das Hotel», sagte Mr. T'chung.

All das hätte Wexford normalerweise sehr interessiert. Der Grund, warum es ihn gleichgültig ließ, war die alte Frau, die ihm, wie er zufällig gemerkt hatte, in einiger Entfernung den Hügel herunter gefolgt war. Wie Shelleys Reisender hatte er sich ein- oder zweimal umgedreht und hinter sich zwar nicht den Teufel, aber das alte, an seinem Stock dahinhumpelnde Geschöpf gesehen, das für ihn allmählich recht teuflische Züge annahm. Als er jetzt in den Bus einstieg, zwang er sich, sich noch einmal umzudrehen und nach hinten zu schauen. Sie war fort. Es gab keine Möglichkeit für sie zu verschwinden, aber sie war fort. Er sah nur funkelndes blaues Wasser, in dem sich die unbarmherzig grelle Sonne spiegelte.

Für die übrigen Passagiere war die Rückfahrt mit dem Bus nicht minder lohnend als die mit dem Boot, und zwar dank der herrlichen Landschaft, durch die sie kamen – üppig grüne Täler mit jungen Reisfeldern. Wexford dachte über die alte Frau nach, die er jetzt drei-, vielleicht viermal gesehen hatte. War sie ein Wesen aus Fleisch und Blut, das ihm, so unglaublich das scheinen mochte, quer durch China folgte? Oder war sie eine Halluzination, wie sie angeblich Schizophrene hatten?

Er saß neben Tony Purbank, der genauso schweigsam war wie er.

Purbank war ebenfalls sehr hellhäutig und daher überempfindlich gegen Sonne. Doch er hatte sein Gesicht nicht so gut geschützt wie Wexford. Darüber hinaus hatte er noch eine große kahle Stelle auf dem Kopf. Kaum saß er in dem mit Klimaanlage ausgestatteten Bus, begannen seine Stirn und sein Kopf wie Feuer zu glühen. Er sprach kein Wort und sah aus, als leide er an einem leichten Hitzschlag. Auch Mr. Sung sagte auf der Rückfahrt kein einziges Wort. Auf den hinteren Sitzen, wo Lois Knox, Bruce und die Knightons saßen, wurde, wie Wexford hörte, ununterbrochen daran herumgerätselt, wieso Mr. Wong über Bord gefallen war.

Wexford erwartete, daß die alte Frau hinter ihm aus dem Bus ausstieg, aber sie war nicht da. Er fühlte eine geradezu lächerliche Erleichterung, ging sofort in sein Zimmer hinauf und brühte sich eine Tasse Tee auf. Er lag auf dem Bett, dachte über die Schizophrenie nach und überlegte, was er tun sollte, wenn die alte Chinesin bei ihm einzog, wenn sie nachts in sein Zimmer kam und sich in das andere Bett legte. Am wahrscheinlichsten war, daß es sie nie gegeben hatte. Er rief sich ihre früheren Begegnungen in Erinnerung. In Tschangscha hatte er das Taptap ihres Stocks gehört – und ihre Stimme, als sie mit ihrer Begleiterin sprach. Und wenn sein Gehirn schon Wahnbilder produzierte, die ihn verfolgen sollten, warum produzierte es dann ausgerechnet sie? Aus welchen Abgründen seiner Erfahrung, unbewußten Prozessen, ja, sogar Träumen beschwor sein Gehirn eine alte Chinesin herauf?

Wie immer fühlte er sich nach dem Tee wohler. Konnte er sich selbst davon überzeugen, daß er in dem Dorf am Fluß eine Fata Morgana gesehen, daß Licht und Hitze ihn genarrt hatten?

«Die Volkspolizei sagt, sie blaucht nicht mit Ihnen splechen», erklärte ihm Mr. Sung, der während des Abendessens an seinen Tisch kam. «Blaucht keinen Toulisten zu beflagen, nul die Schiffsmannschaft.» Er machte eine Pause und wählte seine nächsten Worte sehr sorgfältig. «Man hat gefunden Leiche von Wong T'ien Shui.»

«Armer Kerl», sagte Wexford. «Er kann doch höchstens zwanzig gewesen sein.»

«Ich weiß nicht wie alt», erwiderte Mr. Sung. «Sehl jung noch, ja. Die Leiche ist schlimm zelschnitten und – wie sagen Sie – geschlagen von den Felsen.»

«Zerschlagen?»

«Zelschlagen, ja. Vielen Dank. Viele böse

Felsen im Fluß, so daß Kölpel ganz zelschnitten und zelschlagen ist.»

Wie gewöhnlich stand ein Wandschirm zwischen Wexfords Tisch und dem der Reisegruppe. Er hörte von drüben nur allgemeines Stimmengewirr. Das Mädchen kam mit der Teekanne vorbei, und er trank zwei Tassen. Der Tod von Wong T'ien Shui beunruhigte ihn jetzt auf merkwürdige Weise. Es war erst sieben Uhr, und die Sonne ging eben unter. Er verließ das Hotel und schlug den kleinen Dammweg ein, der zu der Insel in der Mitte des Sees führte.

Merkwürdigerweise kam er nicht davon los, sich Wong als den kleinen Jungen vorzustellen, der er noch vor nicht allzulanger Zeit gewesen war, in den Kindergarten ging, von seiner Mutter abgeholt wurde, die das Haar zu Zöpfen geflochten trug und ihm in dem dunklen, würzig duftenden Lebensmittelladen einen Krapfen gekauft hatte. Er sah ihn vor sich, wie er einen Drachen fliegen ließ, der die Form eines Schmetterlings oder eines Drachens hatte, und dann zu seinen Großeltern heimlief. Es waren sentimentale Bilder, gewiß, aber es war auch ein sehr junges

Leben gewesen, das so jäh beendet worden war.

Es hätte auf der Insel eigentlich sehr hübsch sein müssen, aber dazu war die Luft mit ihrem hohen Feuchtigkeitsgehalt zu schwer und zu stickig. Die wellenförmigen Berge sahen, in Dunst gehüllt, jetzt blau aus, und um ihn herum tummelten sich ganze Schwärme von Moskitos. Nachdem er zum zweitenmal gebissen worden war, kehrte er ins Hotel zurück. Malaria und Denguefieber waren inzwischen vermeidbar geworden, trotzdem konnte ein Arm oder Bein von einem Moskitostich anschwellen wie ein Ballon.

Auf dem Dach gab es keine Moskitos, es war zu hoch. Wexford wußte, daß er wegen seines Blutdrucks und ewig drohendem Übergewicht nicht trinken sollte, aber er mußte irgendwie dafür sorgen, daß er schlafen konnte. Er kaufte sich eine kleinere Flasche Kassia-Zimtwein. Die Baumanns, die Knightons und Gordon Vinald riefen ihn an ihren Tisch, eine Sekunde bevor man ihn an den anderen einlud, der wegen der Purbank-Vinald-Fehde natürlich mehrere Meter entfernt war und an dem Lois Knox, Hilda Avory und Purbank saßen. Von den Australiern, Fanning oder der Freundin von Mrs. Knighton war nichts zu sehen. Lois machte einen schlechtgelaunten und Hilda einen kranken Eindruck, und Wexford war erleichtert, daß er sich an die Devise «Wer zuerst kommt, mahlt zuerst» halten konnte.

Die Leute, zu denen er sich an den Tisch setzte, waren mit der liebsten Freizeitbeschäftigung aller Touristen beschäftigt: sie zeigten sich gegenseitig die Souvenirs, die sie im Lauf des Tages erstanden hatten. Als Gordon Vinald zu sprechen begann, flüsterte Mrs. Baumann Wexford zu, Vinald sei Antiquitätenhändler.

« Jade fühlt sich immer kalt an», sagte er. «Das ist für den Laien eines der zuverlässigsten Erkennungszeichen. Wenn der Gegenstand in einem warmen Zimmer kalt bleibt – oder auch nachdem man ihn längere Zeit an die Haut gehalten hat –, dann ist es durchaus möglich, daß es sich um Jade handelt.»

Er erzählte ihnen von Betrügereien, die mit Jade verübt wurden. Wie skrupellose Händler in Hongkong ein einziges echtes

Stück Jade unter fünf Gegenstände aus Plastik, ein einziges echtes Stück Elfenbein unter fünf Gegenstände aus Plastik stellten. In China sei man vor Betrug ziemlich sicher. Die Chinesen hatten entweder zu hohe Prinzipien, um zu betrügen, oder waren zu naiv, um zu wissen, wie sie es anstellen sollten. Doch falls die Jade, die sie verkauften, nach China importiert worden war, waren sie vielleicht selbst betrogen worden. Wexford dachte an die kleinen Stücke, die er für Dora, Denise und für seine Töchter gekauft hatte. Waren sie kalt, wenn man sie anfaßte? Er wußte es nicht mehr. Er wandte sich mit einer Frage an Vinald.

«Sie haben doch das Zimmer neben mir, nicht wahr?» sagte Vinald. «Zweifellos wird man uns wie üblich mit den Hühnern ins Bett schicken. Warum kommen Sie nicht gegen halb zehn auf einen Sprung zu mir und zeigen mir die Sachen?»

Margery Baumann lachte. Sie nahm ein in Seidenpapier eingeschlagenes Päckchen aus der Tasche, und als sie es aufmachte, fiel ein halbes Dutzend kleine Tassen, Medaillons, ein Ring und ein Anhänger in Form einer

Schildkröte heraus. Sie steckte sich den Ring an den Finger. Vinald prüfte jedes einzelne Stück und erklärte, alle seien echt. Eines davon in der Farbe sogar der kaiserlichen Jade sehr ähnlich, die bei den Herrschern so beliebt gewesen war. Dann nahm er plötzlich Margerys Hand, als seien sie allein, und legte sie an seine Wange. Ganz unverkennbar wollte er sich von der Echtheit des Ringes überzeugen, doch die Geste glich viel eher der eines Liebenden. Wexford sah Mrs. Baumann vergnügt lächeln, und Margery wurde rot.

Vinald ließ ihre Hand los. «Das ist ein echter Nephrit», sagte er. «Du hast hervorragend eingekauft, Margery. Wenn du nicht Ärztin wärst, würde ich behaupten, du hast ein Flair für mein Geschäft.»

Sie sagte nichts, lachte nur wieder. Und doch hätte diese Bemerkung, in diesem Ton gesagt und nach einer solchen Geste, zu einem Heiratsantrag führen können. Ich wäre nicht überrascht, wenn die beiden morgen der Gruppe erklärten, sie hätten sich verlobt, dachte Wexford.

Er bot den anderen seinen Wein an. Die

Biertrinker lehnten ab, aber Mrs. Baumann und Mrs. Knighton nahmen je ein Glas. Auf diese Weise würde seine Flasche nicht lange reichen. Er stand auf und ging an die Bar, um eine zweite zu holen. Vom Plattenspieler klang feierlich und getragen «Stille Nacht» herüber.

An der Bar stand, zusammen mit einer älteren Frau, das schönste Mädchen, das er gesehen hatte, seit er nach China gekommen war.

Das schönste Mädchen weißer Rasse natürlich. Chinesischen Schönheiten war er zu Dutzenden begegnet, doch er hatte den Eindruck gewonnen, daß Frauen, die so aussahen wie seine Tochter Sheila oder seine Nichte Denise, nicht daran interessiert waren, die Volksrepublik China zu besuchen.

Dieses Mädchen jedoch hätte auch im elegantesten Milieu die Blicke auf sich gezogen. Sie und die ältere Frau standen mit den drei australischen Geschäftsleuten am Tresen und unterhielten sich über das Thema, das an diesem Abend das ganze Hotel und vermutlich sogar die ganze Stadt Kweilin beschäftigte – dem Ertrinkungstod von Wong T'ien Shui. Wexford hörte das Mädchen sagen: «Mit diesem Boot ist immer irgend etwas los. Wenn ich an so etwas glaubte, würde ich sagen, es hat einen bösen Hausgötzen. Vielleicht haben sie es auf einer Werft gebaut, unter der ein Drachenauge war oder so.»

Sie lachte, und die Australier brüllten geradezu vor Lachen. Sie hat einen neuseeländischen Akzent, dachte Wexford.

«Willst du noch ein Glas chinesischen Rotwein, Pandora?» wandte sich die ältere Frau – ihre Mutter? – jetzt an sie. «Oder japanischen Whisky?»

Pandora überlegte. Sie war groß, ungewöhnlich schlank. Ihr Haar war so schwarz wie Lois Knox' rabenfarbene Tönung, aber bei Pandora war die Farbe natürlich Natur. Ihre schimmernde weiße Haut zeigte keine Spur von Make-up bis auf den smaragdgrünen Lidstrich. Sie hatte hellgrüne Augen und dichte rußschwarze Wimpern. Sie trug ein leuchtendgrünes Kleid mit einem breiten schwarz-roten Gürtel und rote Sandalen. Nachdem sie sich für Whisky entschieden hatte, wandte sie sich ab und ging auf das

Dach hinaus. Bruce griff nach einem Tablett und stellte Flaschen und Gläser darauf.

Wexford kaufte den Wein und kehrte zu seinem Tisch zurück. Einen Augenblick glaubte er die alte Frau mit den gebundenen Füßen an der Brüstung stehen zu sehen, aber als er zum zweitenmal hinsah, war es nur ein chinesischer Junge mit Feuerwerkskörpern in der Hand.

An seinem Tisch diskutierte man noch immer über Wongs Tod. Dr. Baumann sagte, er verstehe nicht, wie man ertrinken könne, wenn so viele Unterwasserriffe da seien.

«Es hätte ihm doch möglich sein müssen, irgendwo Fuß zu fassen, sich festzuhalten...»

Mrs. Knighton meinte, wie dem auch sei, der Unglücksfall habe ihnen einen vielversprechenden Tag verdorben. Wexfords Aufmerksamkeit galt im Augenblick jedoch nicht dem Thema Wong, sondern Lois Knox, die Bruce mit einer Frau und zwei anderen Männern auf das Dach kommen und an dem Tisch Platz nehmen sah, an dem Pandora saß. Lois sprang auf, murmelte etwas und ging hastig zur Treppe. Purbank sagte leise etwas zu Hilda Avory, doch ihre Antwort kam sehr laut und war weithin zu hören.

«Natürlich macht es sie unglücklich. Was erwartet sie denn, wenn sie sich in ihrem Alter so aufführt?»

Knighton starrte vor sich hin. Er hatte sich an der allgemeinen Unterhaltung kaum beteiligt und zog sich jetzt völlig in sich selbst zurück. In seinen Augen war ein Ausdruck, als habe er eine transzendentale Vision oder habe eben einen Geist gesehen. Plötzlich wandte er ruckartig den Kopf zur Seite, und Wexford stellte fest, daß sein Gesicht geradezu verklärt schien. Wieso eigentlich?

Seine Frau zeigte Mrs. Baumann Familienfotos. «Wir haben vier Kinder, drei Söhne und eine Tochter, und vier geradezu anbetungswürdige Enkelchen. Ein fünftes ist unterwegs.»

Mrs. Baumann wollte eben die Antwort geben, die von ihr erwartet wurde, als Knighton zu sprechen begann. Er warf einen Blick auf die Landschaft, schaute zu den Sternen hinauf und sagte:

«An Bord ging ich, in die Ferne stand
mein Sinn,
da hört ich vom Ufer her deinen Gesang,
und mit dem Fuß schlugst du den Takt
dazu.
Unendlich tief ist der Teich der Pfirsich-
blüten,
doch tiefer noch war deine Liebe
in deinem Abschiedsgruß an mich.»

Die Baumanns machten schrecklich verlegene Gesichter. Vinald lächelte ausgesprochen einfältig. Mrs. Knighton sah ihre Freundin an, die Freundin erwiderte den Blick, und Mrs. Knighton verdrehte ganz leicht die Augen nach oben.

«Ein Werk von Li Po», sagte Knighton mit seiner kühlen und trockenen Alltagsstimme. «Er war der berühmteste chinesische Dichter des 18. Jahrhunderts.»

«Ich weiß nicht, wozu du Lust hast, Irene», sagte Mrs. Knighton, «aber ich glaube, ich gehe jetzt in mein Zimmer hinauf.»

«Hinunter», sagte die Freundin.

«Ich meine hinunter. Komm nicht zu spät», wandte sie sich an ihren Mann. «Du hast einen langen Tag hinter dir.» Sie setzte ein breites Lächeln auf, wie jemand, der ein Gesichtsmuskeltraining betreibt, und sagte energisch: «Gute Nacht, alle miteinander.»

Knighton stand mit der Miene eines Mannes auf, der einer höchst lästigen veralteten gesellschaftlichen Regel folgt. Aber als die beiden Frauen gegangen waren und die beiden älteren Baumanns ihre Siebensachen zusammenpackten und ebenfalls aufbrachen, setzte er sich nicht wieder hin, sondern schlenderte zum dunklen Teil des Daches hinüber, lehnte sich an die Brüstung und betrachtete die mondhelle Landschaft.

Wexford blieb als einziger zurück. Da er aber keine Lust hatte, für das Liebespaar den «Anstandswauwau» zu spielen, sagte er gute Nacht, ging in sein Zimmer hinunter und machte sich eine Tasse Tee. Die alte Frau mit den gebundenen Füßen war dorthin verschwunden, wohin Gespenster sich eben zurückziehen, wenn sie dienstfrei haben. Er machte es sich mit einem Buch von Edgar Allan Poe bequem und wartete darauf, daß er im Flur Vinalds Schritte hörte – falls er ihre Verabredung nicht vergessen hatte und man seine Schritte nur einen Stock tiefer hören konnte, wo Margerys Zimmer lag.

Doch schon nach einer knappen halben Stunde knipste Vinald in seinem Zimmer das Licht an. Das Klicken des Schalters war deutlich zu vernehmen. Wexford nahm seine Jadestücke und klopfte an die Tür des Antiquitätenhändlers.

6

Die Schätze, die über das ganze nüchterne chinesische Hotelzimmer verteilt worden waren, hatten es so verwandelt, daß es jetzt wie eine Ecke eines Museums in der Verbotenen Stadt aussah. Da gab es Schüsseln aus der «gelben Familie», einer chinesischen Porzellangruppe aus der K'ang-Hsi-Periode, blauweiße Stücke, eine herrliche, hohe, perlfarbene Vase, bemalt mit Vögeln und einem Pfirsichbaum mit reifen Früchten, Lacktabletts, Kistchen mit Eßstäbchen aus Jade, Karneol und Speckstein, drei oder vier einfache, helle Gefäße von erlesener Form, zwei Deckelvasen aus geschnitzter Jade, und überall verstreut lagen noch kleine Gegenstände aus geschnitzter Jade herum, Schnupftabakdosen, Siegel und Parfumfläschchen aus Metall.

«Ich muß sagen, daß mir die großen, prächtigen Sachen am besten gefallen», erklärte Wexford. «Macht mich das zu einem unwissenden, unkritischen Banausen?»

Vinald lachte. «Nicht unbedingt. Diese Vase ist ein herrliches Stück. Daß ich sie gefunden habe, war ein unglaublicher Glücksfall. Es gibt ein Paar, das genauso aussieht und für die Kaiserinwitwe gearbeitet wurde.»

«Dann ist sie noch gar nicht so alt?» Soviel wußte Wexford immerhin.

«Nicht ganz hundert Jahre.» Vinald gab ihm seine Einkäufe zurück. «Ihre Jade ist in Ordnung. Offen gesagt wäre ich sehr überrascht, wenn sie es nicht wäre. Darf ich Ihnen eine Tasse Tee anbieten?» Nachdem er den Tee eingeschenkt hatte, begann er das Zimmer aufzuräumen. «Wir müssen morgen schon wieder weiter. Es wird eine richtige Reise mit der Kirche ums Kreuz, da es keine direkte Route von Kweilin nach Kanton gibt.» Er packte Gegenstände vom Schreibtisch in einen Handkoffer – einen Kugelschreiber, ein Stück rotes Siegelwachs, ein Notizbuch, das Hotelbriefpapier von der Schreibunterlage. Wexford war belustigt. Wie gern Menschen sich etwas aneigneten, für das sie nichts bezahlen mußten, sogar die wohlhabendsten. Da klaute doch dieser offensichtlich reiche Mann drei Bogen Briefpapier, obwohl er vermutlich, ohne mit der Wimper zu zucken, den gesamten in Kweilin vorhandenen Bestand an Schreibpapier hätte aufkaufen und kostenlos zurückgeben können, ohne den Verlust besonders zu spüren.

Vinald trank einen Schluck Tee. «Ich bin eigentlich nicht nach China gekommen, um Antiquitäten zu kaufen», sagte er. «Ich brauchte nur einen Urlaub – hatte ihn so nötig wie das tägliche Brot. Aber als ich herkam, hatte ich praktisch nur noch den Wunsch, Antiquitäten zu kaufen. Ich weiß, daß China über riesige versteckte Vorräte verfügt.»

Wexford zog fragend die Brauen hoch.

«O ja. Sie können sich bestimmt vorstellen, was in der Zeit geklaut wurde, die man hier die ‹Befreiung› nennt, oder? Von der Kulturrevolution ganz zu schweigen. Sie behaupten zwar, es sei alles durch die Hände der Regierung gegangen, aber die Wahrheit ist, daß sie's den rechtmäßigen Besitzern geklaut und sie außerdem ermordet haben, damit die Wahrheit nicht herauskam.»

«Die Wahrheit über China wird man nie erfahren», sagte Wexford. «Und das ist nicht neu, das war immer so.»

Vinald überging die Bemerkung mit einer Geste leichter Ungeduld. «Ich kann Ihnen eines sagen – wenn China alles auf die Welt losließe, was es noch an Antiquitäten besitzt, würden die Preise auf unserem Markt ins Bodenlose fallen.»

«Was Ihnen kaum passen würde, wie ich vermute.»

«Da haben Sie recht. Ich habe mir selbst zu einigen von niemand beachteten Kleinigkeiten verholfen.» Vinald holte Seidenpapier aus einer Schublade und begann die Gegenstände einzuschlagen, packte sie in Schachteln, von denen einige sogar mit Holzwolle gepolstert waren. «Sagen Sie mir», fuhr er plötzlich beinahe schroff fort, «finden Sie, daß es ein Unrecht ist, etwas für fünfzig Yuan – sagen wir fünfzehn Pfund – zu kaufen, obwohl Sie genau wissen, daß es mindestens 500 Pfund wert ist?»

«Wenn Sie mit ‹Unrecht› illegal meinen, kann ich nur sagen, daß es auf der ganzen Welt wohl keinen Ort gibt, wo das verboten und daher illegal wäre. Es ist moralisch natürlich nicht einwandfrei, man könnte sagen, daß naive Menschen auf diese Weise arglistig getäuscht werden. Warum? Haben Sie das oft gemacht?»

«Ein paarmal», antwortete Vinald. «Sie sind so unwissend, daß sie kaum einmal ahnen, was sie anbieten. Es mag an manchen Orten unethisch sein, hier trifft das meiner Meinung nach nicht zu. Es wäre geradezu lächerlich, sich einzubilden, unsereins könne die chinesische Regierung auf unfaire Weise übervorteilen, oder? Es ist ja nicht so, als versuche ein einzelner Mensch sich damit seinen Lebensunterhalt zu verdienen.»

«Und wie, wenn eine ganze Nation versuchte, sich ihren Lebensunterhalt zu verdienen?» Vinald sah Wexford verständnislos an, der das Thema daher fallen ließ und hinzufügte: «Ich beneide Sie nicht darum, daß Sie das ganze Zeug nach Hause schleppen müssen.»

«Das meiste hat in meinem Koffer Platz.» Vinald verpackte die blauweißen Schüsseln, eine Ikone, eine leuchtendweiße Schale. «Ich habe nur ein Minimum an Kleidung mitgenommen, weil ich wußte, daß der Koffer hier voll werden würde.»

«Befürchten Sie keine Schwierigkeiten mit dem Zoll?»

«Ich werde alles ganz ehrlich deklarieren. Solange Sie nichts aus China ausführen wollen, das älter ist als 120 Jahre, ist alles in Ordnung.»

Wexford bedankte sich für das Gutachten und den Tee und verließ ihn, als er eben eine blau, rot und goldene Ikone einpackte. In seinem Zimmer stand in der Ecke neben der Klimaanlage die alte Frau mit den gebundenen Füßen. Als er sie anstarrte, verwandelte sie sich in den hölzernen Kleiderständer, über den er sein Jackett gehängt hatte.

Ihr Schatten flitzte über die Fensterjalousie. Er wußte jetzt, daß sie kein Mensch aus

Fleisch und Blut war und er sie sich nur einbildete, weil mit seinen Augen oder mit seinem Geist etwas passiert war. In dem Buch mit den übersinnlichen Geschichten, das er gerade las, war eine von Somerset Maugham mit dem Titel ‹*Das Ende der Flucht*›. Sie handelte von einem Mann, der im Fernen Osten einen moslemischen Indonesier aus dem nördlichen Sumatra irgendwie beleidigt hatte, und hinterher, gleichgültig wohin er floh, von diesem Indonesier oder seinem Geist oder Gespenst verfolgt wurde. Aber er, Wexford, hatte nie eine alte Chinesin beleidigt.

Das Zimmer war wieder leer, von ihr keine Spur mehr. Die Klimaanlage machte es fast zu kühl. Er ging ins Bett und zog sich die Steppdecke über den Kopf. Da er nicht schlafen konnte, stand er mitten in der Nacht auf und kochte Tee. Von der alten Frau war nichts zu sehen, aber er konnte trotzdem nicht schlafen. Und als gegen vier Uhr morgens das Summen der Klimaanlage von einem Prasseln und Rauschen übertönt wurde, war es mit der Nachtruhe ganz vorbei. Es regnete.

Als es allmählich hell wurde, stieg er aus dem Bett und schaute in den Regen. Er sah, daß ganze Fluten an die Fenster trommelten, aber das war auch alles. Der See, die Dächer der Stadt, die Berge, alles war in einem dichten Nebel versunken.

Es war geradezu lächerlich, sich ins Freie zu wagen, wenn man nicht unbedingt mußte. Fannings Gruppe mußte. Sie brach zur Weiterfahrt nach Kanton auf, das in Luftlinie etwa 200 Meilen entfernt war. Mit dem Zug brauchte man jedoch gut zwei Tage. Das große Gepäck war schon in der Hotelhalle aufgestapelt. In Gruppen zu zweien und zu dreien kamen sie mit dem Lift herunter, um auf Mr. T'chung und den Bus zu warten.

Wexford saß in einem Rattansessel und las Maughams Geschichte vom Geist des Indonesiers. Die Knightons kamen als erste. Sie waren in Begleitung ihrer Freundin, die wieder den blauen Anzug trug, der alten Frau mit den gebundenen Füßen aber überhaupt nicht ähnlich sah. Der Bus war draußen vorgefahren. Lois Knox verließ den Lift und hinter ihr Hilda Avory.

«Ich nehme an, wir müssen Lebwohl sagen», erklärte Lois mit einem so bedeutungsvollen Blick, als sei es zwischen Wexford und ihr zu einer sehr intimen Beziehung gekommen.

Wexford gab ihr, Hilda und schließlich Vinald die Hand. «Gute Reise», sagte er.

«Und Sie», sagte Vinald, «fliegen mit einer kleinen, hübschen Fokker Friendship weiter, nicht wahr? Das Glück müßten wir haben!»

Die Baumanns und Margery winkten ihm zu. Fanning stieg mit Mr. T'chung aus dem Lift. «Nun denn», flüsterte Fanning Wexford zu, «so helfe mir Gott! Aber eins weiß ich schon jetzt: ich fahre, wenn ich diesmal heil nach Hause komme, in Zukunft höchstens auf die Insel Wright und keinen Meter weiter.»

Unter den Schirmen, die ihre Reiseführer aufhielten, gingen sie zum Bus. Im letzten Moment schlossen sich ihnen noch die beiden Frauen aus Neuseeland an. Die schöne Pandora trug eine enge gelbe Hose und ein gelbes T-Shirt, und Wexford merkte, daß Lois ihr einen giftigen Blick zuwarf.

Der Regen verschluckte den Bus, als er, nach allen Seiten hohe Wasserfontänen versprühend, zum Bahnhof abfuhr. Wexford trank Tee, versuchte zu schlafen, las eine Geschichte von M. R. James über einen Mann, der vom Geist eines schwedischen Adligen verfolgt wurde, den er unabsichtlich aus seiner Gruft befreit hatte. Er las sie nicht zu Ende. Er hatte die alte Frau mit den gebundenen Füßen durch die Halle humpeln sehen, nachdem der Bus abgefahren war, und jetzt sah er sie die meiste Zeit am äußersten Rand seines Augenwinkels. Wenn er direkt hinschaute, verschwand sie, und wenn er sich abwandte, fühlte er unklar, daß sie gewissermaßen in den Kulissen seines Gesichtskreises war.

Es war sinnlos, sich deshalb Sorgen zu machen. Sobald er nach Hause kam, wollte er zu Dr. Crocker gehen, der ihn an einen Augenarzt, einen Facharzt für Allergien oder vielleicht auch an einen Psychiater überweisen mußte. Anstatt sich zu sorgen – oder vielmehr anstatt sich mehr zu sorgen, als unvermeidlich war –, begann er sich zu fragen, ob er vielleicht die örtliche Polizei aufsuchen sollte. Schließlich war er ursprünglich nach China gekommen, weil er Polizist und vom Ministerium des Innern ausdrücklich eingeladen worden war. Da er zur Zeit von Wongs tödlichem Unfall auf dem Boot gewesen war, sollte er die chinesischen Kollegen vielleicht davon unterrichten. Ziemlich niedergeschlagen überlegte er sich die Sache genauer. Er konnte nicht Chinesisch, und sie konnten wahrscheinlich kein Wort Englisch. Sollte er Mr. Sung als Dolmetscher hinzuziehen? Doch wie könnte er den Kollegen von Nutzen sein? Er hatte geschlafen, als der Unfall passierte.

Nein, er wollte nicht hingehen. Es würde so aussehen, als sei er ein Wichtigtuer, als wolle er überheblich auf seine größere Erfahrung pochen – auf die seine und die der Nation, der er angehörte. Außerdem konnte er nichts tun, ihnen nichts sagen und ihnen bestenfalls enthüllen, daß er auf dem ganzen Boot der unbrauchbarste Zeuge gewesen war.

Es regnete den ganzen Tag. Doch 24 Stunden später, als er schon glaubte, sein Flug werde wegen des schlechten Wetters abgesagt, klarte der Himmel auf, die Sonne kam wieder heraus, und die Berge hoben sich so scharf vom durchsichtigen Blau des Himmels ab, daß man jeden einzelnen Baum sehen konnte. Mr. Sung begleitete ihn im Taxi zum Flughafen.

«Ich möchte nul sagen», erklärte Mr. Sung feierlich, «daß es sehl gloße Fleude für mich wal, Ihl Fühlel zu sein. Ich wünsche Ihnen eine gute Leise und einen angenehmen Aufenthalt in Guangzhou.»

So, das wußte Wexford, nannten die Chinesen Kanton, oder – um es korrekter auszudrücken – die europäischen Kaufleute hatten den Namen der Stadt gewissermaßen zu Kanton verstümmelt, weil sie Guangzhou nicht aussprechen konnten.

«Übelmitteln Sie bitte Fleunden und Velwandten im Veleinigten Königleich meine besten Wünsche, und sagen Sie ihnen, daß sie in China willkommen sind. Fleunde sind in China immel willkommen.»

Das Flugzeug hatte keine Klimaanlage.

Sobald sie abgehoben hatten, strömte Dampf in die Kabine, die keine Druckausgleichsanlage hatte, und die Passagiere fächelten sich mit bemalten Fächern, auf denen die Berge von Kweilin dargestellt waren. Wexford war der einzige Europäer an Bord. Er wußte, daß die Stewardess, die im Mittelgang mit einem Tablett hin und her ging und die Fächer und Süßigkeiten verteilte, nicht älter war als Anfang Zwanzig, doch für einen Augenblick hatte er sie als alte Frau mit gebundenen Füßen gesehen. Würde er ihr auch in Kanton begegnen? In Hongkong? Würde sie ihn nach England verfolgen – wie jener Indonesier den Mann aus Maughams Geschichte?

In Kanton wurde er von seinem neuen Führer Lo Nan Chiao erwartet. Mr. Lo schüttelte ihm die Hand, hieß ihn in Kwangchow willkommen und sagte, wenn es ihm recht sei, könnten sie sofort das Mausoleum der 72 Märtyrer besichtigen. Sein Gepäck werde inzwischen ins Hotel gebracht.

Die alte Frau mit den gebundenen Füßen wartete dort auf ihn. Er machte die Augen zu und öffnete sie wieder, und die Alte hatte sich in den uniformierten Angestellten zurückverwandelt, der die Karten abriß. Später tauchte sie aber unter dem Portal der Gedenkhalle für den großen Sun Yat-sen wieder auf und kam ihm auf der Brücke entgegen, die von der Insel Sha Mian auf das Festland führte. Fast war er schon überzeugt, daß er wahnsinnig war, aber Mr. Lo ging auf sie zu, unterhielt sich mit ihr und sagte hinterher zu Wexford, das sei eine Bekannte seiner Mutter gewesen.

Wexford schwitzte. Sie war nicht immer eine Bekannte von Mr. Los Mutter. Es war hier noch heißer als in Kweilin und die Luftfeuchtigkeit unerträglich. Als er sich Tee machen wollte, stellte er fest, daß das Wasser in der Thermosflasche nur lauwarm war, doch obwohl er wiederholt darum ersuchte, bekam er kein kochendes Wasser. Zum Dinner wurde jedoch ein neues *laoshan* serviert, das kälteste und beste Mineralwasser, das er bisher getrunken hatte. Zum größten Erstaunen der Kellnerin kaufte er ein Dutzend Flaschen. Wahrscheinlich mußte sie für das, was das Mineralwasser kostete, eine ganze Woche arbeiten und sah in einer solchen

Ausgabe eine unvorstellbare Extravaganz. Das Essen war auch sehr gut und der Kaffee trinkbar.

Er döste in seinem Zimmer ein, und diesmal konnte das, was er erlebte, auch ein Traum gewesen sein und keine Halluzination. Er erfuhr es nie. Aber er hielt sich streng an die Tradition der Gespenstergeschichten. Er warf etwas. In beinahe allen Hotelzimmern der Welt hätte auf dem Nachttisch irgendein heiliges Buch gelegen, die Bibel, der Koran oder eine Sammlung des hinduistischen Weda. Hier mußte er sich mit seinem Exemplar der ‹*Meisterwerke des Übersinnlichen*› begnügen. Die alte Frau verschwand. Wexford war überzeugt, er werde nicht schlafen können und machte sich auf eine weitere durchwachte Nacht gefaßt. Wider Erwarten schlief er jedoch tief und traumlos und erwachte erst, als um sechs Uhr morgens das Telefon klingelte.

«Guten Morgen», sagte eine Zwitscherstimme mit kantonesischem Tonfall. «Es ist Zeit aufzustehen.»

Wexford fühlte sich viel besser. Die Sonne schien auf die grün bewaldeten Berge, die er von seinem Fenster aus sah. Frühstück und dann Aufbruch in die Porzellanfabrik. Laut Mr. Lo, der ihn natürlich begleitete, stammte das gesamte große, antike chinesische Porzellan aus der Fabrik in Fushan und war von dort nach Europa exportiert worden. Gewiß war dort auch die Pfirsichblütenvase geformt, bemalt und glasiert worden, die Gordon Vinald erworben hatte.

Erst als er wieder zurück war und im Hotel *Bai Yun* beim Abendessen saß, fiel ihm ein, daß sich die alte Frau nicht mehr gezeigt hatte, seit sie in der Fabrik hinter einer Gruppe von Mädchen verschwunden war, welche Porzellanfigurinen modellierten. Sie tauchte an diesem Abend nicht in seinem Zimmer auf, behelligte ihn am nächsten Tag nicht im Tung-shang-Park und verdarb ihm nicht die Freude an der Schönheit des Orchideengartens.

Mr. Lo brachte Wexfords Ausreisevisum und das Lunchpaket für die Zugreise nach Kaulun. Sie fuhren zum Bahnhof, und die alte Frau war nicht da. Sie erwartete ihn auch nicht in seinem Abteil. Die Bezüge der Sitzbänke waren aus dunklem Baumwollstoff und hatten gefältelte Volants. Vor den Fenstern hingen Netzvorhänge und hellblaue Stores. Es gab einen batteriebetriebenen Fernseher, und auf dem Bildschirm erschien hin und wieder eine Ansagerin und dann wiederum Akrobaten, die durcheinanderwirbelten, als gälten die Gesetze der Schwerkraft nicht für sie.

Wexford konnte noch nicht glauben, daß die alte Frau verschwunden war und versuchte immer wieder, doch noch einen Blick auf sie zu erhaschen, indem er ganz schnell die Augen nach außen drehte. Aber damit handelte er sich nur furchtbare Kopfschmerzen ein. Die alte Frau sah er nicht mehr.

Er verließ China. Ruhig, ohne jeden Aufenthalt und ganz ohne Kontrollen passierte der Zug die Grenze und fuhr bei Sumchun in das Neue Territorium von Hongkong ein. Inzwischen war Wexford absolut sicher, daß er die alte Frau mit den gebundenen Füßen nie wiedersehen würde. Geist oder Halluzination – aus irgendeinem Grund war sie in Shaoshan zu ihm gekommen und hatte ihn – für ihn ebenso unerklärlich – in Kanton wieder verlassen. Er war müde, zitterte fast vor Erleichterung. Der Zug, in dem es kühl und luftig war, raste der Kronkolonie entgegen, zurück zu Luxus, Alltäglichkeit, einem «zu hohen» Lebensstandard, weichen Betten, Kapitalismus.

Dora erwartete ihn auf dem Bahnsteig des Kaulun-Bahnhofs. Sie hatte ihren Mann vermißt und vermutete, daß sie ihm ebenfalls gefehlt hatte. Aber schließlich waren sie schon mehr als dreißig Jahre verheiratet, und deshalb war sie über die Heftigkeit seiner Umarmung doch ein wenig erstaunt.

Teil 2

7

Thatto Hall Farm steht ungefähr eine Meile außerhalb der kleinen Stadt Sewingbury in einer lieblichen Hügellandschaft. Die Hall selbst wurde schon vor vielen Jahren abgerissen, und das kleinere Haus, das 1965 von einem Londoner Ehepaar gekauft und zu einem Zweitwohnsitz umgebaut worden war, ist jetzt das einzig bewohnte in Thatto Vale. Das zunächstliegende Dorf ist Pauncely, eine Ansammlung kleiner Häuser und ein kleiner Meierhof, mit Sewingbury durch eine Landstraße zweiter Ordnung verbunden und einem Netz schmaler Fußwege, die nahe am Farmhaus vorüberführen.

Es ist ein langes, niedriges Ziegelgebäude, ungefähr hundertsechzig Jahre alt, und besteht aus sechs Zimmern, zwei Badezimmern, einem kleinen Wirtschaftsraum und einer Küche. Der Garten ist sehr liebevoll angelegt und das Haus gepflegt und fast luxuriös zu nennen. Im Oktober färbt sich der wilde Wein, der die halbe Fassade bedeckt, leuchtend rot, und in den runden Blumenbeeten inmitten der beiden Rasenflächen des Vorgartens blühen Heidekraut-Astern in den Farben Purpur, Rosa und Blau.

An einem Morgen im Oktober kam Mrs. Renie Thompson, die Aufwartefrau, um neun Uhr in Thatto Hall Farm an und fand ihre Arbeitgeberin tot auf dem Fußboden des Eßzimmers auf.

Wexford trat seinen Dienst eine halbe Stunde später an, und das war das erste, das man ihm berichtete. Name und Adresse kamen ihm bekannt vor.

«Wer ist die Tote?» fragte er Sergeant Martin.

«Eine Mrs. Knighton, Sir. Eine Mrs. Adela Knighton. Die Frau, die sie gefunden hat, sagt, sie sei erschossen worden.»

«Und Inspector Burden ist hingefahren und hat den Doktor und Murdoch mitgenommen, nicht wahr? Tja, dann müssen wir wohl hinterherfahren.»

Es war ein schöner Sommertag, leichter Morgendunst lag noch über der Landschaft.

Noch fiel das Laub nicht von den Bäumen. Wo der Fußweg kurz vor dem Farmhaus in die Straße mündete, kletterte ein Mann über den Zauntritt. In der Hand trug er eine Jagdflinte und zwei tote Kaninchen über der Schulter. In einen goldenen Dunstschleier gehüllt lag Thatto Hall Farm vor ihnen. Rote und gelbe Flecke, bunt durcheinandergewürfelt auf dem gepflegten Rasen, stellten sich als Fallobst von mehreren Holzapfelbäumen heraus. Die Tür stand sperrangelweit offen, und Wexford ging ins Haus. Murdoch, der Beamte, der die Ermittlungen am Tatort leitete, war mit Dr. Crocker und der Leiche im Eßzimmer. Der Fingerabdruckspezialist Naughton war in der Halle beschäftigt. Am Küchentisch, Inspector Burden gegenüber, saß Renie Thompson und trank starken, heißen Tee. Sie war ungefähr so alt wie ihre Arbeitgeberin gewesen war, Mitte der Sechzig, schätzte Wexford, eine große, hagere Frau, die das braungetönte Haar in einem Netz und über Rock und Pullover eine malvenfarbene Kittelschürze trug.

«Wo ist Mr. Knighton?» fragte Wexford.

«Fragen Sie mich nicht.» Trotz des

Schocks, den sie erlitten hatte, war Mrs. Thompson aufmüpfig und grob. «Ich komme jeweils montags, mittwochs und freitags Punkt neun, und seit ich ihn kenne, ist er heute zum erstenmal nicht hier. Ich war oben und habe nachgesehen. Ich meine, er hätte schließlich tot dort oben liegen können, was weiß denn ich. Sie haben zwei Einzelbetten, aber das seine ist unberührt. Das war noch nie der Fall, nicht seit ich hier arbeite, und das tu ich schon eine Ewigkeit.»

Wexford ging in den ersten Stock hinauf. Die Treppe war polierte Eiche, ohne Teppich, die Schlafzimmer hatten Teppichboden, und in der geräumigen Diele lagen blaue und silbergraue Brücken. Das Schlafzimmer der Knightons mit dem gemachten und dem ungemachten Bett war in verschiedenen Schattierungen von Rosa gehalten, von den drei anderen eines in Blau, eines in Grün und das dritte in Gold. Viktorianische Möbel, Chintzvorhänge, Aquarelle von Arthur Rackham in schmalen silbernen Rahmen, auf einer Konsole ein Strauß bunter Strohblumen in einer kostbaren Schale und in allen anderen Zimmern je ein Krug mit wohlriechenden Kräutern. Alles sehr gepflegt und geschmackvoll. Wexford schaute in alle Schränke und sogar unter die Betten. Er ging hinunter und warf einen Blick in das große, im selben konventionellen Stil eingerichtete Wohnzimmer. Nachdem er sich die Bäder angesehen hatte, ging er in den Wirtschaftsraum und stellte fest, daß im Fenster eine Scheibe fehlte. Knighton war weder tot noch lebendig im Haus.

Dr. Crocker kam aus dem Eßzimmer und sagte: «Der alte Tremlett ist unterwegs. Ich habe ihn zum Glück noch erreicht, ehe er ins Krankenhaus fuhr.»

«Stimmt es, daß sie erschossen wurde?»

«Durch den Hinterkopf. Der Mörder muß ihr die Mündung der Waffe aufgesetzt haben. Ihr ganzes Hinterhaupthaar ist versengt.»

«Er hat sie durch den Hinterkopf erschossen? Hat die Waffe auf dem Hinterkopf aufgesetzt und abgedrückt? Da muß man doch stutzig werden. Was denken Sie, Sergeant? Sie hörte ein Geräusch, kam herunter, um nachzusehen, er schlich sich hinter sie und schoß?»

«Vielleicht hörte sie Glas splittern, Sir. Dort drin fehlt ein Stück von der Scheibe.»

« Ja, aber es wurde herausgeschnitten. Sie können sich mit Mrs. Thompson zusammentun und feststellen, was für Wertgegenstände sie haben und im Haus aufbewahren.»

Wexford kniete nieder und betrachtete die Leiche. Sie war kalt und ließ sich nur schwer bewegen, die Leichenstarre hatte schon eingesetzt. In China war ihm Adela Knighton nicht besonders sympathisch gewesen, doch jetzt überwog das Mitleid in ihm. Sie bot einen traurigen Anblick, und es war keine Würde in ihrem Tod. Sie war eine unscheinbare, untersetzte, ziemlich aggressive und sehr nüchterne Person gewesen. Jetzt, im Tod, war sie nur noch ein armseliges Häufchen, und ihr Gesicht wirkte, als sei es aus halb geschmolzenem Wachs. Das krause, semmelblonde Haar war im Nacken und um das häßliche rote Loch, das die Kugel hinterlassen hatte, schwarz verbrannt. Sie trug ein teuer aussehendes Nachthemd aus einem dicken, glänzenden, pfirsichfarbenen Seidenstoff mit Spitzeneinsätzen und darüber einen Morgenmantel aus dunkelblauem Samt. An den Füßen hatte sie gesteppte schwarze Samtpantoffeln mit flachen Absätzen. An der linken Hand steckte ein Ehering aus ziseliertem Platin, der im Lauf der Jahre dadurch, daß er ständig getragen wurde, immer dünner geworden war.

«Es sieht nicht so aus, als sei sie heruntergekommen, weil sie besonders erschrocken oder beunruhigt war», sagte Wexford. «Sie hat ein Telefon am Bett, und die Leitung wurde nicht durchgeschnitten.»

Ein schwarzer Daimler fuhr knirschend auf der gekiesten Zufahrt vor. Sir Hilary Tremlett, der Pathologe, war eingetroffen. Wexford ging in den Waschraum neben der Halle. Er enthielt eine Toilette mit einem niedrigen Spülungskasten, einen Toilettentisch, in den ein kleines Becken integriert war, und einen runden Spiegel, der über dem Becken an der Wand hing. Das Fenster mußte hochgeschoben werden, wenn man es öffnen wollte, und war in vier etwa 40 Quadratzentimeter große Scheiben unterteilt. Eine dieser Scheiben war, wie schon erwähnt, herausgeschnitten worden. Wexford kam zu dem Schluß, daß es für ihn unmöglich gewesen wäre, sich durch die entstandene Öffnung zu zwängen, aber er war ein großer, breiter Mann. Die meisten Frauen und jeder Mann von mittlerer Größe hätten durchschlüpfen können.

Draußen lag direkt unterhalb dieses Fensters ein Blumenbeet, in dem hellroter Mauerpfeffer blühte. Wexford wußte, daß er keine Fußabdrücke finden würde. Er ging hinaus, um nachzusehen, ob er recht hatte, und es waren tatsächlich keine da. Aber jemand hatte ihre Spuren unverkennbar getilgt, indem er Erde darüberschleuderte.

Mrs. Thompson erklärte Martin, die Knightons hätten ihres Wissens nie Geld im Haus aufbewahrt. Wie viele wohlhabende Leute hatte Mrs. Knighton oft kein Bargeld gehabt und sie mit einem Scheck bezahlt. Es fehlten weder Nippes noch Bilder, und es war auch nicht versucht worden, schwere Gegenstände wie Fernseher, Stereoanlage oder Küchenmaschinen zu entfernen.

«Es ist anzunehmen, daß sie Schmuck hatte.»

«O ja, das stimmt», sagte Martin auf eine

Art und Weise, die erkennen ließ, daß er von sich aus daran nicht gedacht hätte. «Wie steht es mit Schmuck, Mrs. Thompson?»

«Ich habe sie immer nur vormittags gesehen, nicht wahr. Deshalb hat es keinen Sinn, mich zu fragen, was sie für Ringe hatte oder nicht hatte...»

Wexford erinnerte sich, daß sie in China eine Platinuhr und einen Verlobungsring mit einem, wie er glaubte, eckig geschliffenen Stein getragen hatte. Er nannte Mrs. Thompson die beiden Stücke.

«Wenn Sie es sagen, wird es schon stimmen. Fragen Sie mich aber nicht, wo sie das Zeug aufbewahrt hat.»

«Gut, gut, wir fragen Sie schon nicht», antwortete Wexford gereizt, weil er sich über ihr schroffes, aufsässiges Benehmen ärgerte. «Da sind die Möglichkeiten schließlich begrenzt. Sie wird den Schmuck kaum in den Kühlschrank getan oder in den Kamin gehängt haben.»

Sir Hilary hatte die erste flüchtige Untersuchung beendet, und die Leiche konnte weggebracht werden. Naughton arbeitete noch immer mit pedantischer Sorgfalt an

Tischen, Treppengeländer, Türrahmen. Der Doktor fragte, schon im Gehen: «Hat sie allein hier gewohnt?»

«Es existiert ein Ehemann.»

«Und wo ist er?»

«Wenn ich das nur wüßte!»

Martin kam die Treppe herunter. «Ich habe weder im Schlafzimmer noch in einem der anderen Räume Schmuck oder eine Schmuckkassette gefunden, Sir.»

«In Ordnung.» Wexford wandte sich an Mrs. Thompson und sagte, weil ihm ein gelber Umschlag mit Fotos eingefallen war, der auf einem Hoteldach auf einem Tisch gelegen hatte: «Sie hatte Kinder. Wo wohnen sie?»

«Die Tochter in Sewingbury, das weiß ich. Keine Ahnung, wo die Söhne zu finden sind, wahrscheinlich alle irgendwo im Ausland. Vielleicht stehen ihre Telefonnummern in dem Buch.»

Auf dem Tischchen neben dem Telefon lag ein ledergebundenes privates Nummernverzeichnis. Wexford hatte die Telefonnummern seiner Töchter im Kopf. Er war heimlich und völlig zu Recht auf sein Gedächtnis sehr stolz, denn er wußte, daß es überdurchschnittlich gut war.

«Wie heißt die Tochter, seit sie verheiratet ist?»

«Keine Ahnung. Es hat mich auch nie interessiert, wozu auch. Jennifer heißt sie mit Vornamen. Mr. Knighton könnte es Ihnen sagen.»

«Ich zweifle nicht daran, daß er den Namen seiner eigenen Tochter kennt», antwortete Wexford. «Sie können jetzt nach Hause gehen, wenn Sie wollen, Mrs. Thompson. Aber ich nehme an, daß wir uns wiedersehen. Sie bekommen Bescheid.»

«Werde ich denn nicht nach Hause gefahren?»

«Wie bitte?»

«Ich finde, mich heimzufahren wäre wohl das wenigste, was einer von euch für mich tun kann. Schließlich habe ich gemeldet, daß ich sie gefunden habe, oder? Ich habe Ihnen bei Ihren Ermittlungen geholfen. Unter diesen Umständen ist es üblich, daß der Zeuge mit dem Wagen nach Hause gefahren wird.»

Wexford war belustigt. «Nicht bei uns

Hinterwäldlern. Vielleicht beim Yard oder in Los Angeles. Sie haben zu viele Krimiserien im Fernsehen gesehen.»

Renie Thompson streckte die Nase in die Höhe und marschierte hinaus. Wexford mußte lachen.

«Sie wohnt in Pauncely», sagte Burden. «Glauben Sie nicht, daß sie es getan haben könnte?»

«Aber, aber! Sie könnte eine Beretta nicht von einem Flaschenöffner unterscheiden. Naughton, Murdoch, sind Sie fertig? Dann ab mit Ihnen! Martin, Sie suchen die Tochter der Knightons, sie wohnt in Sewingbury – und finden Sie auch die Söhne, wenn möglich. Ich möchte eine Von-Haus-zu-Haus-Befragung zwischen hier und Sewingbury und auf der anderen Seite durch das ganze Thatto bis nach Pauncely. Glücklicher- oder vielleicht auch unglücklicherweise gibt es da nicht viele Häuser.»

«Wonach fragen wir, Sir?»

«Nach allem, was den Leuten im Lauf der Nacht verdächtig vorgekommen ist, nach fremden Wagen, Fremden, die gestern oder heute nacht zu Fuß hier unterwegs waren.

Oh, und wir suchen Knighton. Wir suchen Knighton sogar sehr dringend.»

Als die Männer gegangen waren, erzählte Wexford dem Inspector von China. Nicht über die Reise im allgemeinen, das hatte er widerstrebend schon vor Wochen getan, aber alles, woran er sich im Zusammenhang mit Adam und Adela Knighton erinnerte. Es war nicht viel. Merkwürdige Ironie des Schicksals war es wieder einmal, daß er sich viel mehr für die anderen Mitglieder der Gruppe interessiert hatte als für die Knightons und ihre Freundin. Vielleicht weil ihm die anderen gewissermaßen aufgedrängt worden waren, und als er verspätet die Knightons kennenlernte, wurde er gerade am schlimmsten von dieser Phantasie oder Halluzination – oder wie immer man es nennen wollte – geplagt, verfolgt und gehetzt. Mit den Frauen hatte er kaum ein Wort gewechselt, mit Knighton... Was wußte er noch von ihm? Ein großer, magerer, weißhaariger Mann in den Sechzigern, der einmal sekundenlang so ausgesehen hatte, als habe er eine Vision gehabt, und dann ein merkwürdiges kleines chinesisches Gedicht zitierte. Jetzt, da er Burden all das erzählte – wobei er seine eigenen Visionen natürlich verschwieg –, konnte er aus dem reichen Schatz seiner Erinnerungen jeden Satz wiederholen, den Adam und Adela Knighton in seiner Gegenwart geäußert hatten.

«Vielleicht nützt es uns», meinte Burden nicht besonders ermutigend.

Wexford erwiderte völlig unzusammenhängend, doch Burden verstand natürlich, was er meinte: «Tja, ein Einbrecher war es nicht, oder? Sie ist nicht aufgestanden und hinuntergegangen, weil sie einen Einbrecher hörte. Ein Einbrecher hat sich nicht hinter sie geschlichen und hat ihr eine Pistole an den Hinterkopf gehalten. So war es nicht. Und wo, zum Teufel, ist Knighton?»

«Hat seine Frau umgebracht und ist mit der Freundin durchgebrannt. Nein, jetzt ernsthaft: es sieht so aus, als könnte es wirklich so gewesen sein. Ich meine nicht, daß er mit der Freundin durchgebrannt ist, nicht in diesem Alter. Aber sie könnten nachts in Streit geraten sein, dann hat er sie erschossen und ist auf und davon. Warum auch nicht? Es ist das wahrscheinlichste. Inzwischen kann er längst außer Landes sein, ist es wahrscheinlich auch. Leute wie er haben immer reiche und einflußreiche Freunde.»

«Man braucht weder reiche noch einflußreiche Freunde», entgegnete Wexford schroff. «Man braucht sich nur ein Flugtikket zu kaufen. Mit einer American Express-Karte. Heutzutage ist alles so verdammt leicht. Nun schön, ich will gern zugeben, daß es möglich wäre, aber da sie ein Nachthemd anhat, hätte sich das Ganze doch wohl am ehesten oben im Schlafzimmer abgespielt. Und ich hätte es eigentlich von einem englischen Gentleman nicht erwartet, daß er irgend jemanden durch den Hinterkopf schießt – am allerwenigsten seine Frau.»

«Das würde Ihnen viel Kopfzerbrechen bereiten, nicht wahr?»

«Allerdings.»

Sie hielten sich im Wohnzimmer auf. Man hatte bei drei oder vier kleinen Räumen die Zwischenwände niedergerissen und so ein sehr geräumiges, fast zehn Meter langes Zimmer mit Verandatüren nach hinten hinaus erhalten. Die Flügelfenster auf der Frontseite blickten auf den gepflegten Rasen und die Zufahrt. Eine Standuhr begann besonders klangvoll elf Uhr zu schlagen. Wexford hörte noch ein anderes Geräusch. Er trat an ein Fenster und blickte hinaus. Ein Wagen kam die Zufahrt herauf, ein großer dunkelblauer Ford.

«Das ist eines der Taxis, die in Kingsmarkham auf dem Bahnhof stehen», sagte Burden.

« Ja.»

Der Wagen hielt. Ein Mann stieg aus dem Fond, bezahlte und nahm einen schwarzen Lederkoffer von der Größe einer Reisetasche wieder auf, den er für einen Moment auf dem Kies abgestellt hatte. Dann ging er auf die Haustür zu, und sie sahen ihn nicht mehr.

«Knighton», sagte Wexford.

Der Schlüssel drehte sich im Schloß. Die beiden Polizeibeamten standen reglos still, warteten. Die Haustür wurde geöffnet, geschlossen, man hörte Schritte in der Halle, und dann rief Knighton laut:

«Adela!»

8

Jetzt mußten sie sich bemerkbar machen. Wexford hustete, aber vielleicht hatte Knighton ihn nicht gehört, denn er zuckte heftig zusammen, als er die beiden Männer aus dem Wohnzimmer kommen sah.

«Was in aller Welt...»

«Guten Morgen, Mr. Knighton», sagte Wexford. « Ja, wir kennen uns. Aus China. Wie ich sehe, erinnern Sie sich genauso an mich wie ich mich an Sie. Ich bin Chief Inspector Wexford von der Kriminalpolizei in Kingsmarkham. Das ist Inspector Burden.»

«Mr. Wexford, richtig. Ich erinnere mich, obwohl ich keine Ahnung hatte... Was tun Sie in meinem Haus? Wurde eingebrochen? Wurde etwas geraubt? Was ist es?»

«Das wissen wir noch nicht genau. Aber es ist etwas sehr Schlimmes passiert. Sie müssen sehr gefaßt sein...»

«Wo ist meine Frau?»

Wexford sagte es ihm. Knighton wurde totenblaß. Er ging ins Wohnzimmer und setzte sich so schwer, als gäben die Knie unter ihm nach.

«Geschossen?» sagte er. «Auf Adela – geschossen?»

«Es tut mir leid, Sir.»

«Ist jemand ins Haus eingedrungen, der dann auf sie geschossen hat? Ist sie – tot?»

« Ja. Es scheint tatsächlich so zu sein, daß sie von jemandem erschossen wurde, der heute nacht gewaltsam in das Haus eingedrungen ist.»

Knighton fuhr sich mit der Hand über das Gesicht. «Und Sie – Sie sind Polizist in Kingsmarkham? Sie kamen her und fanden meine Frau tot auf?»

«Ihre Aufwartefrau hat uns verständigt.»

«Guter Gott! Gott im Himmel!»

Burden hatte sich inzwischen gesetzt, und Wexford folgte jetzt seinem Beispiel. Knightons Gesicht war noch immer kalkweiß, die Augen glasig. Er hatte einen schweren Schock. Wexford hätte schwören können, daß es Schock war. Ihm fiel jetzt auch etwas auf, das er in China nicht bemerkt hatte – wahrscheinlich war er so von seiner unglückseligen Gespensterfurcht vor der alten Frau mit den gebundenen Füßen besessen gewesen. Ihm fiel auf, wie ungewöhnlich gut

Knighton aussah. Sogar jetzt, obwohl er ganz krank wirkte vor Schreck. Wie mußte er als junger Mann ausgesehen haben! Er hatte noch immer eine schmale, jungenhafte Figur, eine lässig aufrechte Haltung und klassische Züge, die jetzt im Alter ein wenig wie aus Marmor wirkten. Die Zeit hatte seine goldenen Locken in Silber verwandelt. Adela Knighton war im Gegensatz dazu sehr unscheinbar, sogar häßlich gewesen. Und an ihrer Häßlichkeit war nicht die Zeit schuld, sie war angeboren.

Das alles war möglicherweise völlig bedeutungslos. Wexford stellte die üblichen und notwendigen Routinefragen, die ihm immer das Gefühl gaben, der Held einer Detektivgeschichte zu sein.

«Wo waren Sie heute nacht, Sir?»

«Wo ich war? Bei einem Freund in London. Warum fragen Sie?»

«Routine.»

«Guter Gott!» Knighton schien begriffen zu haben, und sein Mund verzog sich leicht vor Entsetzen. «Sie sagten doch, ein Einbrecher...»

«Wenn Sie uns nur sagen würden, wo Sie

heute nacht waren, Sir, den Namen Ihres Freundes und so weiter, dann könnten wir diese für Sie sehr schmerzliche Befragung schnell hinter uns bringen.»

«Nun gut.» Knighton zögerte einen Sekundenbruchteil. «Ein alter Freund, Harry Lacey», sagte er, «gab in dem Club, dem wir beide angehören, ein Dinner. Es ist der Palimpsest in St. James. Er feierte sein fünfzigjähriges Anwaltsjubiläum – ein goldenes Jubiläum nennt man das wohl, nicht wahr? Ich war eingeladen. Bei derartigen Gelegenheiten übernachte ich in London, da ich nie wollte, daß meine Frau mich um ein Uhr nachts mit dem Wagen vom Bahnhof abholen mußte. Wie Sie wissen, bekommt man um diese Zeit kein Taxi, weil keine Nachtschichten gefahren werden.»

«Sie übernachteten im Club?»

«Nein, ich war bei einem Freund, der eine Wohnung in Hyde Park Gardens hat.»

Das Telefon klingelte. Knighton zuckte wieder heftig zusammen. Dann sah er Wexford an, als wolle er ihn fragen, ob er an den Apparat gehen dürfe. Wexford war überrascht, aber er nickte.

Knighton nannte mit leiser, fester Stimme seine Nummer. Und nur ein ganz ungewöhnlich empfindsamer Mensch hätte ihm angehört, daß er eben Witwer geworden war. Eine grausame Feststellung, dachte Wexford, aber nicht unberechtigt. Knighton hatte einen Schock, aber er war nicht unglücklich – das kam aber vielleicht später.

«O Jennifer…» Es war die Tochter. «Die Polizei hat es dir gesagt? Hast du schon mit Rod gesprochen? Ja, bitte komm!»

Er legte auf und fuhr sich wieder mit der Hand über die Stirn. «Mein Sohn, meine Tochter und mein Schwiegersohn werden bald hier sein.»

«Ich glaube, ich hatte in China einmal gehört, daß Sie vier Kinder haben.»

«Eine Tochter und drei Söhne. Einer ist in Amerika und einer in der Türkei.»

«Während wir auf Ihren Sohn und Mr. und Mrs. …»

«Norris. Mein Schwiegersohn ist Anwalt bei Symonds, O'Brien und Ames in Kingsmarkham.»

«Während wir auf sie warten, können Sie mir ja den Namen Ihres Freundes aus Hyde

Park Gardens und die Adresse von Mr. Henry Lacey nennen.»

Jennifer und Angus Norris trafen als erste ein. Sie war eine unscheinbare junge Frau, kurzbeinig, untersetzt und mit vielen Sommersprossen, und sie sah ihrer Mutter sehr ähnlich. Sie war etwa im siebenten Monat schwanger, und Wexford erinnerte sich, daß Adela Knighton von einem weiteren Enkelkind gesprochen hatte, das «unterwegs sei».

Jennifer Norris' Bruder Roderick kam bald darauf in einem gelben Triumph TR 7 angebraust. Er mußte die ganze Strecke von London hierher gerast sein. Er war so groß und sah so gut aus wie sein Vater, wirkte jedoch tief bekümmert. Außerdem war er viel älter als seine Schwester. Ebenfalls Anwalt, wie Wexford folgerte. Das Gesetz war in der Familie Knighton stark vertreten, und doch war ihr etwas so Gesetzloses widerfahren. Den fixen kleinen Schwiegersohn – der nicht größer war als seine Frau und einen dichten Schopf krauser dunkler Haare hatte, allerdings auch schon eine kahle Stelle am Hinterkopf – hatte Wexford schon hin und wieder beim Amtsgericht und bei den Strafgerichten gesehen.

Die junge Mrs. Norris hatte ein Benehmen, dem Wexford schon früher bei verwöhnten Frauen der oberen Mittelschicht begegnet war. Sie nannte ihre Eltern «Daddy» und «Mami» und sprach von ihrer Familie wie von einem elitären Zirkel.

«Es ist so schrecklich, so etwas kann uns doch nicht passieren! Daddy war Strafverteidiger, und ich erinnere mich noch genau, daß Mami immer sagte, das bringe einem erst so recht zum Bewußtsein, wie viele Morde geschähen. Und Daddy beruhigte sie immer und sagte, sie brauche sich nicht zu sorgen, denn nur ein winziger Bruchteil dieser Morde träfen Leute wie uns, sie beschränkten sich fast ausschließlich auf die unteren Klassen. Und jetzt wurde die arme Mami... Das kommt mir so furchtbar unfair vor. Man führt ein anständiges Leben, bemüht sich, einen gewissen Standard aufrechtzuerhalten, und dann muß etwas so Gräßliches passieren.»

Zweifellos hätte sie den Mord verständlicher gefunden, wenn Renie Thompson das Opfer gewesen wäre. Hätte sie geschwiegen und sich nicht zu diesen Bemerkungen hinreißen lassen, hätte Wexford sie nicht gefragt, wo sie und ihr Mann in der vergangenen Nacht gewesen waren.

«Um welche Zeit handelt es sich?» fragte Norris. «Was bedeutet ‹Nacht›?» Er sprach in dem Stil, den er beim Kreuzverhör eines nervösen Zeugen anzuwenden pflegte. «Um welche Zeit hat sich das alles ereignet?»

«Bleiben wir im Moment ganz einfach bei ‹Nacht›, Mr. Norris.»

«Ich habe nur gefragt, weil ich am Abend zufällig mit meiner Frau ausgegangen war.»

Jennifer Norris stieß einen Laut aus, der unter den gegebenen Umständen bestimmt kein Lachen sein konnte, einem Lachen aber sehr nahe kam – einem humorlosen, grimmigen Lachen. Ihr Bruder sah sie kalt und herrisch an.

«Also wirklich, Angus, nennst du das tatsächlich ausgehen? Er meint, daß wir ein Stück den Fluß entlanggelaufen sind, einmal hin und einmal her, und anschließend bei Millers noch etwas getrunken haben, Rod. Darauf beschränkt sich zur Zeit nämlich unser gemeinsames ‹Ausgehen›...»

Wexford hustete.

«Tja nun, Chief Inspector», begann Norris, der ziemlich rot geworden war, «wir sind bald zu Bett gegangen...»

«Ach, Angus, laß es mich erzählen. Mein Arzt verschreibt mir ein leichtes Beruhigungsmittel, und die Folge ist, daß ich schlafe wie ein Klotz. In letzter Zeit haben wir auch das Telefon ausgehängt, falls die arme Mami also versucht haben sollte, uns anzurufen...» Es war Wexford klar, daß ihr überhaupt nicht der Gedanke kam, sie oder ihr Mann könnten verdächtigt werden. Das war ein Mord, der mit einem Raub in Zusammenhang stand. Das war ein Verbrechen der «unteren Klassen». «Wir wohnen in der Springhill Lane», teilte sie Wexford unaufgefordert mit. «In einem der *alten* Häuser.» Das war eine Facette lokalen Snobismus, dem Wexford bisher ein- oder zweimal begegnet war. Leute, die im prestigebewußten Bezirk Sewingbury wohnten, hatten ihren Nachbarn etwas voraus, wenn sie eines der Häuser aus dem 17. Jahrhundert besaßen. Es gab davon vielleicht ein halbes Dutzend, und um sie herum und zwischen ihnen waren in den letzten zwanzig Jahren lauter neue Häuser aus der Erde geschossen.

«Mami kann nicht gehört haben, wie die Scheibe kaputtging. Sie hat ein Telefon am Bett, und selbst wenn sie uns nicht erreichen konnte, hätte sie versucht, die Polizei anzurufen. Ich meine, wie konnte sie hoffen, mit einem so brutalen Menschen fertig zu werden?»

«Er ist durch eine zerbrochene Fensterscheibe eingestiegen?» sagte Norris.

«Das ist nicht ganz korrekt, Mr. Norris. Sagen wir lieber, die Scheibe wurde nicht zerbrochen, sondern aus dem Rahmen geschnitten. Und was haben Sie heute nacht gemacht, Mr. Knighton?»

Roderick Knighton hatte eine rastlose Art. Er schaute häufig auf seine Armbanduhr. Er hatte bereits ein paarmal telefoniert und zwischendurch immer wieder erklärt, er wisse eigentlich nicht, was er hier solle, doch wenn er sich irgendwie nützlich machen könne, brauchten sein Vater, seine Schwester und der Chief Inspector ihn nur darum zu bitten. Er gähnte, sah wieder auf die Uhr und antwortete Wexford, er habe in der vergangenen Nacht kaum ein Auge zugetan. Er, seine Frau und das Au-pair-Mädchen hätten am Bett des jüngsten Kindes gesessen, da es krank sei.

«Mumps», sagte er. «Armes kleines Kerlchen.»

Jennifer Norris hatte die Beine hochgelegt. Ihr Mann stand mit nachdenklichem Gesicht an einem Fenster. Er schien besorgt oder verwirrt, vielleicht aber war er auch nur nervös, daß ein Mann in seiner Position – wie er sich zweifellos selbst nannte – in eine so scheußliche Sache geraten konnte. Bei Wexfords nächster Bemerkung drehte er sich langsam um und wechselte mit seiner Frau einen bestürzten, möglicherweise auch ungläubigen Blick.

«Ich wüßte gern, ob es uns weiterbringt, wenn wir ein Verzeichnis von Mrs. Knightons Schmucksachen machen.»

Für Knighton eine hoffnungslose Aufgabe. Er schien jetzt wie betäubt oder benommen, in seinem Gesicht war keine Spur von Farbe, und es wirkte völlig leblos. Er saß zusammengesunken in einem Lehnsessel, starrte immer nur auf einen Punkt und wurde ab und zu durch einen heftigen Schüttelfrost aus seiner Versunkenheit gerissen. Wexfords Vorschlag entlockte ihm nur ein vages Kopfschütteln. Roderick telefonierte wieder, wobei er in seine über die Sprechmuschel gewölbte Hand flüsterte.

«Fehlt denn überhaupt etwas von dem Schmuck?» fragte Norris mit seiner arroganten Gerichtssaalstimme.

«Es ist anzunehmen, da im Haus keiner zu finden ist», antwortete Wexford trocken. «Ich setzte voraus, daß Mrs. Knighton auch noch anderen Schmuck hatte außer ihrem Ehering.»

«Aber selbstverständlich», sagte Jennifer scharf. Wexford fragte sich, wie oft Norris wohl diesen bissigen, hochnäsigen Kommandoton ertragen mußte. «Es gab da ein goldenes Armband, das noch von meiner Großmutter stammte», sagte sie und fügte mit unglaublicher Pietätlosigkeit hinzu: «Die immer sagte, daß es eines Tages mir gehören werde.» Norris machte die Augen zu und zuckte zusammen. «Und natürlich ihre Perlen. Ein paar Ringe, ein paar Broschen, zwei Armbanduhren. Wir gehören nicht zu den Leuten, die sich wie Weihnachtsbäume behängen. Mami fand es gräßlich vulgär, sich die Ohren durchstechen zu lassen.»

«Ich wäre Ihnen sehr dankbar, wenn Sie Ihr Bestes versuchen und eine Liste machen würden, Mrs. Norris. Bestimmt hat Ihr Vater ihr im Lauf der Jahre eine ganze Menge Schmuck geschenkt?»

Knighton sagte nichts. Und plötzlich entdeckte Wexford an der kleinen roten Hand der Tochter den großen Diamantring im Baguetteschliff, den die Mutter in China getragen hatte.

«Ich glaube nicht, daß er ihr besonders viel geschenkt hat», sagte Jennifer Norris.

Dr. Moss, der Crockers Partner und Adam Knightons Hausarzt war, kam um eins und bot Knighton Schlaftabletten, Tranquilizer und ziemlich zurückhaltendes Mitgefühl an. Roderick sagte, er müsse fort, aber wenn er etwas tun könne, brauche man ihn nur anzurufen. Er hinterließ eine Reihe von Telefonnummern. Jennifer Norris sagte zu ihrem Mann, eigentlich könnten sie jetzt ihren Bruder in Washington anrufen. Dem Bruder in

Ankara hatte sie, wie sie erwähnte, ein Telegramm geschickt.

Wexford fuhr ins Kommissariat zurück.

Die Von-Haus-zu-Haus-Befragung hatte überhaupt nichts ergeben. Wexford hatte das auch nicht anders erwartet. Thatto Hall Farm lag zu isoliert. Sir Hilary Tremletts Bericht ein wenig vorgreifend, war Crocker zu dem Schluß gekommen, daß der Tod zwischen zwei und vier Uhr morgens eingetreten war. Es würde mindestens bis morgen dauern, bevor sie mehr erfuhren: den Typ der Mordwaffe, die genaue Todesursache, ob die Leiche noch andere Verletzungen aufwies...

«Es war kein Einbruch, nicht wahr?» sagte Burden. «Es war ein täppischer, halbherziger Versuch, es wie einen Einbruch aussehen zu lassen.»

Wexford nickte. «Wahrscheinlich war der Täter nicht einmal das, was Jennifer Norris einen ‹brutalen Kerl› nennt.»

«Knighton», meinte Burden vorsichtig, «ist alles andere als das.»

Wexford zog die Brauen hoch.

Burden setzte sich auf den einzigen Stuhl, der außer Wexfords Drehsessel vorhanden war. «Für einen Unschuldigen hat er sich ein großartiges Alibi zurechtgezimmert. Fährt nach London, diniert in St. James, übernachtet in Hyde Park Gardens. Er verbringt kaum einmal eine Nacht außer Haus, aber ausgerechnet in der Nacht, in der er nicht da ist, wird seine Frau ermordet. Hatten Sie, als Sie ihn in China kennenlernten, den Eindruck, daß er seine Frau gern hatte? Ich meine, war es eine glückliche Ehe?»

«Ehe ist eigentlich nichts als ein komisches zusammen Weiterwursteln, nicht wahr? Schwer zu sagen. Ich weiß es einfach nicht.»

«Das hilft uns natürlich enorm weiter. – Aber ich bin ja nur gekommen, um Sie zu fragen, ob Sie vielleicht Hunger haben? In die *Perle von Afrika*? Guter Gott, ich sehe es Ihrem Gesicht an, daß Sie wieder chinesisch essen wollen. Mit Riesenschritten naht der Tag, an dem ich keine Glasnudeln mehr sehen kann.»

«Ich kann's einfach nicht lassen, die Leute mit meiner virtuosen Handhabung der Eßstäbchen zu beeindrucken», sagte Wexford, als sie durch die Queen Street in den *Erhabe-*

nen Drachen gingen. «Wissen Sie, Mike, ich wünschte, ich hätte mich in China mehr für die Knightons interessiert. Ich habe das Gefühl, es hätte sich gelohnt. Doch ich weiß nur noch, daß Knighton, mit dem ich an dem Abend am selben Tisch saß, plötzlich ein Gesicht machte, als habe er einen Geist gesehen. Oder vielleicht keinen Geist.» Er unterbrach sich und dachte nach. «Vielleicht den Heiligen Gral oder die Stadt Gottes oder Beatrice – wenn er Dante gewesen wäre.»

9

Die Kugel im Kopf der toten Frau war durch das Stirnbein am Austreten gehindert worden. Sie gehörte zu einer Walther PPK 9 mm. Sie war aus größtmöglicher Nähe abgeschossen worden, wobei der Lauf Kontakt mit dem Hinterkopf des Opfers gehabt hatte.

Sir Hilary Tremletts genauere Untersuchungen ermöglichten es, die Todeszeit präziser zu bestimmen. Er war der Meinung, daß Adela Knighton irgendwann zwischen 2 Uhr 15 und 3 Uhr 45 gestorben war. Das Opfer war eine normal gesunde Frau von ungefähr 65 Jahren gewesen, etwas übergewichtig, hatte mehrere Kinder geboren und sich mehreren chirurgischen Eingriffen unterzogen. Es handelte sich um eine Brust- und um eine Krampfadernoperation, man hatte ihr den Blinddarm und in den letzten vier oder fünf Jahren die Gebärmutter entfernt. Am linken Oberarm hatte sie einen leichten Bluterguß.

Die Fingerabdrücke in Thatto Hall Farm stammten von ihr, von Adam Knighton, Renie Thompson, Jennifer Norris und Angus Norris. Mrs. Norris hatte Wexford noch am Abend des Todestages ihrer Mutter eine Liste gebracht, auf der alle Schmuckstücke aufgeführt waren, die ihre Mutter ihrer Meinung nach besessen hatte. Doch inzwischen hatten Wexfords Beamte den Garten von Thatto Hall Farm gründlich durchgekämmt und in der Nähe des Einfahrtstores unter der Hecke einen grünen ledernen Schmuckkasten gefunden. Sein Inhalt kam auch zum Vorschein, er war willkürlich und mehr oder weniger achtlos in Blumenbeete, unter dieselbe Hecke und auf die Böschung verstreut worden, die das Grundstück zur Straße hin abgrenzte. Zwei Uhren, ein goldenes Armband, eine Perlenkette, zwei Ringe mit Diamanten und Rubinen in altmodischen Fassungen. Mrs. Norris identifizierte die Sachen als Eigentum ihrer Mutter und sagte Wexford, es fehle nichts.

Er sah jetzt im Hinblick auf die Ereignisse klar. Derjenige, der in den frühen Morgenstunden in Thatto Hall Farm eingedrungen war, hatte nicht stehlen wollen. Er hatte den Schmuckkasten nur genommen, um den Eindruck vorzutäuschen, daß es sich um Raub handelte. Später hatte er die Idee wieder fallenlassen, weil ihm klar wurde, daß sich ohnehin niemand täuschen lassen würde, und da er sich nicht mit diesem wenig wertvollen Schmuck belasten wollte, hatte er, als er aus dem Haus floh, ein Stück nach dem anderen weggeworfen.

Er hatte das Haus gekannt, er hatte von dem Fenster gewußt. Er hatte gewußt, daß Mrs. Knighton allein war. Er hatte die Glasscheibe herausgeschnitten und ordentlich an die Mauer des Hauses gelehnt. Er war leise eingestiegen, hinaufgegangen und hatte die Schlafende geweckt. Mit vorgehaltener Pistole zwang er sie, aufzustehen und vor ihm die Treppe hinunterzusteigen. Er drückte ihr die Waffe an den Hinterkopf und packte sie am Oberarm. Im Eßzimmer hatte er – weil sie sich weigerte, ihm etwas zu zeigen, etwas zu sagen, ihn irgendwohin zu führen, ihm etwas zu versprechen, zu verraten, zu geben? – abgedrückt, und sie war tot zu Boden gestürzt.

So war es, Wexfords Meinung nach, gewesen. Es war eine recht ordentliche Arbeitshypothese, auf der man aufbauen konnte.

«Knighton hat uns gesagt», dozierte Wexford, «er habe sein Haus am Dienstag um drei Uhr nachmittags verlassen, nachdem er auf dem Bahnhof von Kingsmarkham angerufen und ein Taxi bestellt hatte. Mit dem Zug um 3 Uhr 27 fuhr er ab. Er hat einen Wagen, einen Volvo Kombi, aber seine Frau wollte ihn benutzen, und wenn sie ihn zum Bahnhof gefahren hätte, wäre ihr dadurch zuviel Zeit verlorengegangen.»

«Wohin wollte sie?» fragte Burden. Sie saßen im Wagen und waren unterwegs nach London.

«Zum Einkaufen nach Myringham. Anscheinend hat sie das regelmäßig jeden Dienstag getan. Knighton kam gegen 4 Uhr 15 auf der Victoria Station an, fuhr von dort mit der U-Bahn nach Lancaster Gate und ging das kurze restliche Stück des Weges zur Wohnung eines Freundes zu Fuß. Der Freund ist ein gewisser Adrian Dobson-Flint und wohnt in Hyde Park Gardens. Dobson-Flint war ein wenig früher als üblich nach Hause gekommen, um ihn einzulassen.

Das Dinner im Palimpsest Club begann zwischen sieben und halb acht. Knighton und Dobson-Flint fuhren zehn vor sieben mit einem Taxi von Hyde Park Gardens ab, blieben bei gutem Essen und den übrigen Lustbarkeiten bis halb zwölf im Club und gingen dann zu Fuß nach Hause. Sie tranken noch etwas zusammen und lagen etwa eine halbe Stunde nach Mitternacht im Bett. Dobson-Flint mußte am nächsten Morgen um zehn in Old Bailey sein, also standen sie beide um acht auf. Dobson-Flint verließ seine Wohnung kurz nach neun und Knighton etwa zwanzig Minuten später. Er fuhr mit dem Zug um 9 Uhr 40 von der Victoria Station ab.»

«Sie haben ihn im Verdacht», sagte Burden.

«Eigentlich nicht. Nur weiß ich nicht, wen ich sonst verdächtigen könnte. Wahrscheinlich ist es auch noch zu früh. Sie hat übrigens ein Testament hinterlassen. Angus Norris hat mir unaufgefordert davon erzählt. Seine Firma hat das Testament aufgesetzt, und es liegt auch dort in Verwahrung. Adela Knighton war nicht unvermögend. Sie hatte von einer Tante ein paar tausend Pfund geerbt und dann noch ein paar von einem Onkel. Ihre Eltern hatten Grundbesitz, und außerdem ist sie Begünstigte eines Familientreuhandfonds. Alles in allem sind es 200000 Pfund, die sie zu gleichen Teilen ihren vier Kindern hinterließ.

Julian, der Sohn, der in Washington lebt, ist mit einer Amerikanerin verheiratet, der Tochter eines Millionärs. Roderick hat eine blühende Anwaltspraxis und seine Frau eine eigene Stellenvermittlung. Colum, der jüngste – er ist dreißig – ist Attaché an der britischen Botschaft in Ankara, und ob er es nun auf sein Erbe abgesehen hat oder nicht, Mittwoch früh um drei war er in der Türkei.

Ehrlich gesagt, habe ich Hemmungen, mir vorzustellen, daß eine Frau, die im siebenten Monat schwanger ist, ihre Mutter tötet. Außerdem hätte sie nicht durch das Fenster eindringen müssen. Außer Knighton selbst und Mrs. Thompson ist sie die einzige, die einen Schlüssel zum Haus hat. Sie wird natürlich gewußt haben, daß ihr Vater über Nacht wegbleiben wollte und ihre Mutter allein war. Aber wo ist ihr Motiv? Die 50 000 Pfund, die sie erbt? Norris ist zwar noch kein selbständiger Anwalt, aber er ist nicht dumm, und eines Tages trägt man ihm bestimmt eine Partnerschaft an. Sie wohnen in der Soringhill Lane, und das kann sich niemand leisten, der nicht genug Bares hat. Sie können wir für den Augenblick außer acht lassen. Julian und seine Frau waren in Washington, Colum, wie ich schon sagte, in Ankara, und Rodericks Alibi – falls er eins braucht – wird von seiner Frau, dem Au-pair-Mädchen, seinem unglücklichen Hausarzt und zweifellos auch von seiner von Mumps geplagten Tochter bestätigt, wenn wir sie fragten.»

Adrian Dobson-Flint gehörte derselben Anwaltsfirma an wie früher Adam Knighton. Daher war es vermutlich der Tod von Knightons Frau – und vor allem dieser Tod –, den der Bürovorsteher Brownrigg zum Anlaß nahm, mit wahrer Leichenbittermiene herumzulaufen. Er empfing Wexford und Burden und führte sie in Dobson-Flints Zimmer.

Adam Knightons Freund war sieben oder acht Jahre jünger und ein Mann, der durch die weiße Perücke, die er bei Gericht trug, sehr gewinnen mußte, denn er war fast völlig kahl. Da sein Gesicht ganz faltenlos, rosig und jugendlich war, sah er ein bißchen so aus, als sei sein Kopf aus zwei nicht ganz zusammenpassenden Teilen zusammengesetzt. Sein Büro war absolut untypisch – weder staubig noch finster, noch lagen überall Bücher und Akten herum. Es war ein sachlicher Raum mit cremefarbenen Wänden, einem rehbraunen Spannteppich und Mahagonimöbeln. Er hatte ein Fenster, das auf einen kleinen, umfriedeten Garten hinausblickte und Sonne hereinließ.

«Wie kann ich Ihnen helfen, meine Herren?» fragte Dobson-Flint. Er hatte eine sehr angenehme Stimme, die einen sein doch recht ungewöhnliches Aussehen schnell vergessen ließ. Im Augenblick klang sie, den Umständen angemessen, gedämpft und bekümmert, und das Babygesicht verzog sich zu einem Ausdruck verdrossener Betrübnis.

«Ich muß schon sagen, das ist wirklich das Schockierendste und Entsetzlichste, das ich je gehört habe.»

Was hat er, wenn das wahr ist, ein rundes Vierteljahrhundert im Gerichtssaal gemacht? fragte sich Wexford und bat ihn dann, den Verlauf des Abends zu schildern, den er mit Adam Knighton gemeinsam verbracht hatte. Wenn es um Alibis, bestimmte Zeiten oder die Gründe ging, warum jemand an diesem oder jenem Ort gewesen sein sollte und nicht an einem anderen, war Dobson-Flint kaum zu schlagen, da kannte er sich aus. Und obwohl er über viele Jahre hinweg seine Stimme fast jeden Tag öffentlich erhoben hatte, war er noch immer in ihren Klang verliebt. Er gestaltete seine Aussage zu einem glänzenden, melodisch klingenden Vortrag, sprach über die Dinnerparty, nannte das Datum, an dem er, Wochen vorher, die Einladung erhalten hatte, und die Zeit, um die Knighton in seiner Wohnung eingetroffen war. Er konnte auch noch genau angeben, wann sie zum Palimpsest Club aufgebrochen und wann sie dort angekommen waren. Bei allem, was er sagte, hatte seine Stimme einen belustigten und ironischen Unterton, als spiele er vor Gericht mit einem Zeugen Katz und Maus, und mit jedem Wort schien er unterschwellig zu fragen: «Sind Sie wirklich so beschränkt, daß Sie meinen alten Freund Adam Knighton des Mordes verdächtigen?»

Sein Kummer über den Tod der Frau seines Freundes war – sollte er ihn wirklich empfunden haben – jetzt vergessen. Seine blaßblauen Augen zwinkerten. Er lehnte sich in seinem Sessel zurück, kreuzte die Beine, legte eine Hand lässig auf die Armlehne und stützte das Kinn in die andere.

«Da es eine schöne klare Nacht war», sagte er, «beschlossen wir, auf dem Rückweg kein Taxi zu nehmen, wir gingen, kurz gesagt, zu Fuß. Wir standen genau zwei Minuten vor Mitternacht vor meiner Tür. Und jetzt, Chief

Inspector, werden Sie mir die altehrwürdige Frage stellen, wieso ich so genau weiß, wie spät es war. Und meine Antwort wird lauten, daß Mr. Knighton, gerade als ich den Schlüssel ins Schloß steckte, mich darauf aufmerksam machte, daß es sich eigentlich sehen lassen könne, wenn zwei alte Knaben wie wir den Weg von St. James in die Bayswater Road in genau achtundzwanzig Minuten zurücklegten.»

Bei Leuten von Dobson-Flints Art spielte Wexford gern den schwerfälligen, tölpelhaften Polizisten. «Sie leben allein, Sir?» fragte er mit bleiern klingender Stimme.

«O ja, und zwar schon seit zwanzig Jahren, da meine Frau und ich seinerzeit beschlossen hatten, uns in aller Freundschaft zu trennen.»

Wexford erwiderte nichts auf diese abschweifende Bemerkung über das Eheleben des Anwalts. «Soll ich fortfahren?» fragte Dobson-Flint. «Mr. Knighton und ich genehmigten uns jeder noch ein Glas Chivas Regal Whisky und gingen gegen zwanzig nach zwölf ins Bett. Ich sage ‹gegen›, denn diesmal ließ Mr. Knighton die Zeit unerwähnt. Am

Morgen stand ich ungefähr um Viertel vor acht auf, badete, gürtete meine Lenden und wollte Mr. Knighton eben mit einer Tasse chinesischen Tees wecken, als er völlig angekleidet aus seinem Zimmer kam und mir die löbliche Absicht verkündete, mit mir zu frühstücken. Wie es meine Gewohnheit ist, brach ich zehn nach neun auf, um mir mein Brot zu verdienen, und erklärte Mr. Knighton, er möge seinen Weg in Frieden und Freude gehen. Wie konnte ich auch ahnen, daß ihn statt dessen Tränen, Jammer und Zähneknirschen erwarteten?»

« Ja, Sir. Hat Mr. Knighton häufig bei Ihnen übernachtet?»

«Häufig ist ein höchst ungenaues Wort», antwortete Dobson-Flint in bester Gerichtssaalmanier. «Ein Mann kann sagen ‹ich reise häufig ins Ausland› und meint damit, daß er das Land drei- bis viermal jährlich verläßt. Er kann aber ebenso behaupten ‹ich gehe häufig ins Kino› und meint diesmal, er gehe zweimal in der Woche.» Er lächelte.

«Und welche von den beiden Definitionen träfe auf die Anzahl von Mr. Knightons Übernachtungen bei Ihnen zu?»

«Keine», antwortete Dobson-Flint triumphierend. «Wahrscheinlich wäre es zutreffend, wenn ich sagte, daß er, seit er sich vor drei Jahren aus der Praxis zurückzog und aufs Land übersiedelte, im Durchschnitt anderthalbmal pro Jahr bei mir übernachtet hat.»

Wexford stand auf. «Ich nehme an, daß Sie jetzt Mittagspause machen wollen, Sir?»

« Ja, wenn Sie mich bitte entschuldigen wollen, Chief Inspector.»

«So war es eigentlich nicht gemeint, Mr. Dobson-Flint. Ich meinte, daß wir die Stunde vielleicht dazu benutzen könnten, uns Ihre Wohnung anzusehen.»

«Wie denn? Ist das wirklich nötig?»

«Es ist sogar sehr wichtig», antwortete Wexford, der weiterhin den sturen Polizisten spielte. «Ich habe einen Wagen, es ist also wirklich keine allzu große Unbequemlichkeit für Sie.»

Hyde Park Gardens ist eine kleine, ruhige Parallelstraße der Bayswater Road an der nördlichen Grenze des Hyde Park. Der östliche Teil der Straße ist älter, breiter und vornehmer. In diesem Teil befindet sich unter anderem die Botschaft von Sri Lanka, und die Legende erzählt, daß vom Haus des geheimnisvollen Herzogs von Portland – der stets nur schwarz verschleiert ging – ein unterirdischer Geheimgang zur Baker Street verläuft. Adrian Dobson-Flints Wohnung lag jedoch in der westlichen Hälfte der Straße. Wexford war vor Jahren schon einmal in diesem Block gewesen und hatte das Haus damals durch den Haupteingang betreten, war ein paar Stufen hinauf und durch eine Doppeltür gegangen, vorbei an der Portiersloge und die breite geschwungene Treppe hinauf. Er erwartete, daß sie jetzt denselben Weg nehmen würden, doch Dobson-Flint dirigierte das Taxi in die hinter Hyde Park Gardens verlaufende Hyde Park Garden Mews und ging ihnen voran zu einer Wohnung, die hier hinten zwar im Erdgeschoß lag, an der Frontseite des Hauses jedoch wohl als Souterrainwohnung bezeichnet werden mußte. Wexford begriff natürlich sofort, daß nur die Mieter der Wohnungen mit Ausblick auf die Hyde Park Garden Mews kommen und gehen konnten, ohne von den Portiers des Hauses gesehen zu werden.

Als sie vor der Tür standen, fragte Wexford: «Wann ist Mr. Knighton Dienstag nachmittag hier angekommen?»

«Ich war um fünf zu Hause», antwortete Dobson-Flint. «Tja, sagen wir, daß er zehn Minuten später kam? Doch, das dürfte stimmen, es war zehn nach fünf.»

Sie gingen hinein. Von den beiden Schlafzimmern der Wohnung lag das für Gäste bestimmte näher an der Wohnungstür. Dobson-Flint hatte, als sie hereinkamen, seine Schlüssel in eine flache Schale fallen lassen, die auf einer Konsole stand und bereits einen Schlüsselbund und einen Autoschlüssel mit Anhänger enthielt.

«Haben Sie einen sehr festen Schlaf, Mr. Dobson-Flint?» fragte Burden.

«Da ich es geschafft habe, manchmal im schlimmsten Verkehrslärm von London zu schlafen, kann ich das wohl bejahen.»

In der Wohnung selbst gab es nichts Interessantes mehr zu sehen. «Ich vermute, Mr. und Mrs. Knighton haben eine glückliche Ehe geführt?» sagte Wexford.

Er erwartete keine offene Antwort und war nur neugierig, wie Dobson-Flint sich überhaupt äußern würde. Er erwiderte mit einer Art künstlich ungeduldiger Begeisterung:

«Es war eine wunderbare Ehe. Die beiden haben sich gegenseitig geradezu angebetet. Die Knightons waren wirklich das, was man allgemein eine harmonische Familie nennt. Bis diese gräßliche Tragödie sich ereignete, haben Mr. und Mrs. Knighton nur füreinander gelebt. Ich kann mir nicht vorstellen, daß einer von beiden je einen Blick für jemand anders gehabt hätte.»

Er lehnte Wexfords Angebot, ihn ins Büro zurückzubringen, ab, bestellte sich ein Taxi und ließ die beiden Polizeibeamten vor der Haustür stehen.

«Er trägt mir ein bißchen zu dick auf», sagte Wexford.

«Im Hinblick auf die Liebe zwischen den beiden Knightons, meinen Sie?»

«Das war eine seltsame Bemerkung. ‹Ich kann mir nicht vorstellen, daß einer von beiden je einen Blick für jemand anders gehabt hätte.› An so etwas denkt man doch eigentlich nicht, wenn man über das häusliche Glück zweier Sechzigjähriger spricht. Warum hat er es so besonders betont? Es ist ganz komisch, Mike, aber ich werde das Gefühl nicht los, daß alles, was in diesem Fall bisher passiert ist und vielleicht noch passieren wird, eigentlich Leuten angemessen wäre, die 30 Jahre jünger sind als die Knightons. Ich kann mir nicht helfen, meinem Gefühl nach war das ein Verbrechen aus Leidenschaft. Zugleich kann ich mir aber keinen Menschen vorstellen, der ungeeigneter wäre als diese Frau, Opfer einer Leidenschaft zu werden.»

«Und dieser aufgeblasene kahlköpfige Gockel hat dasselbe Gefühl?»

«Das sind rauhe Worte, Mike. Aber vielleicht, ja, ich denke, er hat es. Knighton hätte in der Nacht nach Sussex fahren, seine Frau erschießen und längst wieder zurück sein können, als Dobson-Flint anfing, in der Küche herumzuwirtschaften und Tee zu kochen.»

«Wie denn? Zwischen 0 Uhr 50 und 6 Uhr 40 fährt kein Zug.»

«Er muß nicht mit dem Zug gefahren sein. Ein Zug hätte ihm gar nichts genützt, da er keine Möglichkeit gehabt hätte, von Kingsmarkham nach Sewingbury zu kommen. Aber er hätte mit dem Wagen fahren können.»

«Wir wissen, daß er es nicht getan hat. Sein Wagen stand in der Garage von Thatto Hall Farm.»

«Hören Sie zu, Mike. Was hat er getan, nachdem er um 4 Uhr 15 auf der Victoria Station angekommen war? In Hyde Park Gardens ist er erst zehn nach fünf erschienen. 55 Minuten sind eine stolze Zeit für den Weg von der Victoria Station nach Hyde Park Gardens. Es ist durchaus möglich, daß er sich in der Zwischenzeit einen Wagen gemietet und ihn am nächsten Morgen zurückgebracht hat.

Er konnte den Wagen sogar schon telefonisch bestellt haben, holte ihn Viertel vor fünf ab, fuhr ihn hierher und ließ ihn an einer Parkuhr stehen. Ich hatte den Eindruck, daß es hier überall Parkuhren gibt, sie sind mir aufgefallen, als wir herfuhren. Da ab halb sieben gebührenfrei geparkt werden kann, brauchte er nur für anderthalb Stunden einzuwerfen. Nachdem Dobson-Flint ins Bett gegangen ist, verläßt er die Wohnung, nachdem er sich die Schlüssel von dem Zinnteller geholt hat, steigt in den Wagen und fährt nach Sewingbury – was um diese Zeit höchstens eine Stunde dauert. Er betritt das Haus ganz normal durch die Haustür, weckt Adela, erschießt sie und nimmt den Schmuckkasten mit. Dann schneidet er die Scheibe aus dem Toilettenfenster. Unterwegs zur Straße, wo er den Wagen abgestellt hat, entledigt er sich der Schmucksachen und des Kastens. Eine Stunde später ist er wieder in Hyde Park Gardens, und es ist erst halb vier. Wie klingt das?»

«Er ist ein großes Risiko eingegangen», sagte Burden. «Angenommen, Dobson-Flint wäre in sein Zimmer gegangen.»

«Nie! Können Sie sich das vorstellen? Bei diesen Leuten? Ihre Söhne könnten es tun, ja, aber diese beiden – niemals. Dobson-Flint hätte das Zimmer nur betreten, wenn Knighton laut geschrien hätte, und selbst dann hätte er gezögert.»

«Da fällt mir ein», sagte Burden, als sie in den Wagen stiegen, «sein Sohn wohnt in London. Warum konnte er nicht bei ihm übernachten?»

«Roderick Knighton wohnt mit seiner Familie in Mill Hill, ziemlich weit draußen. Zu weit draußen, wenn man auf öffentliche Verkehrsmittel und Taxis angewiesen ist. Das würde Knighton meiner Meinung nach sagen. Wenn er jedoch plante, in den frühen Morgenstunden seine Frau zu ermorden, könnte der wahre Grund natürlich der sein, daß die Bayswater Road viel näher bei Sussex liegt.»

Männer suchten in den Grasrändern der Wege, unter den Hecken, in den Feldern und auf den verschwiegensten Pfaden, ja, sogar im Kingsbrook, der durch das Thatto-Tal fließt, nach der Mordwaffe. Wexford hätte gern gewußt, ob die Pistole Knighton gehört hatte. Ein Rechtsanwalt im Ruhestand, ehemaliger Strafverteidiger, wußte vielleicht sehr genau, wie er sich eine Waffe beschaffen konnte. Die kleine Pistole hatte – das schloß man aus dem haarfeinen Kratzer auf der Kugel, die Adela Knighton getötet hatte – im Lauf einen winzigen, etwa stecknadelkopfgroßen Höcker, einen Fehler, der einer Warze ähnelte.

Es war ein unangenehm feuchtkalter Tag, kälter als sonst um diese Jahres- und dunkler als gewöhnlich um diese Tageszeit. Die umliegenden Hügel und Wälder waren in grauen Nebel gehüllt. Die Waffe konnte überall versteckt sein, ein winziges Metallstück in unzähligen Tonnen Erde, Laubmulden und Wasser. Oder sie lag gereinigt und poliert und in ein weiches Tuch eingeschlagen in einer Schublade. Wexford ging die Zufahrt von Thatto Hall Farm hinauf.

Julian Knighton und seine Frau Barbara waren am Morgen aus Amerika eingetroffen. Julian war ziemlich klein und untersetzt wie seine Mutter, hatte ein Mondgesicht wie seine Mutter und war vielleicht vierzig Jahre alt. Die Knightons hatten ganz offensichtlich zu jenen Paaren gehört, die wie die Königin gewissermaßen zwei Familien hatten. Das erste Paar, die beiden älteren Söhne, mußten schon ungefähr zehn und acht Jahre alt gewesen sein, als Jennifer geboren wurde. Und zwei oder drei Jahre später war noch ein Sohn gekommen, der noch immer abwesende Colum.

Adam Knighton sah krank aus, er schien

schwer zu leiden. Von den Wangenknochen abwärts wirkte sein Gesicht wie ausgehöhlt. Wexford erinnerte sich, wie erstaunt er gewesen war, wie ungläubig er die Nachricht vom Tod seiner Frau aufgenommen hatte. Nur ein brillanter Schauspieler hätte das vortäuschen können. Er sah den Chief Inspector aus tief in den Höhlen liegenden, wie gehetzt wirkenden Augen an.

Die schwangere Mrs. Norris ruhte in einem Sessel und hatte die Füße hochgelegt. Barbara Knighton trank etwas aus einem Glas, das wie geeister Tee oder stark verdünnter Whisky aussah. Ihr Mann präsentierte Wexford eine Theorie.

«Ich halte es für sehr wahrscheinlich, daß er erwartete, einen Safe zu finden, Chief Inspector. Mein Vater hatte ja wirklich einen im Haus, doch als die Einbrüche so zunahmen, ließ er ihn entfernen. Solange er da war, hätte jeder Eindringling vermutet, wir wollten etwas ganz besonders Wertvolles schützen.»

«Damals benutzten wir das Haus noch an Wochenenden als Zweitwohnung und lebten nicht ständig hier», sagte Adam Knighton. «Am Sonntagabend legte ich, bevor wir nach

Hampstead zurückfuhren, unsere wenigen Wertgegenstände immer in den Safe. Kann er danach gesucht haben? Ist das überhaupt denkbar? Halten Sie es für möglich, daß meine Frau Opfer eines unglücklichen Zufalls wurde? Daß dieser Mann sie mit der Waffe bedrohte, weil sie ihm nicht sagen wollte, wo der Safe war, und daß die Waffe dann irrtümlich losging? Könnte man von dieser Theorie ausgehen?»

Der Mann war ein weithin bekannter brillanter Strafverteidiger gewesen. Angesichts eines solchen Unsinns war das schwer zu glauben. Wexford erinnerte sich, daß in der Presse häufig von ihm die Rede gewesen war. «Mr. Adam Knighton, Verteidiger von...» «Mr. Adam Knightons meisterliches Plädoyer...» Das harte Gesicht mit der Adlernase wirkte plötzlich weichlich und schwach. Hatte es in China wie das Gesicht eines edlen Raubvogels ausgesehen, schienen die Züge jetzt wie aus Wachs, das unter der Berührung einer warmen Hand ein wenig geschmolzen war. Die Muskeln um den Mund herum waren erschlafft. Wexford gelangte zu der Überzeugung, daß Knighton weinte, wenn er allein in seinem Schlafzimmer war und die Tür vor seinen mitfühlenden und rücksichtsvollen Kindern geschlossen hatte. Das Gesicht war das eines Mannes, der sich in Tränen verzehrte.

«Haben Sie je eine Pistole besessen, Sir?» wandte Wexford sich an Julian Knighton.

«Guter Gott, nein! Ganz gewiß nicht.»

Wexford sah Adam Knighton an.

«In der ersten Zeit, in der ich hierherkam und mich gewissermaßen als Landjunker fühlte, hatte ich ein Jagdgewehr. Ich habe es vor fünf Jahren verkauft.»

Jennifer Norris flüsterte mit ihrer Schwägerin. Beide sahen Wexford böse an.

«Wenn ich darf, würde ich mich gern noch einmal im Haus umsehen», sagte er.

«Ich dachte, mein Bruder habe Ihnen sehr deutlich klargemacht, daß der Safe nicht mehr hier ist», sagte Jennifer Norris im Ton einer Schloßherrin des 19. Jahrhunderts, die mit einem Verwalter sprach.

«Sehr deutlich, besten Dank», erwiderte Wexford und sah Adam Knighton an.

«Tun Sie nur das, was Sie für richtig halten, Chief Inspector.»

Wexford machte die Wohnzimmertür hinter sich zu und ging in das Schlafzimmer hinauf, in dem Adela Knighton in der Dienstagnacht allein geschlafen hatte und aus dem sie auf schreckliche Weise rausgeholt worden war. Seit er das letzte Mal hier oben gewesen war, hatte jemand das Bett gemacht. Die sorgfältige Durchsicht von Mrs. Knightons Kleidern ergab nicht das geringste. Die Kleider sowie die Handtaschen waren leer. Auf dem Fensterbrett standen zwischen den mit einem Rosenmuster bedruckten gerafften Vorhängen ein chinesischer Kerzenleuchter, eine Parfumschachtel und zwei Buchstützen. Die Bücher waren die einer Frau, die als Teenager aufgehört hatte zu lesen: zwei oder drei von Jeffery Farnols, *‹Kostbares Gift›*, *‹Die Geschichte einer afrikanischen Farm›*, C. S. Lewis' *‹Bedingungsloses Christentum›* und Mrs. Gaskells *‹Cranford›*. Wexford suchte etwas, nach dem er sich unbewußt umgesehen hatte, als er vor zwei Tagen den Schreibtisch im Erdgeschoß durchsuchte.

Der Toilettentisch hatte nur eine Schublade. Er zog sie auf. Taschentücher, eine

Schachtel mit Abschminktüchlein, ein Kärtchen mit Haarspangen, zwei unbenutzte Flanelltücher, eine Pappschachtel mit Watte. Auf den Nachtkästchen aus Mahagoni standen rosafarbene Porzellanlampen mit Tüllschirmen. In jedem Kästchen war ebenfalls eine Schublade. Die von Mrs. Knighton enthielt eine Schachtel Aspirin, noch zwei Taschentücher, ein altmodisches Manikürzeug mit silbernen Griffen, Nasentropfen, eine Brille in einem Etui. In Adam Knightons Schublade fand Wexford eine Brille in einem Etui, zwei Kugelschreiber, einen Notizblock, ein Röhrchen mit Halspastillen und einen batteriebetriebenen Rasierapparat in einer Lederhülle. Unter den Schubläden befand sich jeweils ein Schränkchen mit schwarzen Samtpantoffeln und einem Fotoalbum aus braunem Leder auf Mrs. Knightons und einem Bücherstapel auf Adam Knightons Seite. Offenbar las er gern im Bett, und das war die Lektüre, die er sich für die vergangenen Wochen oder Monate, für den Augenblick und vermutlich noch für die nächste Zukunft zurechtgelegt hatte. Es war, wie Wexford fand, eine ungewöhnliche und gänzlich unerwartete Zusammenstellung.

‹*Die sterbliche Blume*› von Han Suyin und ein sprachwissenschaftliches Buch mit dem Titel ‹ *Über die chinesische Sprache*›. Diese beiden waren keine Überraschung, der Mann war erst kürzlich in China gewesen. Die nächsten Titel waren ‹*Die Rückkehr des Eingeborenen*›, Elizabeth Barretts ‹*Sonette aus dem Portugiesischen*›, ‹*Brownings Liebesbriefe*› und ‹*Anna Karenina*›. Wexford blätterte interessiert in den Büchern, und das erste Wort, das ihm einfiel, war «romantisch». Mit Ausnahme des sprachwissenschaftlichen Buches schwelgten sie alle in Romantik und schienen ihm zu dem weißhaarigen, vertrockneten, unglücklichen alten Anwalt überhaupt nicht zu passen. Doch die Tatsache, daß sie hier waren und Knighton sie entweder schon gelesen hatte, gerade las oder die Absicht gehabt hatte, sie zu lesen, bewiesen das Gegenteil.

Er schlug die ‹*Sonette aus dem Portugiesischen*› auf. Zwischen zwei Seiten steckte ein Lesezeichen.

«Wenn du mich schon lieben mußt,
dann tu's nur um der Liebe willen,
aus keinem andern Grund...»

las Wexford.

Das Lesezeichen war eine Seite aus dem Notizblock, und darauf hatte Knighton in seiner stilisierten Rundschrift ein paar Verszeilen geschrieben. Nicht von Elizabeth Barrett noch das Gedicht, das er in Kweilin auf dem Hoteldach zitiert hatte, sondern ein Fragment, das ebenfalls unverkennbar chinesische Dichtkunst war:

«Töte nicht die Wildgänse aus dem Süden,
laß sie nordwärts fliegen.
Und wenn du tötest, dann triff ein Paar,
auf daß nichts die beiden trenne...»

Sehr merkwürdig, in der Tat. Natürlich konnte man annehmen, daß Knighton das nach dem Tod seiner Frau geschrieben hatte, nachdem sie wirklich erschossen worden und sie beide getrennt worden waren. Aber aus irgendeinem Grund glaubte Wexford nicht, daß es sich so verhielt. Diese Worte waren nicht erst nach dem Dienstag geschrieben worden. Das Papier war zerdrückt, so oft hatte man es schon in die Hand genommen und als Lesezeichen in den Band mit den Sonetten geschoben.

Und als Wexford auf den Flur trat und in das «grüne» Schlafzimmer hinüberblickte, sah er, daß dort das Bett aufgeschlagen war und auf einem Sessel ein brauner Flanellmorgenrock lag. Der Witwer war vorübergehend aus dem Schlafzimmer geflohen, das er mit seiner Frau geteilt hatte.

Sie waren noch im Wohnzimmer, alle vier. Jennifer Norris ruhte noch immer mit hochgelegten Beinen in ihrem Sessel. Sie und ihr Vater tranken Tee. Barbara Knighton arrangierte in einer Kupferschale die letzten Rosen dieses Sommers, Oktoberblüten der zweiten oder dritten Blüte. Sie wirkten ein bißchen blaß und erschöpft, diese Rosen, und sahen aus wie Papier.

«Ich wüßte nur noch eins gern, Mr. Knighton», sagte Wexford. «Was ist aus den Fotos geworden, die Sie und Mrs. Knighton in China gemacht haben?»

«Fotos?»

«Sie sind nicht in dem Album, das ich in

Mrs. Knightons Nachtkästchen gefunden habe, obwohl die von ihren früheren Urlauben sehr ordentlich eingeklebt wurden.»

«Wahrscheinlich habt ihr diesmal nicht fotografiert, nicht wahr, Vater?»

Knighton zögerte. Vielleicht, dachte Wexford, klammert er sich an den Strohhalm, den Julian ihm reicht. Und um das zu verhindern, sagte er energisch:

«Ich glaube, es besteht wohl kaum ein Zweifel daran, daß Sie und Mrs. Knighton fotografiert haben, oder?»

Ihre Augen trafen sich. Wexford fragte sich, ob er den Gesichtsausdruck des Mannes richtig deutete. Oder bildete er sich nur ein, daß Knighton dachte, es hätte ihm auf seiner Ferienreise durch China nichts Schlimmeres passieren können, als ausgerechnet diesem Polizisten zu begegnen? «Wir haben ein paarmal fotografiert, ja», sagte er matt. «Wenn die Bilder etwas geworden sind – falls sie überhaupt entwickelt wurden –, müssen sie irgendwo im Haus herumliegen.»

Aber sie waren nirgends zu finden.

Wexford erwähnte sie nicht mehr. Er beschäftigte sich in Gedanken viel mit Adam

Knighton, mit seinem wehmütigen Hang zur Romantik, dem lustlosen, zermürbten Aussehen, dem manchmal gehetzten Blick – und nicht zuletzt mit der Möglichkeit, daß dieser Mann, der Dichtkunst und große Liebesgeschichten liebte, seiner Frau eine Pistole an den Hinterkopf gehalten und eine Kugel ins Gehirn gejagt hatte.

Die amtliche Leichenschau fand am Montag morgen statt, die Beerdigung am nächsten Tag auf dem Friedhof Aller Heiligen in Sewingbury. Inzwischen hatte man auch festgestellt, daß kein Mann, auf den Adam Knightons Beschreibung zutraf, bei einer Londoner Mietwagenfirma einen Wagen gemietet hatte. Bei der Befragung waren alle Firmen im Umkreis von drei Meilen ab Adrian Dobson-Flints Wohnung berücksichtigt worden. Auch die Suche nach der Mordwaffe war ergebnislos verlaufen, und Wexford hatte sie abbrechen lassen.

Sewingbury hat ungefähr 4000 Einwohner, einen Golfplatz, ein Kloster, dem eine Mädchenschule angeschlossen ist, eine stillgelegte Mühle am Kingsbrook und einen riesigen Marktplatz, auf dem gewöhnlich ein

Wagen neben dem anderen parkt. Die Kirche liegt halbwegs den Hügel hinunter, der zum Fluß und zum neuen Wehr führt. Wexfords Fahrer fuhr über die Springhill Lane, über die neue Brücke, am Flußufer entlang und vorbei an der Stelle, an der der Fußweg aus dem Thatto-Tal in die River Street mündet.

Die ganze Familie Knighton war versammelt. Adam, mager, düster, barhaupt, in einem taillierten schwarzen Mantel, Roderick in einem dunklen Anzug mit schwarzer Krawatte, seine Frau Caroline in einem engen schwarzen Hosenanzug und schwarzen, offenen Schuhen. Julian und seine Frau trugen helle Farben, er Grau, sie Grün, machten aber, vielleicht zum Ausgleich dafür, die traurigsten Gesichter. Der blonde junge Mann mit der Adlernase und das schlanke, dunkle, griechisch aussehende Mädchen mußten Colum und seine Frau sein. Nur Jennifer war nicht anwesend, wurde jedoch von ihrem Mann vertreten, der zu spät und zu Fuß gekommen war.

Als alles vorbei war, wollte Wexford, der in der letzten Reihe gesessen hatte, hinter der Familie die Kirche verlassen. Schon im Gehen, blickte er zufällig über die Schulter zurück. Durch den Mittelgang kam die ältere Frau auf ihn zu, die er ebenfalls in China kennengelernt hatte. Adela Knightons Freundin. Sie mußte auf einer der vorderen Bänke gesessen haben. Er hatte bis zu diesem Augenblick überhaupt nicht mehr an sie gedacht.

Er merkte ihr an, daß sie erstaunt war, ihn zu sehen, und sie starrte ihn an, wie er sie angestarrt haben mußte, als er sie für die Frau mit den gebundenen Füßen hielt, die ihn verfolgte. Und dann wandte sie mit einem Ruck die Augen ab.

Wexford ging hinaus und wartete in der Vorhalle auf sie.

10

«Mein Name ist Irene Bell. Ich glaube nicht, daß wir einander in China vorgestellt wurden.»

«Chief Inspector Wexford von der Kriminalpolizei in Kingsmarkham. Guten Tag, Miss Bell.»

«Sie sind also Polizist und hier in der Gegend zu Hause. Was für ein unglaublicher Zufall! Das muß für den armen Adam noch ein zusätzlicher Schock gewesen sein. Er ist völlig fertig, nicht wahr? Das sind wir übrigens alle. Adela und ich sind zusammen in die Schule gegangen und kannten einander fast unser Leben lang. Ich glaube, wir waren ungefähr ein halbes Jahrhundert befreundet.»

«Das ist eine lange Zeit», sagte Wexford. «Könnten wir uns ein bißchen unterhalten, Miss Bell?»

« Jetzt, meinen Sie? Ich glaube schon. Ich fahre ohnehin nicht mit den anderen. Ich mag dieses Essen und Trinken nach Beerdigungen nicht. Die Leute wollen ja nicht pietätlos sein, aber nach einiger Zeit vergessen sie immer, warum sie zusammengekommen sind, einer fängt an zu lachen, und bevor man weiß, wie einem geschieht, ist das Ganze zu einer Party geworden. Ich nenne das sehr schlechten Geschmack.»

Wexford nickte zustimmend. Sie schien eine Frau mit Charakter zu sein. «Ich sorge dafür, daß Sie später nach Kingsmarkham gebracht werden, damit Sie Ihren Zug nicht versäumen. Eine Tasse Tee halten Sie aber nicht für pietätlos, oder?»

«Ich könnte eine Tasse starken, heißen Tee ganz gut brauchen», entgegnete Miss Bell.

Sie war klein und mager, hatte ein rundes Gesicht mit scharfen Zügen und dunkles, noch kaum ergrautes Haar mit einer sehr krausen Dauerwelle. Der blaue Hosenanzug wäre heute nicht angemessen und außerdem zu leicht gewesen, da es in der vergangenen Nacht den ersten Frost dieses Winters gegeben hatte und an schattigen Stellen noch immer ein bißchen weißer Reif lag. Sie trug einen dunkelgrauen Tweedanzug, eine beigefarbene Seidenbluse und schwarze Pumps mit halbhohen Absätzen.

Bis vor drei Jahren, erzählte sie Wexford, sei sie Leiterin eines Reisebüros in Swiss Cottage gewesen, und dort in der Nähe wohne sie auch. Über dieses Reisebüro hätten sie und die Knightons auch die Trans-Asienreise gebucht. Es war nicht die erste Reise, die sie zu dritt unternahmen. Sie sei mit ihnen in Ägypten und auch ein paarmal auf dem europäischen Festland gewesen. Da habe Adela wenigstens ein bißchen Gesellschaft gehabt, sagte sie. Eine Bemerkung, die Wexford sehr aufschlußreich fand.

In Kingsmarkham führte er sie in ein Café auf der Hauptstraße und bestellte Tee für zwei. Irene Bell weigerte sich, etwas zu essen, vielleicht wieder deshalb, weil sie es für unpassend hielt, sofort nach der Beerdigung der besten Freundin zu tafeln. Denn das war Mrs. Knighton für sie offenbar gewesen, eine liebe, treue Freundin, die ihr so nahe gestanden hatte wie eine Schwester. Als Miss Bell das sagte, trat ein Ausdruck tiefer, bitterer Trauer in ihr herbes Gesicht. Sie war Jennifers Taufpatin, und die jungen Knightons nannten sie alle «Tante Irene». Sie stand der Familie sehr nahe, gehörte fast zu ihr – soweit man dazugehören konnte, wenn man nicht blutsverwandt war. Wexford ließ sie eine Weile von ihrer Freundschaft mit Adela Knighton erzählen, und ihm fiel auf, daß sie zwar alle Kinder der Knightons erwähnte und sogar die Namen ihrer Kinder kannte, aber mit keinem Wort auf Adam Knighton zu sprechen kam. Er unterbrach sie und kam auf das zurück, was sie im Wagen gesagt hatte.

«Sie meinten vorhin, wenn Sie zu dritt verreisten, habe Mrs. Knighton wenigstens ein bißchen Gesellschaft gehabt. Hat ihr denn die Gesellschaft ihres Mannes nicht genügt?»

Sie hob die Schultern und lächelte schwach.

«War die Ehe glücklich, Miss Bell?»

« Jemand hat einmal gesagt, eine Ehe sei nur soweit unglücklich, soweit das Leben selbst unglücklich sei.»

«Das ist ein Zitat von Samuel Johnson. Was sagen Sie dazu?»

«Im allgemeinen, Mr. Wexford, halte ich nicht viel davon. Sie dauert zu lange. Wenn man sie auf fünf Jahre beschränken könnte, wäre sie eine ausgezeichnete Institution. Wer erträgt schon 40 Jahre lang ständig denselben Menschen um sich? Morgens, mittags, abends, immer. Die Leute denken, eine alleinstehende Frau meines Alters habe nur deshalb nicht geheiratet, weil sie keine Chancen hatte. Das stimmt natürlich nicht.» Irene Bell lachte leise. Es war ein grimmiges Lachen, weder amüsiert noch fröhlich. «Ich sehe nicht besonders gut aus, war nie besonders hübsch, aber das sind die meisten verheirateten Frauen auch nicht. Wenn nur hübsche oder charmante Menschen heiraten, gäbe es eine Welt von Singles. Ich war es, die nie heiraten wollte. Ich teile nicht gern. Ich koche nicht gern und mag weder Hausarbeit noch Babies, noch Sex. O ja, mit dem Sex habe ich's versucht. Vor 40 Jahren habe ich's dreimal damit versucht, und diese dreimal waren meiner Meinung nach genug für ein ganzes Leben.

Aber das sind meine Ansichten. Das trifft auf die Ehe im allgemeinen zu. Im besonderen, denn danach haben Sie mich gefragt, glaube ich, daß die Knightons so glücklich waren wie die meisten Menschen. Sie hatte ihn sehr gern, die arme Adela. Sie traf ihre Wahl, und sie blieb dabei und war eine gute Frau. Niemand hätte eine bessere Frau haben können.»

Du magst ihn nicht, dachte Wexford. Oder ist die Sache vielschichtiger? Hast du ihn vielleicht einmal zu sehr gemocht?

«Sie hatten einander nie viel zu sagen. Das meine ich übrigens unter anderem damit, wenn ich sage, ich halte nicht viel von der

Ehe. Wie sonst sollen wir uns verständigen, wenn alles getan ist? Wir haben nur Worte. Man hört jetzt einen Haufen Unsinn über die Sprache der Augen, die Sprache der Liebe, schweigendem Verstehen, die ganze Palette eben. Zwischen Adela und Adam gab es nichts dergleichen, das kann ich Ihnen sagen. Adela war nicht die Frau dazu. Und Adam – ein Mann, der Gedichte liest, kommt mir ohnehin immer merkwürdig vor.»

«Die meisten Gedichte wurden von Männern geschrieben.»

«Das ist etwas anderes», erwiderte Miss Bell. «Bringen Sie mich nicht durcheinander. Wenn Sie's genau wissen wollen, ich finde es unmännlich, ungesund und affektiert, wenn ein Mann – wie heißen die Dinger doch gleich? – Sonette liest.»

«Hat er sie betrogen?» fragte Wexford brüsk. «Hatte er Liebesaffären mit anderen Frauen?»

Sie war bestürzt. Sie war dabeigewesen, die Teetasse an die Lippen zu heben, jetzt hielt sie mitten in der Bewegung inne und stellte dann die Tasse langsam auf die Untertasse zurück. «Guter Gott, nein! Was für eine unglaubliche Idee! Er ist dreiundsechzig.»

«Er war es nicht immer. Und auf jeden Fall ist er ein sehr gut aussehender Mann mit – wie ich es nennen würde – einer starken Ausstrahlung und großer Anziehungskraft.» Wexford unterbrach sich. Wie intim sie miteinander geworden waren, wie offen sie miteinander sprachen, nach zehn Minuten beim Tee. Es kam ihm so vor, als gebe es in diesem Augenblick nichts, was sie einander nicht sagen konnten. Ein Jammer, daß sie nicht mehr zu sagen hatte. «Es gibt viele Männer von 63 Jahren», sagte er, «die entsetzt wären, wenn man ihnen sagte, sie müßten in Zukunft alle Gefühle aus ihrem Leben ausklammern.»

Sie stieß ein kurzes, gackerndes Lachen aus. «Der Tag kommt auch bei Ihnen drohend näher, nicht wahr? Nein, Adam hatte keine Affären, das können Sie vergessen. Mit wem denn auch? Außer der Pfarrersfrau hat er nie eine andere als Adela zu Gesicht bekommen. Wenn Sie glauben, er habe die Ärmste erschossen, weil er eine andere hatte, dann müßte ich jetzt, wenn wir ‹heiß und kalt› spielten, eiskalt sagen. Adam würde nie mit einer Waffe auf jemanden zielen, und noch weniger würde er sie abfeuern. Er gab das Taubenschießen auf, weil er sagte, es sei unethisch. Einmal wurde er von einer Wespe gestochen, die er aus dem Fenster tun wollte, um sie nicht töten zu müssen.» Sie lachte wieder und setzte dann klirrend ihre Tasse ab. «Ich wußte es», sagte sie. «Das wird langsam eine Party, ein Freudenfest, und das dulde ich nicht. Ich finde es geschmacklos. Es war sehr freundlich von Ihnen, mich zum Tee einzuladen, aber jetzt bringen Sie mich bitte zum Bahnhof.»

«Noch fünf Minuten, Miss Bell», bat Wexford, «dann bringe ich Sie hin, ich verspreche es Ihnen. Ich möchte Sie etwas über China fragen. Erinnern Sie sich noch an den Abend in Kweilin, an dem wir alle in dieser Bar auf dem Hoteldach saßen?»

Sie zog die Handschuhe an. «Wir hatten 90 Grad Fahrenheit – oder 32 Grad Celsius, wenn Ihnen das lieber ist –, und sie spielten Weihnachtslieder. Natürlich weiß ich das noch.»

«Mr. Knighton erschrak über irgend etwas. Er wurde weiß wie die Wand. Er muß etwas oder jemanden gesehen haben, und das hat ihm einen Schock versetzt. Haben Sie das bemerkt?»

«Nicht daß ich wüßte.»

«Eine oder zwei Minuten später sagte Mrs. Knighton, sie wolle ins Bett, und Sie beide standen auf, um zu gehen.»

«Möglich, aber ich erinnere mich nicht.»

«Und er hat am nächsten Tag nichts erwähnt? Nicht Ihnen gegenüber und auch nicht Mrs. Knighton gegenüber – in Ihrer Anwesenheit natürlich? Ich meine, hat er vielleicht gesagt: ‹Gestern abend habe ich etwas auf dem Dach gesehen, worüber ich wirklich sehr erstaunt war›?»

«Nein, das hat er nicht. Warum fragen Sie nicht ihn?»

«Das werde ich. Sie haben sehr viel fotografiert. Mrs. Knighton auch. Hat sie Ihnen ihre Bilder gezeigt?»

«Vor Wochen schon», antwortete Irene Bell. «Sie kam nach London, und dann haben wir immer zusammen gegessen. Das taten wir auch diesmal, und dabei haben wir uns gegenseitig unsere Fotos gezeigt.»

«Was hat sie mit ihren gemacht?»

«Mitgenommen natürlich. Sie wollte sie in ihr Album einkleben.»

In seinem Büro im zweiten Stock des Kommissariats fand er Burden und Dr. Crocker vor, die sich über Pistolen unterhielten. Burden hatte sogar die Nachbildung einer Walther PPK 9 in der Hand, die man einem jungen Rowdy abgenommen hatte. Er hatte einen Popstar damit bedroht, der Kingsmarkham besuchte. Als der Fall abgeschlossen war, landete sie völlig unerklärlicherweise in Wexfords Schreibtischschublade, und dort hatte sie bis jetzt gelegen.

«Ich fühle mich mit einem Skalpell in der Hand wohler», sagte der Doktor. «War es ein hübsches Begräbnis, Reg? Ich frage mich, warum Leute, die nicht religiös sind, feierliche Beerdigungen veranstalten. Seit es das alte Gebetbuch mehr oder weniger nicht mehr gibt, sind Beerdigungen doch nur noch langweilige, peinliche, unbeholfene Ereignisse, ohne Würde und ohne Schönheit.»

«Aber man muß doch eine Beerdigung haben, oder?» sagte Burden.

«Wenn Sie glauben, es sei gesetzlich vorgeschrieben, dann irren Sie sich. Die Leute denken, sie müßten, aber sie müssen gar nicht. Sie können Ihrem Beerdigungsinstitut einfach den Auftrag geben, Sie ganz heimlich und leise zu verbrennen, wenn das Kreniatorium mal keinen Hochbetrieb hat. Da ist nichts dabei. Doch kosten wird es natürlich dasselbe. Rund 500 Piepen – ein paar Zerquetschte mehr oder weniger – müssen Sie heute schon auf den Tisch des Hauses blättern.»

Wexford, der zu allem geschwiegen hatte, setzte sich an den Schreibtisch, nahm die Nachbildung der Pistole, drehte sie langsam nach allen Seiten und sagte: «Er saß auf diesem Dach, trank Kassia-Zimtwein, und plötzlich sah er etwas, das ihn ungeheuer erstaunte. Es war absolut nichts Unangenehmes, eher das Gegenteil. Ich hätte sogar darauf gewettet, daß er etwas Wunderschönes sah. Aber was war es?»

«Ein hübsches Mädchen», sagte der Doktor.

«Ach was! Ein hübsches Mädchen würde man so nur ansehen, wenn man zwanzig Jahre Einzelhaft hinter sich hätte.»

«Einen alten Freund?» meinte Burden. «Jemanden, den er vielleicht vor Jahren vor Gericht verteidigt und von dem er geglaubt hatte, er werde ihn nie wiedersehen?»

«Dann wäre er wohl sofort aufgesprungen, wäre zu ihm gegangen und hätte mit ihm gesprochen. Warum stand er auf, lehnte sich über die Brüstung und begann ein chinesisches Gedicht zu zitieren?»

«Frag ihn doch.»

«Das werde ich, aber er wird mir nicht die Wahrheit sagen. Wir müssen übrigens unbedingt feststellen, wer alles wußte, daß er vergangenen Dienstag über Nacht ausbleiben wollte. Wir haben in dieser Richtung noch nicht besonders viel unternommen, aber ich lese es aus dem Kaffeesatz heraus, daß es eine ganze Menge Leute wußten. Jeder bei dieser goldenen Jubiläumsparty, zum Beispiel. Wahrscheinlich die meisten Bekannten der Knightons in Sewingbury. Freunde oder Verwandte, denen Mrs. Knighton vielleicht geschrieben oder mit denen sie telefoniert hat.»

«Sie meinen, es ist ein bißchen faul, weil es ausgerechnet in dieser Nacht passierte?»

sagte der Doktor. «Genau meine Worte. Wir haben da einen Mann, der höchstens einmal im Jahr auswärts übernachtet, und prompt wird in dieser Nacht seine Frau ermordet.»

«Das zeigt uns auf jeden Fall, daß es eine geplante, vorsätzliche Tat war. Sie kann von den Leuten geplant worden sein, die wußten, daß er nicht da war, und Knighton kann es mit einem Komplicen, aber er kann es auch allein getan haben.»

«Wir befragen jeden Bewohner von Hyde Park Garden, ob er Knighton in der fraglichen Nacht gesehen hat», sagte Burden. Er zögerte und fuhr dann verlegen fort: «Sie halten das vielleicht für weit hergeholt...»

«Ich bin derjenige, dem man immer vorwirft, daß ich mir meine Theorien aus den Fingern sauge», unterbrach ihn Wexford.

«Vielleicht ist das ansteckend. Vielleicht ist es, weil – nun ja, ich habe mehr gelesen als sonst.» Es war bekannt, daß Burdens kulturell interessierte Frau die Gewohnheit hatte, ihm Bücher zu empfehlen. Sie gehörte auch zu den verhältnismäßig selten vorkommenden Menschen, die sich gern vorlesen ließen, und hatte unerwarteterweise in ihrem

Mann ein großes schauspielerisches Talent mit einer besonderen Begabung zum Vorlesen entdeckt. Burden war ein bißchen rot geworden. «Romane, wissen Sie. Ich muß zugeben, daß ich in letzter Zeit nur Romane gelesen habe.»

Wie aus der Pistole geschossen, zitierte Wexford Jane Austen.

«Nur Romane! Nur ein Werk, das in der erlesensten aller Sprachen der Welt die gründlichste Kenntnis der menschlichen Natur, die glücklichste Schilderung ihrer Vielschichtigkeit, die sprühendsten Ergüsse von Geist und Witz vermittelt.»

«Okay, er soll uns sagen, was ihm eingefallen ist», meinte Crocker ungeduldig.

«Es ist ja nur – na ja, also eigentlich klingt es wie etwas von Conan Doyle. Aber manchmal liest man etwas ähnliches in der Zeitung...» Als er merkte, daß Wexfords Blick vor Zorn stechend wurde, fuhr Burden hastig fort: «Man hört doch immer wieder von alten Knastbrüdern oder eigentlich von jedem Kriminellen, der verurteilt wurde, daß er es dem Richter heimzahlen werde. Das stimmt doch, oder? Und ich weiß, daß so etwas tatsächlich vorgekommen ist – zumindest versucht wurde. Möglicherweise haben wir es hier mit einem solchen Fall zu tun.»

«Knighton war kein Richter.»

«Nein, aber er war auch nicht immer Verteidiger, sondern in früheren Jahren auch Anklagevertreter. Jemand, dem ein Verbrechen vorgeworfen und der dann verurteilt wurde, hätte den Mann, der ihn anklagte, genauso hassen können wie den Richter. Vielleicht war er der Meinung, daß Knighton die Beweise gegen ihn auf eine Art präsentierte, die bei den Geschworenen einen wesentlich nachhaltigeren Eindruck hinterließ als die Rechtsbelehrung durch den Richter. Vielleicht wurde jemand, der auf einen Freispruch gehofft hatte, Knightons wegen verurteilt oder bekam eine doppelt so lange Haftstrafe aufgebrummt wie erwartet. Hätte so ein Mann nicht beschließen können, es Knighton heimzuzahlen, sobald er wieder draußen war? Und ich schätze, Knighton hat bei Dutzenden von Fällen die Anklage vertreten. Sein Name stand oft in der Zeitung.»

«Sie meinen, ein Krimineller habe Mrs. Knighton erschossen, um sich an ihrem

Mann zu rächen?» fragte Wexford nicht uninteressiert. Die Idee gefiel ihm. «Das ist eine Möglichkeit, besonders wenn Knighton ihn, wie Sie sagten, für zehn Jahre hinter Gittern verschwinden ließ anstatt für vier oder fünf. Aber hätte er dann nicht Knighton erschossen?»

«Es gibt viele verheiratete Männer, die das Leben ohne ihre Frau nicht lebenswert finden», sagte Burden. Er warf dem Doktor einen unbehaglichen Blick zu, als erwarte er, ausgelacht zu werden. «Ich weiß, daß es mir so ging, als Jean starb, und wenn das nicht allzu lächerlich klingt, möchte ich noch sagen, daß es mir jetzt bei Jenny genauso geht.» Die beiden anderen lachten nicht, aber Burden tat es auf eine übertrieben verlegene Weise.

«Knighton war auch sehr lange verheiratet», sagte Crocker. «Wollte man den Witzpostkarten und den Karikaturisten glauben, müßte man denken, die Zuneigung schwinde mit den Jahren. Aber das stimmt nicht. Die Gewohnheit langer Jahre, alles, was man miteinander geteilt hat, dieses merkwürdige Einssein – mein Gott! Sie hatten noch keine

Chance, Mike, Sie sind zu jung. Sie wissen noch nicht einmal die Hälfte.»

Und genausowenig weiß es Irene Bell, dachte Wexford. Er zitierte:

«Töte nicht die Wildgänse aus dem Süden,
laß sie nordwärts fliegen.
Und wenn du tötest, dann triff ein Paar,
auf daß nichts die beiden trenne...»

«Woher haben Sie das, Reg?»

Wexford sagte es ihnen. «Ich habe die hiesige Bibliothekarin ersucht, es für mich aufzuspüren. Es ist ein chinesisches Gedicht aus einer Sammlung von T'ang-Versen aus dem 9. Jahrhundert. Der Dichter hieß Shen Hsun, und das Merkwürdige daran ist, daß er und seine Frau von einem Sklaven ermordet wurden.

Wir kommen immer wieder auf China zurück, nicht wahr? Ich habe das Gefühl, und ich hatte es schon kurz nach dem Mord, daß der Schlüssel zu diesem Fall in China liegt.»

«Sie können nicht gut noch einmal hinfahren», sagte der Doktor.

«Nein, aber ich kann zumindest mit den Leuten sprechen, mit denen Adela Knighton quer durch Asien gereist ist. Ich habe sie auch kennengelernt, vergessen Sie das nicht. Es gab da ein paar ziemlich merkwürdige Dinge...»

Er erzählte ihnen von den beiden Männern, die von Irkutsk bis Kweilin kein Wort miteinander gesprochen hatten, und von Wong, der ertrunken war. «Beide Knightons haben in China fotografiert, sie haben ständig ihre Kamera gezückt. Was ist mit den Fotos passiert? Warum sind sie nicht im Album oder liegen in Päckchen im Haus herum? Ich bin immer fester überzeugt, daß wir in China suchen und uns mit dem beschäftigen müssen, was dort passierte. Ich wünschte nur, ich hätte meine Augen besser offengehalten. Ich konnte natürlich nicht ahnen, was kam, aber normalerweise macht es mir Spaß, Menschen zu beobachten, um zu sehen, wie sie sich verhalten. Aber, verdammt noch mal, ich wurde viel zu sehr von dieser Frau mit den gebundenen Füßen in Anspruch genommen.»

Crocker sah ihn an. «Von was für einer Frau?»

Zögernd berichtete Wexford von seinem Erlebnis. Er hatte oft das Gefühl gehabt, er hätte es schon längst tun sollen, hatte es jedoch nie getan. Wenn die Symptome verschwinden, interessiert sich niemand mehr für die Ursache seiner Krankheit. Crocker, der nicht einmal gelächelt hatte, als Burden über die Ehe sprach, lachte jetzt schallend.

«Was haben Sie gelesen?»

«Okay, ich weiß ja. Ein Buch mit dem Titel ‹*Meisterwerke des Übersinnlichen*›. Ich habe es nicht zu Ende gelesen.»

«Also für allen Tee in China wollte ich nicht Ihre Phantasie haben.»

«Klar, aber alle Halluzinationen sind Produkte der Phantasie. Das macht sie für denjenigen, der sie hat, nicht weniger real. Glauben Sie, es lag nur an dem Buch und am Schlafmangel?»

«Und daran, daß Sie zuviel Körperflüssigkeit verloren und diesen mörderischen Mao Tai tranken, von dem Sie eine Flasche mitgebracht haben.»

«Beunruhigt brauchen Sie erst zu sein, wenn Sie die Dame über die Kingsbrook-Brücke humpeln sehen», sagte Burden.

Wexford sah ihn ausdruckslos an. «Wir dürfen nicht vergessen, die Möglichkeit eines Racheaktes zu untersuchen», sagte er. «Und da habe ich eine schöne Fleißaufgabe für Sie: erkunden Sie die momentanen Lebensumstände eines jeden Gauners, gegen den Knighton vor Gericht als Vertreter der Anklage aufgetreten ist. Und zwar rückwirkend bis – sagen wir – fünfzehn Jahre vor seiner Pensionierung. Und damit wir nicht einseitig werden, auch die eines jeden Kriminellen, den er erfolglos verteidigt hat. Damit sollten Sie eine Weile zu tun haben.

Und ich will mich inzwischen um meine Reisegenossen aus China kümmern.»

11

Donaldson fuhr weiter, um einen Parkplatz zu suchen, und Wexford überquerte die Kensington Church Street. Über dem Schaufenster des Ladens, in den er wollte, stand in vergoldeten römischen Lettern nur der Name «Vinald». Im Schaufenster stand in einsamer Pracht eine Vase. Es war keine von denen, die Vinald in China erworben hatte, sondern ein Gefäß von der Größe eines kleinen Mannes und aus matt schimmerndem, schwarzem Porzellan mit einem blutroten Drachen, der goldene Krallen hatte.

Im Laden selbst ging man über einen tiefen, weichen, schwarzen Teppich, der einem Katzenfell ähnelte. Sanftes Licht fiel aus vergoldeten Rokoko-Wandleuchten auf die ausgestellten Gegenstände, und eine einzige Punktleuchte bestrahlte ein Musikinstrument, das wie ein Spinett oder ein Klavizimbel aussah. Verschiedene Objekte waren im ganzen Raum verteilt: Wachsfrüchte unter einer Glasglocke, eine Porzellanuhr, auf deren rundem Zifferblatt Eros und Psyche abgebildet waren, ein hoher, schlanker Glaskrug und auf einer Konsole ein Buch mit Audubondrucken, das bei einem Bild mit grünen und gelben Vögeln aufgeschlagen war.

Wexford stellte sich bei der Geschäftsführerin vor und fragte nach Gordon Vinald. Doch leider war Mr. Vinald auf einer Auktion und wurde erst am Spätnachmittag zurückerwartet. Handle es sich um eine wichtige Angelegenheit? Wexford sagte ja und er komme wieder.

«Würde es Ihnen etwas nützen, mit Mrs.

Vinald zu sprechen? Ich weiß, daß sie zu Hause ist. Sie hat mich vor ein paar Minuten angerufen.»

Als Wexford ihn das letzte Mal gesehen hatte, war Vinald bestimmt nicht verheiratet gewesen. «Ich wußte nicht, daß es eine Mrs. Vinald gibt.»

Sie lächelte, wie manche Leute lächeln, die eine junge Ehe süß oder rührend finden. «Mr. und Mrs. Vinald sind erst seit einem Monat verheiratet. Soll ich sie anrufen? Ihr Haus ist gleich um die Ecke im Villenviertel.»

Er hattc es vorhergesehen. Vinald hatte Margery Baumann geheiratet.

«Mrs. Vinald sagt, Sie sollen gleich hinüberkommen, Mr. Wexford. Sie freut sich, Sie zu sehen.»

Das Villenviertel war tatsächlich nur um die Ecke. Der Garten von Nummer sechzehn mußte an die Rückseite des Hauses stoßen, in dem der Laden war. Es war ein viktorianisches Reihenhaus, an das man in Kingsmarkham keinen zweiten Blick verschwendet hätte, doch hier war es gut und gern eine halbe Million wert. Er wurde von einer jungen Schwarzen eingelassen, die ein Staubtuch in der Hand hielt. Sie stieß eine Tür auf und sagte gleichgültig: «Sie ist da drin.»

Das Zimmer war ein Museum, offenbar mit allem möbliert, was im Laden keinen Platz gefunden hatte. In der Mitte des chinesischen Teppichs saß eine sehr große, kräftige Tigerkatze mit einem sehr dichten Fell, die aufhörte, sich zu putzen und Wexford aus funkelnden Zirkonaugen anstarrte. Vor dem Marmorkamin, den weißen Arm lässig auf dem Sims ausgestreckt, stand die schöne schwarzhaarige Pandora.

Sie erkannte ihn nicht. Vermutlich hatte sie ihn seinerzeit überhaupt nicht bemerkt. Während ein Mann in Wexfords Alter eine solche Frau nie vergißt, ist er für sie praktisch nicht vorhanden, als sei er unsichtbar.

Ihr Haar war jetzt länger und zu einem Pagenkopf geschnitten. Sie sah aus wie eine ägyptische Königin. Ihr Mund war zinnoberrot, und sie hatte jadefarbenen Lidschatten aufgelegt. Wexford hatte das Gefühl, daß er ihr entweder schon früher einmal begegnet war – vor dem Zusammentreffen auf dem Hoteldach in Kweilin – oder daß sie irgendeiner berühmten Schönheit verblüffend ähnelte. An einen Filmstar aus seiner Jugend? Hedy Lamarr? Lupe Velez? Sie trug einen enganliegenden schwarzen Pullover aus Seidenjersey und einen schwarzrot gemusterten Samtrock. Sie hatte die schönsten Beine, die er je gesehen hatte – sie waren sogar schöner als die seiner Tochter Sheila. Das zu denken war zwar nicht sehr loyal, aber es war die Wahrheit.

«Ich denke, daß Sie hier sind, um über die verstorbene Mrs. Knighton zu sprechen. Habe ich recht?»

Er war überrascht und zog die Brauen hoch.

«Was sollte es sonst sein?» Ihr neuseeländischer Dialekt holte sie von ihrem Göttinnenthron herunter und stellte sie in die Reihen der Sterblichen. «Ich bin mit ihr nach Hongkong gereist – sogar bis nach England, wenn man den Flug dazurechnet. Wollen Sie sich setzen?»

Die Katze sprang – für ein Tier ihres Umfangs unglaublich anmutig – auf den Sessel, bevor er Platz nehmen konnte.

«Los, verschwinde, Selima.» Sie hob die

Katze auf und ließ sie auf die Chaiselongue plumpsen. «Aus irgendeinem Grund, den aber nur mein Mann kennt, heißt sie ‹Schwermütige Selima›. Das stammt aus irgendeinem Gedicht.»

Wexford zitierte die entsprechende Verszeile, aber die junge Schönheit zuckte nur geringschätzig mit den Schultern.

«Ich habe nicht viel für Gedichte übrig», sagte sie, obwohl sie jeden Mann dazu inspirieren konnte, ihr ein Gedicht zu widmen. Doch mit einem Gefühl leichter Enttäuschung sah er, was sie meinte. Trotz ihrer Schönheit, trotz des Hollywood-Profils stand sie mit beiden Beinen fest auf der Erde, nüchtern, sachlich – berechnend? «Was kann ich für Sie tun, Mr. Wexford?»

«Ich weiß nicht, Mrs. Vinald, ich tappe ein bißchen im dunkeln. Die Zugreise quer durch Asien haben Sie nicht mitgemacht, nicht wahr?»

Sie schüttelte den Kopf. «Wir haben die Reisegruppe in einer Stadt namens Kweilin getroffen. Dort im Hotel habe ich auch meinen Mann kennengelernt. Ich war auf einer Weltreise. Wir sind von Auckland nach

Djakarta, von dort nach Singapur und von Singapur nach Peking gefahren. Von Hongkong sollte es nach Bombay weitergehen, aber – nun ja – London schien mir plötzlich viel interessanter. Ich muß Ihnen aber sagen, daß ich meines Wissens mit Mrs. Knighton kein einziges Wort gewechselt habe. Ich kenne ihren Namen nur, weil Gordon mir sagte, wer sie war, nachdem wir von dem Mord in der Zeitung gelesen hatten.»

Wexford fand, es sei an der Zeit, ihr zu sagen, daß auch er in China gewesen war. Sie war zuerst erstaunt und dann verwirrt. Hatte er Mrs. Knighton beobachtet, sie beschattet? Sie könne ihm da nicht folgen. Wie solle sie das verstehen? Und er hatte sie, Pandora Vinald, wirklich schon einmal gesehen? Es ist immer schwer zu begreifen, daß ein sehr schöner Mensch, besonders einer mit einem empfindsamen und freundlichen Gesicht, strohdumm ist. Pandora Vinald war – um es so mild wie möglich auszudrücken – nicht besonders intelligent. Bis auf ein sehr wesentliches Detail konnte sie Margery Baumann nicht das Wasser reichen.

«Haben Sie, seit Sie hier sind, jemanden von der Reisegruppe getroffen?» fragte er.

«Nein. Gordon sagt, Ferienfreundschaften führen nie zu etwas, es sind totale Nieten.»

«Anders als manche Ferienromanzen, nicht wahr?»

Sie brauchte ein bißchen, ehe sie ihn verstand, aber dann brach sie in ein fröhliches Gelächter aus. Die Schwermütige Selima richtete sich auf und begann sich auf Katzenart mit Hingabe das Gesicht zu waschen, als habe eine innere Stimme ihr gesagt, sie habe einen entstellenden Schmutzfleck auf der Nase. «Eine Mrs. Knox hat uns ein Foto geschickt», sagte Pandora Vinald. «Ich meine, es war an Gordon adressiert. Auf dem Foto sind wir und eine Menge anderer Leute. Man sieht uns nicht sehr gut, es ist auch kein besonders gutes Foto. Gordon sagte, wir sollten uns nicht bedanken, das würde sie nur ermutigen. Aber ich dachte mir, das sei wirklich zu unhöflich, ich konnte mich so gut in ihre Lage versetzen, wie das sie kränken mußte.» Sie lächelte und setzte naiv hinzu: «Also habe ich ihr geschrieben, mich bei ihr bedankt und ihr gesagt, wie hübsch das Foto sei, obwohl das natürlich gar nicht stimmte. Und dann erwähnte ich noch, daß wir heiraten wollten.»

«Haben Sie noch ihre Adresse?»

Die Katze sprang von der Chaiselongue, stolzierte zur Tür und stieß ein schrilles, ungeduldiges Miau aus. Weil dieses Miau nicht sofort beachtet wurde, ließ sie ihm eine ganze Serie empörter Laute folgen, die fast wie ein Schrei klangen.

«Selima, du bist doch ein richtiges Biest! – Sie ist schrecklich verzogen. Gordons Ex-Frau hat ihr buchstäblich alles erlaubt. Sie durfte sich sogar an fast unbezahlbaren alten Stücken die Krallen schärfen, einfach schrecklich.» Sie öffnete die Tür, und die Katze ging so langsam hinaus, daß es einer Unverschämtheit gleichkam.

«Die Adresse, sagten Sie? Ich habe sogar alle Adressen. Das Reisebüro hat Gordon vor der Abreise eine Liste mit Namen und Anschriften aller Mitreisenden geschickt. Sie liegt hier im Schreibtisch. Nützt sie Ihnen etwas?»

Da standen sie alle in alphabetischer Reihenfolge:

«Mrs. H. Avory, Oswestry Place 19, Rosia Bay, Gibraltar

Dr. und Mrs. C. Baumann, Four Winds, Southwood Hill, Purley, Surrey

Dr. M. Baumann, Crestleigh Drive 2, Guildford, Surrey

Miss I. M. Bell, Wohnung 6, Meleager Court, Queen Charlotte Road, London NW3

Mr. L. Fanning (Reiseleiter), Kingsland House 105a, New King's Road, London SW6

Mr. und Mrs. A. D. Knighton, Thatto Hall Farm, Myringham Road, Sewingbury, Sussex

Mrs. L. Knox, Redvers Lodge 26, Redvers Road, Rosia Bay, Gibraltar

Mr. A. H. Purbank, Fairmead Farm Court 10, Disraeli Road, Buckhurst Hill, Essex

Mr. G. W. M. Vinald, Searle Villas 16, London W8»

Wexford bedankte sich bei Mrs. Vinald und verabschiedete sich.

Draußen thronte auf einer der beiden Säulen, die das Einfahrtstor flankierten, Selima wie eine Sphinx. Unklugerweise streckte

Wexford die Hand aus, um die Katze zu streicheln, und sie verpaßte ihm zwei blutige Kratzer.

In der Luxuswohnung hinter World's End fand er nur Lewis Fannings Frau vor, eine magere Person mit hennarotgefärbten Haaren, die an den Wurzeln grau waren. Sie war kurz angebunden und absolut uninteressiert. Ihr Mann war wieder unterwegs, in der Ägäis diesmal, und kam erst Ende des Monats zurück.

Durch Purley, wo die Baumanns wohnten, kam er auf der Heimfahrt, der Ort lag an der Straße nach Brighton. Bevor er nach Kingsmarkham zurückfuhr, wollte er aber noch einen Blick auf das Haus werfen, in dem die Knightons gewohnt hatten, bevor sie nach Sussex umzogen. Er gab Donaldson Anweisung, ihn nach Hampstead zu bringen.

Zwar kannte er London viel besser als Burden, doch in seinem Wissen klafften noch immer große Lücken. Als er einen Wegweiser zum Swiss Cottage sah, fiel ihm ein, daß Irene Bell gesagt hatte, sie wohne dort, obwohl die postalische Adresse auf Hampstead schließen ließ.

«Versuchen Sie mal, die Queen Charlotte Road zu finden.»

Donaldson, der, bevor er zur Polizei ging, in London Taxifahrer werden wollte, hatte die ganze Stadt mit dem Fahrrad erkundet, um Bescheid zu wissen, und wußte auch ohne Stadtplan, wie er fahren mußte. Meleager Court war ein Wohnblock, der nur aus roten Ziegelbalkonen inmitten von Platanen zusammengesetzt schien. Irene Bell sah sich selbst heute ähnlicher als bei der Beerdigung ihrer Freundin. Sie trug einen grauen Hausanzug und schien nicht überrascht, ihn zu sehen.

«Ich habe mir eben eine Kanne meines Lieblingsgiftes gebraut, Chief Inspector. Treten Sie ein. Achtung, Stufe! Nur ein echter Engländer ist imstande, um ein Uhr mittags Tee zu trinken, sage ich immer. Ich habe auch ein paar Sandwichs gemacht, oder haben Sie schon gegessen?»

«Ich wollte es bei meiner Tochter tun. Sie wohnt in Keats Grove, oben am Hügel, nur ist mir eben eingefallen, daß heute Dienstag ist und sie eine Matinee hat.»

«Sheila Wexford», sagte Miss Bell. «Und

Sie sind also ihr Vater. Ich meine, abgesehen von allem anderen. ‹*Schlampige Zeiten*› läuft noch immer, nicht wahr? Das Stück hat mir nicht besonders gut gefallen, aber sie war hervorragend. Es ist eine Freude, sie anzusehen.»

Wexford merkte, daß er Irene Bell sehr gern hatte. Er nahm dankend eine Tasse Tee und ein Schinkensandwich an. Vielleicht könne sie ihm sagen, wo die Knightons in Hampstead gewohnt hatten. Sie sagte es ihm, während sie ihm und sich zum zweitenmal Tee einschenkte.

«Ich hätte entgegenkommender sein müssen, als wir das letzte Mal miteinander sprachen», fuhr sie fort. «Aber ich war so aufgeregt, und es schien mir nicht richtig. Ich habe aber noch einiges zu sagen, wenn ich auch nicht weiß, ob es das ist, was Sie hören wollen.»

«Ich will alles hören.»

«Altes Zeug, Dinge, die vor Jahren passiert sind?» Sie runzelte die Stirn und dachte zurück. Dann sagte sie: «Ich möchte, daß Sie herausfinden, wer Adela getötet hat, und er soll seine gerechte Strafe bekommen. Nicht, daß das heutzutage besonders viel ist – fünf Jahre Gefängnis mit der Möglichkeit, an einer sogenannten Offenen Umversität zu studieren und einen akademischen Titel zu erwerben. Hinterher wird man ihn in einem neuen Anzug und fünfzig Pfund aus der Armenkasse wieder auf die Menschheit loslassen.»

«Ganz so ist es nicht», sagte Wexford unwillkürlich lächelnd.

«Sie mußten heiraten, wissen Sie», sagte sie plötzlich.

«Wie bitte?»

«Adam und Adela. Ich nehme an, Sie wissen, was der Ausdruck bedeutet. Er war in meiner und in Ihrer Jugend gang und gäbe. Heute natürlich nicht mehr. Die Mädchen bekommen ihre Babies oder lassen die Schwangerschaft abbrechen, und soviel ich gehört habe, sind es heutzutage die Jungen, die die Mädchen anflehen, sie zu heiraten. Adela verliebte sich auf den ersten Blick in Adam. Seine Schwester war mit uns in die Schule gegangen und bat uns, bei ihrer Hochzeit die Brautjungfern zu machen, und so lernten wir Adam kennen. Wir waren alle vierundzwanzig, Adam drei Jahre jünger. Er studierte in Oxford. Nun, wie ich Ihnen schon unlängst erklärte, habe ich für Männer nicht besonders viel übrig, aber mit Adam war das wieder eine andere Sache, wie die jungen Leute sagen. Er sah nicht nur gut aus, er war schön. Man spricht immer von ‹groß, dunkel und gutaussehend›, aber meiner Meinung nach ist ein gutaussehender blonder Mann einfach unschlagbar. Das klingt kitschig, ich weiß, aber er sah aus wie ein Gott auf einem Gemälde.

Ich hatte Adela sehr, sehr gern. Aber sie wäre garantiert die erste gewesen, die mir zugestimmt hätte, wenn ich jetzt sage, daß sie nie besonders hübsch war. Sie kam aber aus einer sehr guten Familie. Den Aylhursts, wissen Sie. Sie sind ein jüngerer Zweig der Staffordshire Aylhursts, wirklich erstklassig.» Sie zögerte. Wexford, der sie nie für einen Snob gehalten hätte, war von so viel unverblümtem Snobismus überrascht. Aber schließlich war sie Mrs. Knightons engste Freundin gewesen. «Gerald Aylhurst war ihr Vater. Er hatte in der Grafschaft Salop ein hohes Richteramt inne. Ich kann Ihnen nicht sagen, wieso Adam anfing, sich für sie zu interessieren. Ich weiß es nicht. Vielleicht fühlte er sich geschmeichelt, weil sie älter war als er – oder so. Ich habe Männer meiner Generation sagen hören, daß sie in ihrer Jugend unter einer schrecklichen sexuellen Frustration gelitten hätten – das kommt heute wohl nicht mehr vor, wie? –, vielleicht war es das. Adela sagte nicht nein, obwohl Sie sich zweifellos daran erinnern, daß 1939 anständige Mädchen kaum einmal ein Ja über die Lippen brachten. Auf jeden Fall wurde sie schwanger, und damals gab es keine Auswege, Adam mußte sie heiraten. Ich glaube nicht, daß er je daran zweifelte, aber er sagte seiner Schwester, und seine Schwester erzählte es mir, daß er lieber sterben wollte. Als man ihm zum erstenmal klarmachte, daß es seine Pflicht war, Adela zu heiraten, beschloß er, sich umzubringen. Er sagte, er liebe eine andere, und wenn er Adela heiraten müsse, wolle er nicht mehr leben.»

«Wer war die andere?»

«Fragen Sie mich nicht. Sie brauchen mich auch nicht so anzusehen. Ich war es nicht. Ich bitte Sie, Adam Knighton hätte keinen zweiten Blick an mich verschwendet. Ich weiß nicht, wer es war, wahrscheinlich ein Mädchen aus Oxford, und das ist nach 40 Jahren wohl auch nicht mehr wichtig.»

Wexford pflichtete ihr bei. Es konnte nicht mehr wichtig sein. «Er hat sich nicht umgebracht, wie wir wissen», fuhr Irene Bell fort. «Die Aylhursts veranstalteten eine große weiße Hochzeit in ihrer Dorfkirche. Sehr geschmacklos, denn Adela war im vierten Monat, und man sah es schon. Adam ging nach Oxford zurück, schloß seine Examen mit Auszeichnung ab, und im September wurde Julian geboren.

Sie müssen sich recht gut verstanden haben, denn ein Jahr später, im November, bekam Adela Roderick. Das war 1941, und Adam mußte mit seinem Regiment irgendwohin in den Fernen Osten. Nach Burma, glaube ich. Er war vier Jahre weg. Als er zurückkam, machte er Karriere, wie wir wissen. Ich sah sie beide sehr oft. Ich bewohnte mit einem anderen Mädchen eine Wohnung in Maitland Park, und sie hatten ein Haus in einer Seitenstraße von Haverstock Hill, in der Nähe der Belzise Park Station. Er hatte eine merkwürdige Art, sie zu behandeln – mit einer Mischung aus Nachsicht, Gereiztheit und Geduld. Ich weiß nicht, ob ich mich klar genug ausdrücke. Heute würde man sagen, er hat sie ständig herabgesetzt. Einmal – sie hatten eben ihren ersten Fernseher gekauft – sagte er, er wolle sich ‹*Die Brüder Karamasow*› ansehen, und Adela fragte: ‹Kommt die Sendung aus dem Londoner Palladium, Liebling?› Nun ja, zufällig wußte ich, daß es irgend so ein berühmter russischer Roman war, obwohl ich ihn nie gelesen habe, aber ein solcher Irrtum kann schließlich jedem passieren. Der Name klingt doch, als wären es Akrobaten, oder? Adam rief die Jungen herein und sagte: ‹Kommt, und hört euch einmal an, was eure intellektuelle Mama eben gesagt hat.› Und als dann dieser Schwule anrief, dieser Dobson-Flint, erzählte er es brühwarm auch ihm.

Adela bekam noch zwei Kinder. Ich glaube, daß sie Adam dadurch an sich fesseln wollte. Ich weiß es nicht sicher, ich denke es mir einfach nur.»

«Meinen Sie, daß er anfing, sich anderweitig Zerstreuung zu suchen?»

«Ich weiß es nicht. Es kam jedenfalls so weit, daß er nie zu Hause war. Er müsse arbeiten, sagte er, und vielleicht stimmte das auch. Er habe auch viele gesellschaftliche Verpflichtungen, sagte er, obwohl Adela sich nie weigerte, Parties zu geben und er diesen Verpflichtungen auch zu Hause hätte nachkommen können. Sie war eine gute Ehefrau, wie ich schon sagte, sie liebte ihn, nahm jede nur erdenkliche Mühe auf sich. Außerdem hatte sie Jennifer und Colum, aber das schien auf Adam keinen besonderen Eindruck zu machen. Er schlief zu Hause – sie waren inzwischen in die Fitzjohn's Avenue umgezogen –, aber das war ungefähr alles. Das ging so – wie lange? Fünf Jahre? Jedenfalls hatte Adela nach Colums Geburt jahrelang nur insofern einen Ehemann, als ein Mann im zweiten Bett des Schlafzimmers lag.

Und dann, ich erinnere mich noch sehr gut daran, es war Ende der fünfziger Jahre, kam er zurück. Er wohnte zu Hause, aß zu Hause, fing an, mit Adela auszugehen – er tat einfach alles. Es war, als habe er einen Schock erlebt und sei wieder zur Vernunft gekommen. Ich glaube, sie hat ihm gedroht, ihn zu verlassen und die Kinder mitzunehmen. Er liebte seine Kinder. Wie dem auch sei, er kam zurück, und er blieb. Danach waren sie ein wahres Musterehepaar, nur hatten sie sich nie viel zu sagen. Der ganze ‹alte Adam› war aus Adam herausgefahren, soviel ist jedenfalls sicher. Er langweilte sich zu Tode, aber er fügte sich. Und die arme alte Adela bemühte sich weiterhin, die gute, liebende Ehefrau zu sein, aber in die Ferien mußte ich mitfahren, denn es gibt Grenzen dafür, wie lange man einen Mann erträgt, der einen stundenlang anschweigt.

Du meine Güte», schloß Irene Bell, «wundern Sie sich wirklich noch, daß ich nicht viel von der Ehe halte, wenn das die Ehe war, die ich aus nächster Nähe beobachten konnte?»

Ein schönes Haus mit vielen Zimmern, aus rötlichem Stein in einem Stil erbaut, der für die Zeit König Edwards charakteristisch ist, mit Giebeln und rautenförmigen Fensterscheiben, wie sie die Menschen der damaligen Zeit liebten. Es stand rechts auf halber Höhe des großen Hügels vor Hampstead. Im

Garten unzählige Rhododendronsträucher, ein Ilex und in der Mitte der ovalen Rasenfläche eine Schuppentanne. Als Wexford sich vom Wagen aus das Haus betrachtete, in dem die Knightons so traurig nebeneinander hergelebt hatten, trat ein in einen Burnus gehüllter Mann mit Hakennase aus der Haustür. Nur ein Araber konnte es sich heutzutage leisten, ein solches Haus zu kaufen und zu bewohnen.

«Die Ehe», murmelte Wexford vor sich hin, «ist ein verzweifeltes Unterfangen. Die Frösche bei Äsop waren ganz ungewöhnlich klug. Sie sehnten sich nach Wasser, sprangen aber nicht in den Brunnen, weil sie wußten, daß sie nicht mehr herauskonnten.»

Donaldson schwieg dazu. Aber irgendwann hinter Loring erklärte er, das Leben sei voller Überraschungen. Er habe immer geglaubt, der Chief Inspector komme mit Mrs. Wexford gut aus.

« Jetzt nach Purley, Sir?» fragte er wieder ein paar Minuten später.

«Zuerst nach Purley und dann nach Guildford.»

Aber diese Fahrt quer durch Surrey blieb

ihm erspart. So überrascht er gewesen war, daß Margery Baumann ihm nicht bei Vinald geöffnet hatte, so überrascht war er, als sie es in Purley tat. Sie erkannte ihn sofort und war nicht weniger erstaunt, ihn zu sehen. Schließlich hatte sie nicht erwartet, daß ein Mann, den sie drei Monate vorher zufällig in China getroffen hatte, plötzlich vor der Tür ihrer Eltern stand.

Er sagte ihr, wer er war und was ihn hierhergeführt hatte. Margery Baumann hatte eine schnellere Auffassungsgabe als Pandora Vinald. Da sie freitags keine Abendsprechstunde halte, sagte sie, sei sie dann immer bei ihren Eltern anzutreffen. Inzwischen hatten sie die getäfelte Halle des ziemlich luxuriösen Hauses aus den dreißiger Jahren durchquert und betraten ein Wohnzimmer, in dem die Baumanns Tee tranken, wie man ihn in den dreißiger Jahren getrunken hatte. Gurkensandwiches, Brot, Butter, Erdbeermarmelade, Viktoria-Biskuits und Eierkremes. Dr. Baumann trug eine graue Flanellhose, ein weißes Hemd, die Krawatte seines Colleges und ein Sportjackett, seine Frau ein geblümtes Nachmittagskleid und Perlen.

Sie hatte eine silberne Teekanne in der Hand und widmete sich der Zeremonie des Einschenkens. Es sah genauso aus wie das Szenenbild aus einer Salonkomödie. Wären der herbstliche Garten und der graue Himmel nicht gewesen, hätte man erwartet, jeden Augenblick einen jungen Mann in Flanell und mit einem Tennisschläger in der Hand durch die Verandatür eintreten zu sehen.

All das ging Wexford durch den Kopf, während Margery ihren Eltern erklärte, wer Mr. Wexford war, welchen Rang er bei der Polizei hatte und was ihn zu ihnen führte. Als Margery schloß, schienen sie kaum weniger verwirrt zu sein als vorher.

«Da Sie schon einmal hier sind, setzen Sie sich bitte und trinken Sie eine Tasse Tee mit uns», sagte Mrs. Baumann matt.

«Bestimmt will er auch ein Stück von deinem hervorragenden Kuchen, Lilian.» Dr. Baumann stand auf. «Ich hole ihm einen Teller. Ich kann zwar nicht behaupten, daß mir schon völlig klar ist, warum er hier ist, doch wäre er nicht der Mann, für den ich ihn halte, wenn ihm Mutters ausgezeichneter Kuchen nicht schmeckte.»

«Milch und Zucker, Mr. Wexford?»

«Was also wollten Sie uns sagen?» fragte Margery.

«Für den Anfang möchte ich von Ihnen alles erfahren, was Sie über die Knightons wissen. Besten Dank, das ist sehr freundlich von Ihnen.» Dr. Baumann war mit einem Kuchenteller und einer kleinen spitzenbesetzten Serviette zurückgekommen. Wexford, der mehr oder weniger immer auf Diät war, war gezwungen, ein großes Stück gelben Biskuitkuchens mit einer Marmeladefüllung anzunehmen. «Sie haben mit den Knightons die lange Bahnreise gemacht. Ich will alles wissen, woran Sie sich im Zusammenhang mit ihnen erinnern.»

«Aha», sagte Dr. Baumann, «das ist es also, was er will. Nun, meine Liebe? Nun, Margery? Ich wette, er wird überrascht sein, wenn er merkt, was für eine ausgezeichnete Beobachtungsgabe meine beiden Mädchen haben.» Er lachte einmal kurz auf. «Wie schmeckt der Kuchen?» wandte er sich dann an Wexford. Es war das erste Mal, daß er ihn direkt ansprach. Wexford hatte schon geglaubt, der Doktor habe es sich angewöhnt, in der dritten Person zu sprechen, weil er an Krankenbetten vor den Studenten dozieren mußte, die ihn bei der Visite begleiteten.

«Sehr gut. Könnten Sie mir jetzt sagen, was für einen Eindruck Sie von den Knightons hatten, Mrs. Baumann?»

Er hatte sie völlig durcheinandergebracht. «Ich hatte keine Eindrücke. Sie waren ganz einfach – nun ja, recht nette, durchschnittliche Menschen. Das haben wir doch immer gesagt, nicht wahr, Cyril? Damals, meine ich, wenn wir uns über die anderen Mitglieder unserer Gruppe unterhielten, wie man das eben so tut, Sie wissen schon. Ich sagte zu meinem Mann, die Knightons kämen mir sehr nett vor, und auch diese Miss Bell, die mit ihnen reiste, fände ich sehr nett. Mr. Knighton war früher Anwalt, ich erinnere mich, seinen Namen in der Zeitung gelesen zu haben. Ich hielt ihn für einen Mann, der über alles sehr gut informiert war.»

«Sie war Antisemitin», sagte Margery plötzlich.

Über Mrs. Baumanns Gesicht flog ein Schatten. Ihr Mann lächelte, ein bißchen zu breit, zu tolerant. Wexford hatte noch keine

Sekunde daran gedacht, daß sie Juden sein könnten, aber sie waren es natürlich.

«So etwas ist immer sehr unangenehm», sagte Margery. «Es gefiel mir nicht, wenn sie diesen oder jenen mit ‹ Judenbengel› titulierte und ihren Mann ‹alter Jud› nannte, wenn er für irgend etwas, was sie wollte, kein Geld ausgeben mochte. Meine Mutter hat ihre ganze Familie beim Holocaust verloren – ob Mrs. Knighton wohl einmal daran gedacht hat, was sie empfinden mußte?»

«Das war nicht das erste Mal, daß deine Mutter und ich mit so etwas konfrontiert wurden, und es wird wohl auch nicht das letzte Mal gewesen sein.» Baumann nahm die Hand seiner Frau. «Aber das will er nicht hören. Er möchte etwas über Drohungen, Erpressung und Mordversuche erfahren. Über Revolver, die nachts abgefeuert wurden und über Gift im Chop Suey.»

«Ich glaube kaum...»

«Guter Gott, nein! Da gab es nichts dergleichen. Aber ich weiß, daß ihr Burschen immer etwas Handfestes haben wollt. Er glaubt, ich hätte nie einen Kriminalroman gelesen, Margery.»

Wexford unterdrückte einen Seufzer. Es hatte leicht zu regnen angefangen, und es dämmerte schon. Margery schaltete ein paar Wandlampen und eine Tischlampe mit Pergamentschirm ein, auf dem eine Galeone mit geblähten Segeln zu sehen war. «Uns ist an den Knightons wirklich nichts Ungewöhnliches aufgefallen, Mr. Wexford.»

«Dann will ich Sie etwas anderes fragen. Erinnern Sie sich an den Abend in Kweilin, an dem wir auf dem Hoteldach alle an einem Tisch saßen? Sie, ich, Mr. Vinald, die Knightons und Miss Bell. Knighton sah etwas, das ihn erstaunte, er machte ein Gesicht, als habe er einen ungeheuren, jedoch nicht unangenehmen Schock erlebt. Ich möchte gern wissen, was er da gesehen hat.»

Dr. Baumann lachte und schüttelte ein paarmal den Kopf, als habe er an Wexford eine höchst belustigende Eigenart entdeckt. An Wexford wohlgemerkt, nicht an Knighton, daran ließ er keinen Zweifel. Was für eine Frage? Was für eine Antwort konnte er da wohl erwarten?

«Mir ist nichts aufgefallen», sagte Mrs. Baumann gelassen.

Margery sah Baumann an. «Es war natürlich dieses bildhübsche Mädchen, das sich auf der Rückreise eng an Gordon Vinald anschloß. Pandora Sowieso. Sie kam aus Neuseeland. Sie kam aufs Dach, und die Männer haben sie alle angestarrt.» Ihre Stimme hatte, als sie Vinald erwähnte, vielleicht eine Spur verlegen, aber nicht schmerzlich geklungen. «Ich habe zufällig den Ausdruck auf Mr. Knightons Gesicht bemerkt. Er war nur verblüfft, plötzlich ein so auffallend – nun ja, schönes Mädchen zu sehen.»

«Ich habe sie nicht einmal bemerkt», sagte Dr. Baumann triumphierend.

«Das ist möglich, Dad, du bemerkst so etwas nie. Aber ich wette, jedes andere männliche Wesen hat sie gesehen. Ich weiß genau, was Mr. Wexford meint. Mir ist es genauso aufgefallen wie ihm. Ich vermute, Mr. Knighton ist für Schönheit sehr empfänglich, und er wurde in dieser Beziehung ja nicht unbedingt sehr verwöhnt – ich meine in unserer Gruppe. Das ist mir übrigens auch bei anderen Gruppenreisenden aufgefallen, sie sind alle uralt.»

«Aber Margery!» sagte ihre Mutter. «Eine

junge Frau wie du. Also ich wüßte nicht, was an dieser Pandora so Besonderes dran gewesen wäre.»

«Sie ist jetzt Mrs. Vinald», sagte Wexford.

Mrs. Baumann sah mit einem schiefen Lächeln zu ihrer Tochter hinüber. «Sie sei ihm von Herzen vergönnt», sagte sie «Ich habe den Mann nie gemocht, er war kein netter Mensch. Und ich bin überzeugt, er war nicht ehrlich. Meiner Meinung nach sind Antiquitätenhändler nie ganz ehrlich.»

«Aber Mutter, er war sehr liebenswürdig zu uns. Du weißt doch, wieviel Freude du an der kleinen Vase hast, und du hättest sie nie gekauft, wenn Gordon dir nicht gesagt hätte, daß sie viel mehr wert ist, als der Mann dafür verlangt hat. Und das stimmt auch. Mein Vater hat sie schätzen lassen, Mr. Wexford, und der Schätzer meinte, sie sei gut und gern 300 Pfund wert. Nicht schlecht, da Mutter nur zwanzig dafür bezahlt hat, oder?»

Sie holte einen blauweißen Krug von einem Kaffeetischchen und reichte ihn Wexford. Es war ihm unbegreiflich, wie jemand für so ein Ding 300 Pfund bezahlen konnte, ein weißliches, gesprenkeltes Stück dicker

Keramik mit einem blauen Vogel und ein paar Schnörkeln. Auf dem Boden war ein kleiner roter Stempel.

«Sie wissen ja, daß man aus China nichts ausführen darf, das älter als 120 Jahre ist», sagte Margery. «Den roten Stempel drücken sie den Antiquitäten auf, damit man weiß, daß man das Stück gefahrlos erwerben kann.»

Wexford gab ihr die Vase zurück. «Wissen Sie zufällig, um was es bei dem Streit zwischen Mr. Vinald und Mr. Purbank ging? Es stimmt doch, daß sie seit Irkutsk nicht mehr miteinander sprachen?»

Jetzt war es Margery, die zu lachen begann. «Ja, das stimmt, aber ich habe keine Ahnung, warum sie Krach hatten. Gordon sagte nur, es sei ‹eine scheußliche Sache› und ließ es dabei bewenden.»

Wexford kehrte zurück unter die Fittiche einer anderen guten, fast schon betagten Ehe – seiner eigenen. Dora sah sich im Fernsehen einen alten britischen Film an, ‹*Die Schneemotte*› mit Trevor Howard und Milborough Lang.

«Ob die Leute sich in 30 Jahren wohl Sheilas alte Filme ansehen werden?» sagte sie.

«Da sie nie einen gedreht hat», antwortete Wexford, «ist die Chance nicht sehr groß. Du willst doch nicht, daß sie nach Hollywood geht, oder?»

«Ich sähe es gern, wenn sie – neben ihrer Bühnenlaufbahn – auch einen oder zwei gute Filme machte. Da ist natürlich noch ihre alte Fernsehserie, aber die rechne ich nicht. Ich möchte – nun ja, ich möchte, daß ihre Schönheit der Nachwelt erhalten bleibt. In einer schönen Szenerie, einem feinsinnigen Film wie diesem. Was glaubst du denn, wie Milborough Lang heute aussieht? Sie muß jetzt schon fünfundfünfzig sein.»

Wexford tat immer sein Bestes, seine Frau aus diesen Stimmungen herauszuholen, in der sie um ihre verlorene Schönheit trauerte. Für ihn sah sie natürlich noch fast genauso aus wie damals, als er sie geheiratet hatte.

Als der Nachspann über den Bildschirm lief, schaltete er den Apparat aus.

«Ich wünschte zu Gott, du wärst mit mir in Kweilin gewesen. Du hättest die Leute beobachtet. Du hättest dich nicht wie ich von – Halluzinationen ablenken lassen.»

Sie sah ihn mit leichter Besorgnis an. «Und ich wünschte, Reg, ich wüßte, was diese Halluzinationen wirklich waren.»

«Zuwenig Schlaf und Mao Tai.»

«Ach, komm schon! Du hast bestimmt nicht mehr als zwei Schluck von dem Zeug getrunken.»

Wexford zuckte mit den Schultern. «Du hättest mir vielleicht sagen können, warum ein Mann, der ein hübsches Mädchen über ein Dach gehen sieht, plötzlich ein Gesicht macht, als sei ihm die Jungfrau Maria erschienen.»

Das Telefon klingelte. Es war Burden.

«Der Bürovorsteher Brownrigg in Knightons ehemaliger Kanzlei hilft mir mehr als erwartet. Er ist ein pedantischer alter Knabe und hat die Akten aller Fälle aufgehoben, die Knighton während der letzten zwanzig Jahre bearbeitet hat. Ich rufe aber aus einem anderen Grund an. Und zwar hat ein Kerl namens Vinald seit dem Mittag schon dreimal versucht, Sie telefonisch zu erreichen. Ich gebe Ihnen seine Nummer.»

Wexford wählte, und Vinald kam selbst an den Apparat. «Das ist ja super, daß Sie anrufen, Chief Inspector! Ich habe schon ein paarmal bei Ihnen im Amt angerufen, seit meine Frau mir sagte, daß Sie bei uns waren.» Seine Stimme klang herzlich, gewinnend. Sie klang auch sehr nervös. «Ich wollte nur wissen, was Sie im einzelnen von mir wollten.»

« Jede Art von Hilfe, die Sie oder Ihre Frau mir im Fall der verstorbenen Mrs. Knighton geben können, Mr. Vinald, mehr nicht. Hintergrundmaterial über das Ehepaar, sozusagen.»

Einen Augenblick blieb es still in der Leitung. Dann räusperte sich Vinald. «Da steckt doch mehr dahinter, oder? Ich kann mir nicht vorstellen, daß das wirklich alles ist, wie?»

Wexford überlegte rasch. Er wollte mitspielen, wenn er auch völlig im dunkeln tappte. «Ich nehme an», sagte er, «Sie erinnern sich an den letzten Abend in Kweilin genausogut wie ich.»

«Ganz gewiß. Und mir ist klar, daß im Zusammenhang damit wirklich eine genauere

Erklärung geboten scheint. Ich glaube, ich sollte da anfangen, als wir uns alle in der Bar auf dem Dach trafen...»

«Mr. Vinald», sagte Wexford sehr nachdrücklich, «ich denke nicht, daß ich das am Telefon hören möchte. Ich komme morgen zu Ihnen. Punkt zwölf bin ich in Ihrem Laden.»

«Nun gut, wie Sie wollen. Ich werde dasein. Aber ich versichere Ihnen, daß es für die ganze Sache eine absolut simple und vernünftige Erklärung gibt.»

«Gute Nacht, Mr. Vinald», unterbrach ihn Wexford energisch. Viel besser, sich den Mann morgen vorzuknöpfen und sich seine Erklärung anzuhören, wenn er ihm gegenüberstand – oder -saß. Er genoß das Gefühl spannender Ungewißheit. Morgen würde er vielleicht – nein, sogar wahrscheinlich – von Vinald erfahren, was Knighton auf dem Dach so stark berührt hatte.

Aber das glaubte Wexford, wenn auch nicht in allen Einzelheiten, schon zu wissen. Knighton hatte Pandora Vinald gesehen. Es war natürlich nicht der Anblick irgendeines hübschen Mädchens, der diesen Ausdruck auf sein Gesicht gezaubert hatte. Die Leute, die ihm das gesagt hatten, hatten einfach nicht überlegt. Es war dieses und nur dieses hübsche Mädchen, und Knighton hatte nicht so verklärt dreingeschaut, weil er es zum erstenmal, sondern weil er es wiedersah, vielleicht nach einer Reihe von Jahren.

Ein Mädchen, das ihm einmal sehr viel bedeutet – das er geliebt hatte, war auf dieses Dach gekommen, und durch einen ganz unwahrscheinlichen Zufall war er dort gewesen. Er hatte aufgeblickt und hatte es gesehen, voller Freude, Erstaunen und Furcht.

Teil 3

12

Inspector Burden war ein konventioneller, konservativer Mann, der leidenschaftlich an Gesetz und Ordnung glaubte. Die geringste Verletzung dieser Grundsätze ärgerte ihn, und er verabscheute das Verbrechen. Das merkwürdige Verständnis für die Denkweise eines Kriminellen, das unglaubliche Einfühlungsvermögen in seine Handlungen, das manche Polizeibeamte in einem so hohen Maß haben, daß zwischen ihnen und ihrer und den Verbrechern und deren Moral kaum ein Unterschied besteht, war Burden unbekannt, ja, er verabscheute es sogar.

Er war gefühl- und mitleidlos. Als Verfechter eines Klischees, von dem er nicht wußte, daß es eins war, sagte er oft, er bewahre sich sein Mitleid für das Opfer des Übeltäters. Er glaubte an Strafe und Vergeltung und gehörte zu jener Mehrzahl der Polizeibeamten – zu der sich Wexford nicht zählte –, die für die Wiedereinführung der

Todesstrafe eintrat. Daß die Franzosen, die vernünftig genug gewesen waren, die Guillotine so lange zu behalten, jetzt planten, sie abzuschaffen, ging über sein Verständnis.

Noch mehr jedoch als die jugendlichen Chaoten und Übeltäter verabscheute er Rückfalltäter. Das war ein Wort, das seine Frau ihn gelehrt hatte. Er hatte sie früher immer «alte Knastbrüder» genannt, aber es kam auf dasselbe heraus. Sein Pech, wie er zu Jenny sagte, bevor er das Haus verließ, daß er den heutigen und vielleicht sogar noch den nächsten Tag damit verbringen mußte, sie aufzuspüren. Und dabei werde ihm, wie er hinzufügte, nicht einmal die simple Befriedigung zuteil, die eine Hausfrau empfand, wenn sie Küchenschaben jagte, denn er durfte ihnen nichts tun, wenn er sie fand.

Er brachte Adam Knighton eine ganz unprofessionelle Abneigung entgegen, doch er mußte zuallererst ihn aufsuchen. Renie Thompson öffnete ihm und führte ihn ins Wohnzimmer, wo er leicht überrascht feststellte, daß sein Chef schon da war. Er saß Knighton gegenüber und befragte ihn über das Thema, von dem er zur Zeit besessen war. Knighton war in den vergangenen Tagen abgemagert, er trug Hauspantoffeln und eine dicke graue Strickjacke um die Schultern. Er war ein alter Mann geworden, hatte Stil und Ausstrahlung verloren.

Wexford nickte Burden zu, aber Knighton machte eine Bewegung, als wolle er aufstehen.

«Bleiben Sie sitzen, Mr. Knighton», sagte Wexford. «Ich wäre Ihnen sehr verbunden, wenn Sie ein bißchen eingehender über meine Frage nachdenken würden.»

Knighton zuckte mit den Schultern. Er runzelte die Stirn. «Ich habe Ihnen doch gesagt, daß ich mich nur noch an sehr wenig erinnere. Mein Gedächtnis hat unter den Ereignissen gelitten», fügte er bitter hinzu, wie jemand, der an eine schöne Zeit zurückdenkt, die nie wiederkehren kann. «Es war alles sehr schön, nicht wahr? Es war der schönste Ausblick, glaube ich, den ich je gesehen habe. Wenn ich auf diesem Dach ein erstauntes Gesicht gemacht habe, dann nur, weil mich die Schönheit der Landschaft zum Staunen brachte.» Ein geisterhaftes Lächeln irrte über sein Gesicht und verwandelte es in einen Totenkopf.

Wexford wandte sich mit einem Schulterzucken Burden zu. Er hatte sein Bestes versucht. Der Mann log natürlich, und zumindest der letzte Satz war äußerst zweideutig gewesen. Burden kam auf die Möglichkeit zu sprechen, daß der Mord von jemandem begangen worden war, der es dem ehemaligen Anklagevertreter «heimzahlen» wollte. Das Lächeln schien auf seinem Gesicht zu welken, er sah fast so aus, als falle er gleich in Ohnmacht. Er nahm von Burden die Liste entgegen, die Brownrigg zusammengestellt hatte.

Er brauchte ein paar Minuten, um sich zu fassen. Aber er gab sich Mühe, und als er sprach, klang seine Stimme fast normal.

«Ich sehe, daß Haywards Name hier aufgeführt ist. Gilbert oder ‹Gib› Hayward. Er hat mich bedroht, hat mich im Gerichtssaal tatsächlich bedroht. Die Geschworenen hatten ihn schuldig gesprochen, und er wartete auf sein Urteil. Als der Richter ihn fragte, ob er etwas zu sagen habe, begann er laute Drohungen gegen mich auszustoßen. Es klang wirklich ziemlich erschreckend, obwohl er natürlich nichts tun konnte.

Ich habe auch anonyme Briefe bekommen, aber die werden Ihnen nicht viel nützen, da sie anonym sind, nicht wahr?» Knighton plapperte weiter, fast außer sich, nur um etwas zu sagen, irgend etwas, egal was, nur um seine wahren Gefühle, seine tiefen Ängste nicht preisgeben zu müssen. Diesen Eindruck hatte jedenfalls Burden. «Oh, und da haben wir ja diesen anderen Kerl, einen gewissen Peter Kevin Smith. Ihn habe ich verteidigt. Er mußte für fünf Jahre ins Gefängnis, und am nächsten Tag kam seine Mutter zu mir, kam einfach ins Anwaltszimmer, bedenken Sie, und drohte mir, ihr Sohn werde mich erschießen, sobald er wieder frei sei.»

«Wenn Sie sich diese Namen ansehen, Sir, ist da vielleicht einer dabei, bei dem Sie denken – das Gefühl haben, ja, hier ist jemand, der sich nicht damit zufriedengeben würde zu drohen?»

Knighton gab die Liste zurück, als halte er sie nicht gern in der Hand, als sei es ihm zuwider, sie in der Hand zu fühlen. «Sie haben alle nur gedroht, nie hat einer die Drohung ausgeführt. Ich kann mir nicht vorstellen, daß einer ausgerechnet meine – meine Frau getötet hätte. Und haben Menschen überhaupt ein so langes Gedächtnis?»

«Manche schon», sagte Wexford ziemlich rätselhaft und fügte hinzu: «Es hängt davon ab, woran sie sich erinnern wollen.»

Wie konnte man die Informationen nutzen, die ihm die Liste gab?

Die Leute, die Knighton erfolgreich verteidigt und die anderen, die er ohne Erfolg angeklagt hatte, konnte man von vornherein außer acht lassen. Es blieben trotzdem noch so viele, daß Burden sich sagte, er müsse rigoros vorgehen. Am besten war wohl, wenn er sie, den Gegebenheiten des jeweiligen Falles entsprechend, in Kategorien einteilte und vielleicht alle geringfügigen Straftaten ausklammerte. Er mußte sich auf Mörder, Totschläger und Täter beschränken, die Raubüberfälle unter Anwendung von Gewalt verübten und wegen schwerer Körperverletzung angeklagt worden waren. Konnte er voraussetzen, daß es keine Frau gewesen war? Durfte er dieses Wagnis eingehen? Für den Anfang bestimmt, dachte er. Er konnte sich einfach nicht vorstellen, daß eine Frau, die Adela Knighton nicht persönlich haßte, zu dieser Tat fähig gewesen wäre. Nein, eine Frau konnte sie nicht aus dem Bett geholt und sie gezwungen haben, hinunterzugehen, um sie dann kaltblütig zu erschießen. Eine Freundin von Knighton, die Grund gehabt hätte, Adela zu grollen, weil sie ihr im Weg war – das wäre etwas anderes gewesen. Aber Knighton hatte keine Freundin.

Sehr alt war der Mörder bestimmt auch nicht gewesen, höchstens in Knightons Alter. Ein älterer Mann hätte bestimmt nicht heraufklettern und sich durch das Fenster zwängen können, und Knighton war ein sehr schlanker, gut erhaltener Dreiundsechzigjähriger. Der Mörder mußte dünn und im sogenannten besten Alter gewesen sein. Burden hatte angefangen, sich eine eigene Liste zu machen. Zuoberst standen ‹Gib› Hayward und Peter Kevin Smith. Hayward war jetzt 52, Smith 64 Jahre alt. Vielleicht waren sie dick, vielleicht aber auch schon tot.

Hayward hatte in einem Pub im Londoner Westen im Streit einen Mann getötet, und

Smith hatte, bevor er die Kasse eines Tabakladens ausraubte, der Besitzerin, einer alten Frau, einen so heftigen Schlag in den Magen versetzt, daß ihre Milz riß. Nachdem er Frauen, Männer über 65, Fälscher, Betrüger, Straßenräuber und Bankräuber – obwohl er nicht wußte, ob er sich das leisten konnte – von seiner persönlichen Liste gestrichen hatte, blieben immer noch sechzehn Namen übrig. Tatsächlich hatte es in Brownriggs Akten mehr Leute gegeben, die Grund hatten, Knighton dankbar zu sein. Er war einer jener Anwälte des Rechts gewesen, die von der Presse und hartgesottenen Verbrechern geliebt werden, spektakulär, skrupellos, geistvoll, rücksichtslos und spitzfindig.

Burden fuhr mit Wexford nach London. Dort trennten sich ihre Wege. Auf ‹Gib› Hayward, der in Brighton wohnte, hatte er Martin angesetzt, Peter Kevin Smith wollte er sich selbst vornehmen.

«Er lebt immer noch bei seiner Mutter, die zu ihm hält und ihn unterstützt», sagte er, als er sich von Wexford verabschiedete. Wexford behielt den Wagen, und Burden stieg in den Zug nach Mile End.

Die Schwermütige Selima saß diesmal im Schaufenster des Ladens. Nicht neben der großen Vase, sondern am Rand der blauen Plüschdraperie, die ihren Sockel verdeckte. Sie hatte sich genüßlich zusammengerollt und wirkte in groben Umrissen wie ein fetter lohfarbener Lehnsessel. Die Frau mit der großen Brille war nicht da. Hätte er ihn nicht zur verabredeten Zeit und in seiner natürlichen Umgebung gesehen, hätte Wexford Gordon Vinald nicht erkannt. In China hatte er immer Jeans getragen. In dem dunkelgrauen Anzug aus feinem Tweed, dem weißen Hemd und der grauen Krawatte mit dem silbernen Zickzackmuster in der Mitte sah er völlig anders aus. Er wirkte älter, intelligenter und viel verbindlicher.

«Setzen Sie sich, Chief Inspector. Es war sehr freundlich von Ihnen, zu mir zu kommen.»

Wexford fand diese Bemerkung seltsam, da es auch weniger intelligenten Köpfen klar sein mußte, daß die Pflicht und nicht Menschenfreundlichkeit ihn hergeführt hatte. Er suchte sich einen Stuhl aus, den er für ein Stück von Hepplewithe hielt, weil er einmal einen Mann verhaftete, der ein halbes Dutzend solcher Stühle gestohlen hatte. Vinald nahm ihm gegenüber auf den gelben Seidenkissen eines zweisitzigen Sofas Platz. Er beugte sich vertraulich vor und stürzte sich mit gedämpfter Stimme in – was? In die Antwort auf eine Frage, die nicht gestellt worden war? Einen Vortrag über Bilderstürmerei? Oder einfach eine Verteidigungsrede?

«Ich bin sicher, Sie werden mir zustimmen, Chief Inspector, daß China ganz ungewöhnlich weit entfernt und uns ziemlich fremd ist. Und wer weiß, wie lange die augenblicklichen Machthaber regieren? Was sind dreißig Jahre? Vom Standpunkt des Historikers ein Nichts. Die nächste Bande, die an die Regierung gelangt, wird eine blutige Revolution anzetteln. Und was wird während eines neuen Aufstands geschehen? Genau dasselbe, das während der Kulturrevolution geschah. Die höchsten Autoritäten werden ganze Armeen von Sechzehnjährigen aufbieten und ihnen sagen, sie sollen alles Alte zerstören. Wissen Sie, daß früher jedes chinesische Dorf seinen eigenen taoistischen, buddhistischen oder konfuzianischen Tempel hatte? Und daß in vielen Dörfern sogar alle drei standen? Wo sind sie jetzt? Wir kennen die Antwort darauf. Zerstört. Dem Erdboden gleichgemacht, und die Stätten, wo sie standen, wurden mit dem Pflug bearbeitet wie einst im antiken Karthago. Wenn ich sentimentale Gemüter jammern höre, was wir doch während des Boxeraufstandes in China alles gestohlen hätten, dann danke ich Gott für diese Diebe. Gott sei Dank, daß wir den Thron der Kaiserinwitwe im Britischen Museum haben. Was hätten die Rotgardisten wohl damit angefangen?»

Wexford hatte keine Ahnung, worauf Vinald hinauswollte, aber der Mann war ganz offensichtlich sehr schuldbewußt. « Ja, was denn?» fragte er gleichmütig.

«Wiederum könnte nur ein romantischer Idealist behaupten, der Zweck heilige nie die Mittel. Der Zweck ist hier, der Welt unbezahlbare Kunstschätze zu erhalten. Und sie gehören nicht China, sondern sind unbestreitbar Eigentum der gesamten Menschheit. Sie sind unser Erbe, denn in der Kunst sind alle Menschen Brüder. Darum bleibe ich dabei, daß wir – ob auf geraden oder auf krummen Wegen – aus dem Land herausholen sollen, soviel wir können. Nicht daß meine Wege krumm wären, durchaus nicht.» Obwohl Wexford genug Erfahrung hatte, um seine Verwirrung zu bemänteln, schien Vinald etwas davon zu spüren. «Und ich arbeite ja nur in einem sehr kleinen Maßstab», fuhr er, plötzlich sicherer geworden, fort. «Ich hätte nicht geglaubt, daß jemand es für der Mühe wert erachten könnte...»

«Wenn wir von der Polizei das, was Sie ‹in einem kleinen Maßstab arbeiten› nennen, nicht mehr für der Mühe wert erachteten, Mr. Vinald, dann bräche in unserem Land sehr bald die Anarchie aus, wie ich glaube.» Er würde der Sache, von der Vinald sprach, schon auf den Grund kommen, aber nicht jetzt. «Da Sie so offen mit mir reden, Mr. Vinald», sagte er, «bin ich überzeugt. daß Sie mir auch eine oder zwei Fragen beantworten werden.» Vinald sah jetzt wirklich sehr nervös aus. «Die Frage zum Beispiel, wo Sie in der Nacht des ersten Oktober waren.»

Es überraschte ihn, daß Vinald nicht zu überlegen brauchte. Doch es gab Menschen mit einem sehr guten Gedächtnis, Menschen, die einem blitzschnell und ganz genau sagen konnten, was sie an jedem einzelnen Abend der vergangenen vierzehn Tage getan hatten. Wexford gehörte selbst dazu.

«Ich war mit meiner Frau zu Hause. Sie wissen ja, daß ich gleich hier in der Nähe wohne. Die Mutter meiner Frau kam nach dem Abendessen zu uns und brachte einen Freund mit, einen Kameramann oder so. Sie blieben fast bis Mitternacht, und dann gingen meine Frau und ich ins Bett.»

Wexford erkundigte sich nach der Adresse seiner Schwiegermutter. Sie hatte eine Wohnung in der Cadogan Avenue.

«Ich weiß nicht, wo der Mann wohnt, den sie mitbrachte. Er heißt Phaidon. Denis Phaidon mit ph.»

Wexford stand auf, als wolle er gehen, und fragte dann mit vorgetäuschter Gleichgültigkeit: «Ach, übrigens, worüber haben Sie und Mr. Purbank sich eigentlich gestritten? Ich meine im Zug, auf der Fahrt nach Irkutsk.»

«Was?»

Geduldig wiederholte Wexford die Frage.

«Was kann das denn damit zu tun haben?»

«Womit, Mr. Vinald?»

«Mit der Tatsache, daß ich Antiquitäten gekauft habe», sagte Vinald leise, «oder mit dem Mord an Mrs. Knighton.»

«Das gehört einfach nur zu den kleinen Dingen, die wir für der Mühe wert erachten, uns um sie zu kümmern», erwiderte Wexford.

Vinald zuckte mit den Schultern. «Ich weiß es ohnehin nicht mehr. Es ist lange her, und ich habe mir Mühe gegeben, es zu vergessen. Und vergessen hab ich's. Dieser Mensch war einfach nur ein ganz mieses Stück.»

Katzen bewegen sich immer geräuschlos. Daß die Schwermütige Selima das Schaufenster verlassen hatte, merkte Wexford erst, als sie leise raschelnd an seinem Hosenbein vorüberstrich. Langsam stolzierte sie in die hinteren Regionen des Ladens, als gehöre er ihr und als sei außer ihr niemand da.

Die alte Frau kam selbst an die Tür und musterte Burden mit einem so verächtlichen Haß, daß er sofort wußte, sie würde ihrem Sohn jedes Alibi geben, und darum war sie schon von vornherein unglaubwürdig.

Zufällig brauchte niemand ein Alibi. Peter

Kevin Smith war in den zehn Jahren nach seiner Entlassung aus dem Gefängnis viel zu fett geworden, um durch das Fenster schlüpfen zu können. Zum anderen trug er den rechten Arm im Gipsverband, und er war Rechtshänder. Er war auf die Straße gestürzt – betrunken, wie Burden vermutete – und hatte sich ihn gebrochen. Und um zu beweisen, daß der Unfall vor dem ersten Oktober passiert war, zeigte er Burden die Bescheinigung eines orthopädischen Krankenhauses vom 18. September.

Der nächste auf der Liste war Maurice Wills aus Southwark. Er schien vielversprechender als Smith, denn er war dünn, drahtig und in guter Kondition. Außerdem war er erst Anfang der Dreißig und vor etwa einem Jahr aus dem Gefängnis entlassen worden. Knighton hatte in diesem höchst merkwürdigen Fall die Anklage vertreten, bei dem Wills beschuldigt wurde, die Leiche einer Frau beseitigt zu haben, die einer seiner Bekannten erstochen hatte. Er hatte sie an einer Straßenbaustelle vergraben und galt daher natürlich als Mittäter bei dem Mord.

«Sie sollten Ihre Zeit nicht mit mir verschwenden», sagte er zu Burden, «sondern lieber feststellen, wen dieser Lump Knighton dafür bezahlt hat, daß er Mrs. Knighton um die Ecke bringt.»

«Ach, er hat jemanden dafür bezahlt?»

«Das ist doch nur natürlich, nicht wahr? Er würde das ebensowenig selber tun, wie er seine elektrischen Leitungen legen oder den Kundendienst bei seinem Rolls-Royce machen würde. Er würde einen Profi anheuern. Chipstead, zum Beispiel. Früher gehörte er zu Lees Bande, aber ich habe keine Ahnung, wo er jetzt steckt. Er kann genausogut schon gestorben sein, ich habe mit diesen Leuten nichts mehr zu tun. Ich habe ihn nur als Beispiel genannt. Du meine Güte, muß ich Ihnen beibringen, wie Sie Ihre Arbeit tun sollen?»

Wills hatte ein Alibi, das fast so gut war wie das von Smith – oder so gut sein würde, sobald es bestätigt worden war. Er hatte mit einem Mädchen, das er seine Braut nannte, eine Woche Urlaub in Minehead gemacht und war erst am dritten Oktober nach London zurückgekommen.

In London mußte Burden noch acht weitere Männer aufsuchen. Die anderen lebten im Norden Englands und wurden jeweils von der Ortspolizei vernommen. Von den acht Londonern hatte George Lake in einem Restaurant in Wandswort bis ein Uhr morgens seine Silberne Hochzeit gefeiert. Mojinder Singh, ein Sikh aus Southall, war mit der ganzen riesigen Verwandtschaft seiner Frau zu Hause gewesen – mit seinen Schwiegereltern, zwei Schwagern und sechs Kindern. Norman Trimley und Brian Gage waren viel zu fett. Henri Rosse war zweiundsiebzig und verfiel sichtlich. George Catchpole hatte Nachtschicht gehabt, und Walter ‹Silver Perry›...

«Silver soll Mr. Knighton etwas angetan haben?» rief Mrs. Perry, die er in einer Sozialwohnung im obersten Stockwerk des Bethnal Green Tower antraf. «Silver betet den Boden an, den Mr. Knighton betritt. Schließlich hat er ihm das Leben gerettet.»

Burden stöhnte beinahe laut auf. Ihm wurde klar, daß er die Listen vertauscht hatte. Das kommt nur davon, weil mir der ganze Auftrag so gegen den Strich geht, dachte er. Silver Perry hatte einen Nachtwächter niedergeschlagen und getötet, und zwar ein paar Jahre vor Abschaffung der Todesstrafe. Das glaubte zumindest die gesamte Presse, und das glaubte daher auch jeder Zeitungsleser im ganzen Land, aber Adam Knighton hatte ihn so geschickt verteidigt, daß er freigesprochen wurde. Burden erinnerte sich vage an die Geschichte des Mannes. Er hatte sie für viel Geld an *News of the World* verkauft. Und gerade als ihm der Fall wieder einfiel, schob Mrs. Perry ihm ein Sammelalbum in die Hand. Der erste Zeitungsausschnitt, eine halbe Seite, von der Zeit vergilbt. «Ich bin fest davon überzeugt, daß ich es Mr. Knighton zu verdanken habe, wenn ich in der Zelle nicht wahnsinnig geworden bin. Sogar mein Leben verdanke ich ihm...» In diesem Ton ging es mehrere Fortsetzungen weiter. Diese Journalisten! Er gab der Frau das Album zurück, und dann kam Perry selbst herein.

Er war ein hochgewachsener Mann, der auf die Sechzig zuging. Sein Haar glich dem einer älteren Frau, die eben vom Friseur kam – frisch getönt, geschnitten und gelegt. Silvers Haar glänzte jedoch von Natur aus metallisch und war naturgewellt und hatte, wenn man dem Foto in *News of the World* glauben wollte, als er 33 Jahre war, schon genauso ausgesehen. Er warf Burden einen hoheitsvollen Blick zu und sagte: «Ich würde für Mr. Knighton mein Leben geben.»

«Tatsächlich?» entgegnete Burden prosaisch. «Und was sollte ihm das nützen?»

«Es hat mich sehr getroffen, als ich von seinem schweren Verlust erfahren habe», fuhr Silver fort, als habe Burden kein Wort gesagt. «Daß es ausgerechnet ihn treffen mußte, der ein, wie man überall hört, ein so ergebener Ehemann war...»

Burden hatte bisher nichts dergleichen gehört. Er ging, und als der Lift nicht kam, bewältigte er alle achtzehn Stockwerke zu Fuß.

Jetzt war nur noch ein Mann übrig. Coney Newton, der auch in East End wohnte, hatte ein Mädchen vergewaltigt und hinterher durch Messerstiche verletzt, wenn auch nicht getötet. Fast ein Jahr später, als das Mädchen endlich gesund war, hatte Knighton versucht, es im Zeugenstand lächerlich zu machen. Doch die Geschworenen fielen nicht darauf herein, und Newton mußte für acht Jahre ins Gefängnis. Außer dem paranoiden Newton selbst konnte kein Mensch behaupten, Knighton habe nicht sein Bestes für ihn getan.

«Aber ich trag ihm nichts nach. Das hab ich auch zu Silver gesagt. Silver, sag ich, ich trag ihm nichts nach, und ich geb auch nicht dir die Schuld...»

«Silver?» fragte Burden.

«Silver Perry, das is 'n Kumpel von mir. Seinetwegen wollt ich ja unbedingt Knighton haben. Ich hatte gelesen, was er in der Zeitung über ihn geschrieben hat, und da hab ich zu den Bullen gesagt: Gebt mir Knighton, dann kann mir nichts passieren. Ich hab nichts gegen ihn, aber ich hätte mir meinen Atem sparen können. Das ganze Theater, daß er den Geschworenen gesagt hat, das Mädchen hat's nicht anders gewollt, das hat er nicht gemacht, um mir zu helfen, das war nur Schau. Und die ganzen langen Wörter, die er benutzte, und daß er das Mädchen dazu brachte, daß es rot wurde und alle lachten, das war auch nur Schau. Was er tun sollte, und was ich ihm wieder und wieder gesagt hab, darauf hat er nicht gehört. Er hätte fest dabei bleiben müssen, daß ich nicht dort war. Das ist nämlich die Wahrheit, ich war gar nicht dort. Ich wollte nur, daß er ihnen die ganz einfache Tatsache einbleut: ich war nicht dort.»

«Und wahrscheinlich werden Sie auch genau das sagen, wenn ich Sie frage, wo Sie in der Nacht des ersten Oktober waren? Das war übrigens ein Dienstag.»

Coney Newton sah Burden aus zusammengekniffenen Augen an. Er war ein magerer, finsterer, grauhaariger Mann von ungefähr fünfzig Jahren, der ungewöhnlich große, vorstehende graue Zähne hatte. Er war in jeder Beziehung ein häßlicher Kunde. «Auf jeden Fall war ich nirgends, wo ich nicht sein sollte, das steht mal fest», sagte er und begann umständlich zu erklären, daß er an dem Abend mit einem gewissen Rocky, dessen Nachnamen er nicht kannte, zuerst in einem Pub gewesen war, dann seine Schwester besucht und sich schließlich mit Silver in einem Club in der Nähe des Leicester Square getroffen hatte.

«Sie waren mit Silver Perry in einem Club?»

«Das hab ich doch grad gesagt.»

«Bis wann?»

«Vielleicht bis zwei», sagte Newton und sah Burden wieder aus zusammengekniffenen Augen eindringlich an.

Das mußte ebenso überprüft werden wie die Alibis von Lake, Singh und Catchpole. Der Club hieß «El Vido», wie Norton sagte, und habe um diese Zeit bestimmt geschlossen, aber Burden hatte noch ein bißchen Zeit, bis er sich mit Wexford traf. Er stieg in einen Bus und setzte sich auf das obere Deck, sein Lieblingsplatz, wenn er sich durch London schaukeln ließ.

Besser wäre es gewesen, wenn er zuerst bei Newton gewesen wäre, dann hätte er das Alibi bei Perry nachprüfen können. Perry würde wohl kaum die falsche Geschichte eines Mannes bestätigen, der die Absicht hatte, seinem Helden etwas anzutun. Trotzdem wollte Burden zuerst ins «El Vido».

Es war, wie erwartet, geschlossen. Seit das Pornographiegesetz strenger gehandhabt wurde, beschränkten sich die Fotos in dem schmalen Glaskasten neben dem Eingang auf Großaufnahmen schwellender Brüste, Hinterbacken, Münder und Flanken. Am

Eingang selbst hing ein Schild aus Pappe, auf dem stand, daß es sich um einen streng privaten Club handle und nur Mitglieder Zutritt hätten. Darunter ein Plakat, das ein Rock-Konzert ankündigte. Es gab drei Klingeln, und Burden drückte auf die mittlere.

Nach einer Weile öffnete eine junge Schwarze in Samt-Kniehosen und einem roten T-Shirt die Tür. Sie sah Burden an und sagte, vor sechs sei hier nichts los und auch dann nur nach Voranmeldung. Dann jedoch schien sie zu begreifen, daß er in den Club wollte. Sie kicherte und sagte, Moggy öffne um acht. Burden machte kehrt, marschierte die Charing Cross Road hinauf und fragte sich, wie Wexford wohl weiterkam.

Purbank wollte ihm nicht sagen, um was es bei dem Streit gegangen war. Er sagte auch, er habe den Anlaß vergessen, blieb jedoch zurückhaltender als Vinald und sagte nicht, daß der Mann ein mieses Stück sei.

Seine Wohnung am Rand des Epping Forest lag in einem Wohnblock und hatte riesige Panoramafenster mit Blick auf die Baumwipfel. Purbank erwies sich als freiberuflich arbeitender Wirtschaftsprüfer. Er arbeitete in einem trübsinnigen Raum, der in den «unauffälligen» Farben Grauweiß, Graubraun und «Schlamm» eingerichtet war. Wexfords Besuch machte auch ihn unglaublich nervös, und als Wexford ihn fragte, ob er noch mit jemandem von der Reisegruppe in Verbindung sei oder ob jemand ihm Fotos zugeschickt habe, rief er so heftig: «Nein! Nein! Nein!» wie jemand, der fürchtete, körperlich angegriffen zu werden.

Doch über die Knightons schien er wirklich nichts zu wissen. Im Zug hatten sich die Alleinstehenden einander angeschlossen, die verheirateten Paare sich ein bißchen abgesondert, obwohl die Knightons und Irene Bell immer zu dritt aufgetreten waren. Auf dem Hoteldach in Kweilin hatte er angeblich nichts Ungewöhnliches bemerkt. Das einzige war die – wie er sie nannte – «alberne» Musik gewesen. Und in der Erinnerung daran stieß er ein nervöses, bellendes Lachen aus.

Die Möglichkeit, daß er Adela Knighton erschossen hat, ist absolut unwahrscheinlich, dachte Wexford, aber er war bestürzt, als Purbank ihm nicht sagen konnte, was er in der Nacht des ersten Oktober getan hatte. Er sei, erklärte er, allein zu Hause gewesen oder nehme das zumindest an, doch er erinnere sich nicht mehr. Doch er glaube zu wissen, daß er allein zu Hause gewesen war. An Besucher oder Telefonanrufe könne er sich auch nicht erinnern. Er schien ein Mann ohne Freunde zu sein, kein Einsiedler, sondern ein Mann, der durch sein teils langweiliges, teils taktloses Benehmen eventuelle Freunde vertrieben hatte.

Den Kopf voll von China, mit Erinnerungen an China und der Frage beschäftigt, wohin Adela Knightons Fotografien aus China verschwunden waren, durchquerte Wexford die Halle des Hauses und sah sich plötzlich einem Chinesen gegenüber. Unter anderen Umständen, sogar in Kingsmarkham, wo es wenigstens ein chinesisches Restaurant gab, hätte er dem Mann kaum einen zweiten Blick geschenkt. Hier aber starrte er ihn unwillkürlich an, wie die Chinesen in Tschangscha ihn angestarrt hatten.

«Guten Tag», sagte der Mann freundlich in einer Tonlage, die für Englisch ein bißchen zu hoch war. «Suchen Sie jemanden?»

Wexford faßte sich wieder. «Nein», sagte er. «Trotzdem – vielen Dank.»

Er war ziemlich groß für einen Chinesen, ungefähr vierzig und sah in dem dunklen Anzug mit der pflaumenfarbenen Krawatte wie ein Geschäftsmann aus. In der Hand trug er eine Diplomatentasche aus dunkelrotem Leder. Englisch sprach er mit einem leichten Akzent, aber fließend, und man merkte, daß es eine ihm geläufige Sprache war. «Scheußlicher Tag», sagte er. «Es wird schon richtig frisch.» Lächelnd wandte er sich ab und ging zum Lift.

Draußen warf Wexford einen Blick auf die Namensschildchen über den Klingeln. In Nummer 7 wohnten Y. S. und M. Hsia. Das mußte es sein. Und Purbank wohnte in Nummer 8. Selbstverständlich gab es keinen Grund, warum Purbank keinen chinesischen Nachbarn haben sollte. Es mußte Tausende von Immigranten aus Hongkong, Taiwan und Singapur in diesem Land geben. Sie wohnten hauptsächlich in Städten und Vorstädten, warum nicht auch in einer Wohnung in Buckhurst Hill. Und trotzdem war es merkwürdig. Es brachte ihn dazu, Purbank, den er schon als uninteressant abgetan hatte, mit anderen Augen zu sehen.

Er holte Burden an der verabredeten Stelle bei der London Bridge ab. Inzwischen regnete es stark, und der Inspector hatte seinen Regenschirm aufgespannt.

«Wir müssen einen Blick auf Knightons Bankkonto werfen», sagte Wexford, «um zu sehen, ob seit seiner Rückkehr aus China eine oder mehrere große Summen abgehoben wurden.»

«Können Sie sich vorstellen, daß dieser Mann einen professionellen Mörder anheuert?» fragte Burden düster.

«Der Wein, den er trinkt, ist aus Trauben gemacht. Andere Männer seiner Klasse und gesellschaftlichen Stellung haben Mörder gedungen – haben gemordet. Was immer er seiner Frau und seinen Kindern gesagt haben mag, Mord bleibt nicht auf die arbeitenden Klassen beschränkt. Und wissen Sie, Mike, es bekommt ihm schlecht, daß er das gesagt hat, es ist ein Charakterfehler, daß er es überhaupt sagen konnte, und es macht seine Schuld um so wahrscheinlicher. Ich kann Ihnen nicht beipflichten. Ich halte es für viel eher möglich, daß er jemanden für die Tat gedungen, als daß er sie mit eigener Hand begangen hat.»

«Nun», sagte Burden unerwartet scharfsinnig, «das kann die Erklärung dafür sein, warum er sich so schämt, warum er sich selbst so sehr zu hassen scheint.»

13

Daß Wexford sich für die Vinalds mehr interessierte als für die anderen Mitglieder der Reisegruppe, kam daher, daß er allmählich selbst zu der Überzeugung kam, es müsse der Anblick der damals noch unverheirateten Pandora Vinald gewesen sein, der auf Knightons Gesicht diesen Ausdruck von Schreck und Verklärung hervorgerufen hatte. Irgendwo, irgendwie hatte er sie schon früher gesehen, und wenn man aus seiner Miene Schlüsse ziehen konnte, dann hatte er wesentlich mehr getan, als sie nur gesehen. Wexfords nächster Schritt mußte ihn in Jennifer Norris' «altes» Haus in der Springhill Lane führen.

An diesem Tag sah sie ihrer Mutter ähnlicher denn je. Sie hatte eine neue Dauerwelle, und ihr Gesicht glänzte wie eine frisch geprägte Münze. Er hatte erwartet, von einer Aufwartefrau oder der modernen Abart eines Dienstmädchens empfangen zu werden und sich dann, von üppigem Luxus umgeben, wiederzufinden. Daher war er sehr überrascht, als sie selbst an die Tür kam und ihn in ein spärlich möbliertes Zimmer führte. Sie forderte ihn nicht auf, sich zu setzen.

«Wohin sind Ihre Eltern früher auf Urlaub gefahren?»

«Meinen Sie, seit Daddy sich zurückgezogen hat?»

«Gehen Sie bitte fünf Jahre zurück, Mrs. Norris.» Wie alt war Pandora? Auf jeden Fall jünger als Jennifer. Vielleicht nicht älter als 24 Jahre.

Sie antwortete nicht direkt. Es war ihr unmöglich, eine Gelegenheit auszulassen, bei der sie mit dem Wohlstand und der sozialen Stellung ihrer Familie auftrumpfen konnte. «Mami hatte einen ‹Urlaubsfonds›, wie sie es nannte. Das war ihre Art, das Beste aus ihrem eigenen Geld zu machen. Sie wollte richtige Reisen machen, wissen Sie, nicht nur ein bißchen Wintersport im Januar und einen Mittelmeerstrand im Sommer. Das kann sich schließlich jeder leisten.» Der letzte Satz raubte Wexford buchstäblich den Atem. Aber er sagte nichts. «Also investierte Angus diesen Fonds für sie, und sie schöpfte daraus, wann immer sie Lust hatte, irgendwohin zu fahren, wo es – nun ja, wirklich super ist. Wie in China. Mami reiste leidenschaftlich gern.»

Wexford nickte. «Und wohin sind Ihre Eltern das erste Mal gefahren, nachdem dieser Fonds eingerichtet worden war?»

«Nach Ägypten, glaube ich. Es kann aber auch Thailand und Java gewesen sein. Irgendwann waren sie auch in Mexiko, aber ich weiß es nicht sicher. Und einmal fuhren sie nur nach Jugoslawien und Korfu.» Der Balkan war abgetan und wurde mit Bognor Regis in West Sussex auf eine Stufe gestellt. «Aber das ist wenigstens schon sechs Jahre her.»

Wexford übte sich in Geduld und fragte, ob die Eltern je in Neuseeland gewesen seien.

«Aber in Neuseeland macht man doch

keine Ferien, oder?» Sie hatte wirklich einen engen Horizont. «Wir haben einen entfernten Vetter in Sydney oder vielleicht auch in Melbourne, und sie waren eine Zeitlang bei ihm, das weiß ich. Vielleicht einen Monat oder so.»

«Sie verbrachten einen Monat in Australien? Wann war das?»

«Vor vielen, vielen Jahren. Sechs oder sieben sind es her.»

Das stellte seine Theorie auf eine harte Probe. Er konnte sich nicht vorstellen, daß der sechsundfünfzigjährige Knighton schnell von Sydney nach Auckland hüpfte und sich dort in eine Siebzehnjährige verliebte. Und was wäre im Ernstfall daraus zu schließen? Daß das Mädchen ihn nach sieben Jahren noch immer liebte, ihn in China wiedersah und dann seine Frau erschoß, die es als Rivalin empfand?

«Die nächste Reise wollte Mami nach Indien und Nepal unternehmen», sagte Jennifer Norris. «Im Februar. Arme Mami.» Zum erstenmal sah Wexford Anzeichen eines echten Gefühls in ihrem Gesicht.

Als sie durch die Halle zur Haustür gingen,

entdeckte Wexford etwas an den Wänden eines Raumes, der wie ein Arbeitszimmer eingerichtet war. Kaum war er wieder im Kommissariat, setzte er sich mit Sergeant Johnson von der uniformierten Polizei in Verbindung und bat ihn um Auskunft. Johnson wußte Bescheid.

«Er hat einen Waffenschein, Sir, schon seit Jahren. Hatte ihn schon lange vor seiner Ehe, als er noch seine Wohnung in der High Street hatte. Wir machen immer wieder Stichproben und überprüfen, ob er das tödliche Zeug hinter Schloß und Riegel hält. Was Sie an der Wand hängen sahen, waren hauptsächlich alte Vogelflinten, Feuersteinschloßgewehre und so weiter. Er hat moderne Waffen, ich habe ein Verzeichnis hier.»

«Eine Walther PPK ist nicht darunter?»

Johnson schüttelte den Kopf. «Er war der erste, den ich überprüfte, als zu Beginn des Falles Ihre Anweisung kam.»

Selbstverständlich.

In seinem Büro erwarteten Wexford mit der übrigen Post zwei Pakete. Eins war mit der Post gekommen, das andere, einen großen braunen Umschlag, hatte ihm der

«Absender» unverschlossen eigenhändig auf den Tisch gelegt. Er schaute zuerst in das Päckchen. Es enthielt eine antiquarische Ausgabe der gesammelten Kurzgeschichten des viktorianischen Autors des Makabren, Sheridan Le Fanu, und ein von einem Rezeptblock abgerissenes Stück Papier, auf dem nur «Len» stand. Nichts sonst. Wexford fragte sich, was Dr. Crocker damit beabsichtigen mochte, da er aber bisher noch nie etwas von Le Fanu gelesen hatte, dachte er, daß er sich an seinem freien Samstagnachmittag und Sonntag damit die Zeit vertreiben konnte.

In dem anderen Paket, das mit der Post gekommen war, fand er nicht den geringsten Hinweis auf die Identität des Absenders. Wexford packte aus dem braunen Papier acht Falttaschen aus dünnem Karton aus, wie sie in Fotolabors benutzt werden. Auf jeder stand der Name «Knighton». Zweifellos enthielten sie die Fotos, die die Knightons in China geknipst hatten und die ihm jetzt ein Unbekannter zuschickte. Sein Name auf der Hülle und die Adresse des Kommissariats waren in Druckbuchstaben geschrieben. Gestempelt war das Paket in London, Postamt Chingford, E. 4.

Sorgfältig betrachtete er die Fotografien, aber man brauchte kein Hellseher zu sein, um zu merken, daß drei oder vier fehlten. Die entsprechenden Negative waren ebenfalls verschwunden, die Filme an diesen Stellen durchgeschnitten. Das Verschwinden der Bilder war also nicht darauf zurückzuführen, daß sie «nichts geworden» waren. Aber was fehlte?

Die ersten sechs Umschläge enthielten ausschließlich Fotos aus Osteuropa und Rußland, darunter das Foto eines russischen Bahnhofs, das bestimmt beschlagnahmt worden wäre, hätte jemand davon gewußt. Demnach fehlten nur Bilder aus den beiden letzten Falttaschen – aus China. Wexford erkannte Tschangscha. Die Gruft der Marquise von Tai in Mawangdui, das Geburtshaus Maos in Shaoshan. Es gab mehrere Bilder der Kuppelberge in Kweilin, alle, wie es schien, vom Hoteldach fotografiert. Dann nichts mehr bis zu der Statue der fünf Ziegen in Kanton. Was war aus dem Ausflug auf dem Fluß Li-schuei geworden, dem spektakulärsten, den sie zwischen Peking und Hongkong unternommen hatten? Hatten die Knightons ihre Fotoapparate nicht mitgehabt? Wexford wußte, daß das nicht zutraf. Er erinnerte sich genau, daß Adela Knighton an Deck fotografiert hatte – die Kormoranfischer, die Dörfer, die Boote mit ihren viereckigen orangefarbenen Segeln. Jemand, der Absender dieses Pakets, hatte aus einem Wexford noch unbegreiflichen Grund die Bilder herausgenommen und zweifellos mit den Negativen vernichtet.

Knighton erhob keinen Widerspruch, als Wexford ihm sagte, sie müßten seine finanziellen Verhältnisse überprüfen. Ohne eine Miene zu verziehen, händigte er ihm seine letzten Bankauszüge aus, die man ihm einmal wöchentlich zuschickte. Als Wexford ihn fragte, warum er die Auszüge so häufig bekam, erklärte er, er habe vor einem Jahr einen Dauerauftrag vergessen und das Konto dadurch kurzfristig überzogen. Seit damals hielt die Bank ihn auf dem laufenden, indem sie ihm die Auszüge häufiger zuschickte. Bevor er in den Ruhestand getreten war, habe er ein eigenes Konto gehabt, doch das habe er aufgelöst. In den letzten Jahren hätten seine Frau und er nur noch ein gemeinsames Konto gebraucht, und von ihm stammten auch die Auszüge. Knighton rief seine Bank an und ermächtigte den Direktor, Wexford die Auskunft zu geben, daß sein Privatkonto vor drei Jahren aufgelöst worden war.

In den Auszügen des vergangenen Jahres ließ nichts darauf schließen, daß eine größere Summe abgehoben worden war, für die kein Beleg vorlag. Jeden Monat wurde eine erhebliche Summe auf das Konto überwiesen, eine Pension oder ein Ruhegeld, wie Wexford vermutete, und zwischendurch immer wieder größere Summen, wahrscheinlich Dividenden aus Investitionen, die Knighton oder seine Frau getätigt hatten. 4000 Pfund waren im April auf dem Konto eingegangen, ganz offensichtlich aus Mrs. Knightons Urlaubsfonds, und fast derselbe Betrag zwei Wochen später an das Reisebüro überwiesen worden. Es war offensichtlich, daß Knighton kein Geld ausgegeben hatte, um einen gedungenen Mörder zu entlohnen.

Es war natürlich nicht nachprüfbar, ob das tatsächlich sein einziges Konto war. Doch als Wexford das Haus, den Schreibtisch und die Schubladen durchsucht hatte, hatte er weder ein Scheckbuch noch Einzahlungsformulare, noch andere Unterlagen für ein anderes Konto gefunden.

«Ich möchte, daß Sie mich jetzt aufs Kommissariat begleiten, Mr. Knighton, damit wir uns dort in Ruhe unterhalten können», sagte Wexford. «Ich glaube, es wäre von Vorteil für Sie, wenn Sie, ich und mein Kollege, Inspector Burden, ein Gespräch zu dritt führen könnten.»

«Ich sehe nicht ein, warum Sie nicht hier mit mir reden können.»

«Vielleicht sehen Sie es nicht ein, aber ich weiß schon, warum. Wir können auf dem Kommissariat alle viel offener miteinander sprechen.»

«Sie meinen, Sie können mich dort leichter einschüchtern? Ich versichere Ihnen, daß ich schon ausreichend eingeschüchtert bin.» Knighton machte eine müde Kopfbewegung. «Ich weiß nicht, ob es Angst oder Schock ist – oder woran es liegt, aber ich scheine an einer

Amnesie zu leiden, ähnlich der, die ein Irrenarzt unbewußtes Handeln nach einem epileptischen Anfall nennen würde. Ich bin wie betäubt, benommen.»

Wexford fiel auf, daß er zwar eine ganze Reihe von Gefühlen nannte, die ihn quälten, Schmerz oder Trauer aber nicht darunter waren.

«Wenn ich vernommen werden soll, brauche ich wohl einen Rechtsbeistand.» Es schien merkwürdig, daß jemand wie er das sagte, der selbst Jurist war. «Mein Rechtsberater sollte anwesend sein», wiederholte er.

«Ganz wie Sie wünschen, Sir», sagte Wexford liebenswürdiger, als ihm zumute war.

Es war ein merkwürdiges Gespräch. Und zwar deshalb, weil Knighton in gewissen Dingen unverblümt offen, in anderen wiederum fast dümmlich verschlossen war. Er hatte jedoch keinen Anwalt hinzugezogen. Vielleicht glaubte er, sich dank seiner lebenslangen Erfahrung selbst beraten zu können.

Sie benutzten ein Vernehmungszimmer, das nicht zu sehr einer Zelle ähnelte. Auf dem Boden lag ein Teppich. Die Stühle hatten zwar gerade Lehnen, aber gepolsterte Sitze. Knighton saß an einer Seite des Tisches, Wexford und Burden ihm gegenüber. Er sah krank aus, seine Augen wurden schnell zu dunklen Höhlen in seinem Gesicht, Reue schien ihn innerlich zu zerfressen und mit zusätzlichen Jahren zu belasten wie Krebs. Er sah aus, als habe er die Grenze seiner Kraft erreicht, oder als sei es für ihn fünf vor zwölf. Und doch war er noch fähig, einen jener penetranten Juristenwitze zu machen.

Im Vernehmungszimmer war es kalt. Die Zentralheizung wurde erst am ersten November eingeschaltet. Wexford ließ einen kleinen elektrischen Heizofen hereinbringen und entschuldigte sich bei Knighton für die Kälte und die übrigen kleinen Unannehmlichkeiten.

«De minimis non curat lex», sagte Knighton und grinste wie ein Totenschädel.

Das Gesetz mochte über Kleinigkeiten erhaben sein, Anwälte waren es nicht. Auf Wexfords ausdrücklichen Wunsch erging sich Knighton in ausführlichen Theorien, woher ein potentieller Mörder gewußt haben konnte, daß er in der Nacht des ersten Oktober nicht zu Hause sein würde. Noch einmal zählte er die Namen jener Leute auf, die von ihm erfahren hatten, daß er beabsichtige, nach London zu fahren – seine Frau, seine Tochter, Bekannte aus dem Dorf, sein Sohn Roderick. Selbstverständlich waren der Gastgeber des Abends und Dobson-Flint informiert gewesen. Wem diese Leute es erzählt hatten, ahnte er natürlich nicht. «Sie haben», sagte er plötzlich, «meine Kinder, Miss Bel und Adrian Dobson-Flint und noch einige andere gefragt, ob meine Ehe glücklich gewesen sei. Mich fragen Sie nicht.»

«Unter den gegebenen Umständen», entgegnete Burden, «haben wir es als selbstverständlich vorausgesetzt, daß Sie ja sagen würden.»

«Bei einer Morduntersuchung, Inspector, sollten Sie nie etwas als selbstverständlich voraussetzen. Meine Ehe war nicht glücklich. Sie war es nie. Seit Jahren war allgemein bekannt, daß ich mich mit meiner Frau nicht vertrug. Meine Frau empfand für mich, was viele Frauen für ihre Männer empfinden. Ich war ihr Besitz und ihr Beschützer, und sie hatte ein Recht auf mich – das Recht, mich ständig in ihrem Leben zu beanspruchen. Ich glaube nicht, daß sie je darüber nachgedacht hat, ob sie mich überhaupt liebte. Ich mochte sie nicht. Und im Lauf der Jahre wurde meine Abneigung immer größer.»

Das brachte Burden vorübergehend zum Schweigen. Wexford ließ sich nicht so leicht verblüffen.

«Möchten Sie vielleicht Ihre ursprüngliche Aussage ändern, Mr. Knighton?» fragte er gelassen.

«Ich habe nichts zu gestehen, falls es das ist, worauf Sie abzielen. Ich mochte meine Frau nicht, aber ich bedaure ihren Tod bitter. Alles was ich habe, gäbe ich darum, wenn ich –» er zögerte, und Wexford glaubte, er werde sagen: «Wenn ich sie dadurch wieder zurückholen könnte», doch er schloß: «Wenn ich die Zeit bis vor dem ersten Oktober zurückdrehen könnte.»

«Sie waren ein Ehemann wider Willen», sagte Wexford. «Waren Sie Ihrer Frau treu?»

«Fünfundzwanzig Jahre lang war ich

es. Vorher gab es jemanden, den ich heiraten wollte, aber es war unmöglich, und wir trennten uns. Ich mußte an meine Kinder denken.»

«Und wahrscheinlich auch an Ihre Karriere», warf Wexford ein.

Knighton zuckte zusammen, hob die Hand vor das Gesicht und machte eine vage Geste. «Und an meine Karriere, ja. Ich wäre gern Richter geworden. Leider hat sich mein Wunsch nicht erfüllt. Sagen wir, ich wußte, daß er sich auf keinen Fall erfüllen würde, wenn ich meine Frau und meine Kinder wegen einer jungen Schauspielerin verließ.»

Sie sprachen noch eine ganze Stunde mit ihm. Gates brachte Kaffee und einen Teller mit Schinken- und Käsesandwiches herein. Knighton trank Kaffee, lehnte es jedoch ab, etwas zu essen. Wexford fragte ihn, was er von Waffen verstehe. Knighton antwortete, er verstehe überhaupt nichts davon, und die Walther PPK kenne er nur aus Kriminalromanen und wisse, daß sie in den späteren James Bond-Büchern benutzt wurde und daß sie – um auf den Boden der Tatsachen zurückzukehren – die Dienstwaffe der

Stockholmer Polizei war. Kurz vor fünf ließen sie ihn nach Hause gehen.

Am Montag ereigneten sich zwei bedeutsame Dinge. Zuerst platzte Gordon Vinalds Alibi. Mrs. Ingram und Denis Phaidon waren vernommen worden und hatten übereinstimmend ausgesagt, sie hätten zwar bei den Vinalds Kaffee und noch ein paar gehaltvollere Sachen getrunken, doch sei das am Mittwoch, dem zweiten, und nicht am Dienstag, dem ersten Oktober, gewesen. Und Phaidon hatte in aller Unschuld die Sache für Vinald noch verschlimmert, indem er aussagte, sie hätten ursprünglich am Dienstag hingehen wollen, den Besuch aber verschoben, weil Pandora gesagt hatte, ihr Mann habe geschäftlich nach Birmingham fahren müssen.

Wexford las eben das Protokoll der Aussage, als Detective Constable Archbold, der mit Bennett und Loring in Sewingbury noch immer von Haus zu Haus ging und die Leute befragte, zu ihm kam und meldete, sie hätten möglicherweise endlich einen Zeugen gefunden. Thomas Bingley, einen alten Mann, der jetzt im Ruhestand lebte und früher landwirtschaftlicher Arbeiter gewesen war. Er hatte sich in dem Wald aufgehalten, durch den der Fußpfad von Sewingbury ins Thatto-Tal führte...

«Ein alter Mann?» unterbrach ihn Wexford. «Um halb drei Uhr morgens in einem Wald? Was, zum Teufel, hat er dort gemacht?»

«Nun, Sir, gewildert. Fasanen, wie es scheint. Deshalb hat es auch so lange gedauert, bis wir ihn fanden, er hielt sich versteckt. Seine Nichte hat uns den Tip gegeben, sie war der Meinung, wir sollten wissen, daß ihr Onkel um diese Jahreszeit oft dort draußen war. Anscheinend legt er Schlingen und holt sich in den frühen Morgenstunden seine Beute.»

«Und er war am ersten Oktober dort, ja? Ich finde, das schlägt dem Faß wirklich den Boden aus! Einem Jagdpächter noch an dem Tag die Fasanen zu stehlen, an dem die Jagdsaison beginnt.»

«Unverschämt», pflichtete Archbold ihm bei. «Worauf es ankommt, ist folgendes: Er sagt, er habe auf dem Weg einen Mann beobachtet. Es war eine klare Nacht, der Mond schien, und er sagt, ein großer Mann mit grauem oder weißem Haar sei sehr schnell in Richtung Sewingbury gegangen.»

«Und wahrscheinlich hatte er eine rauchende Pistole in der Hand», entgegnete Wexford.

Zufällig hatte er, dank dem anonymen Paket, Fotografien von ein paar Leuten, die möglicherweise verdächtig waren. Im Wohnzimmer von Bingleys unappetitlichem Cottage in der Nähe von Sewingbury Mill zeigte er dem alten Mann ein Bild von Knighton. Bingley betrachtete es, kratzte sich am Kopf und sagte, das könne der Mann sein, den er gesehen habe, obwohl er glaube, er sei nicht ganz so groß gewesen. Purbank, der im Gespräch mit Irene Bell auf dem Hoteldach in Kweilin aufgenommen worden war, schien eventuell in Frage zu kommen. Dann zögerte Bingley und zeigte mit dem kleinen Finger, einem schmutzigen Finger mit abgebrochenem Nagel, auf eine Gestalt im Hintergrund des Fotos. Auf einen Mann, dessen Haar unter einem Strohhut versteckt war. Auf Vinald.

«Der Kerl, den ich gesehen hab, war dem da sehr ähnlich.»

«Man kann nicht alles glauben, was ein Mensch wie dieser Bingley sagt», meinte Burden, als sie am Flußufer standen.

«Er hat sich auf seine Weise bemüht, uns einen Gefallen zu tun, falls wir ihn wegen Wilderei am Schlafittchen nehmen. Er gehört zu den Leuten, die glauben, wir haben sie nicht mehr lieb, wenn sie sagen, sie wüßten nichts.» Wexford betrachtete den kürzlich errichteten Betondamm, der im Volksmund schon das «Wehr» genannt wurde und der den Lauf des Kingsbrook jetzt regulierte. «Einzwängte» wäre passender, dachte Wexford. Es hatte ein heftiges Für und Wider gegeben, als es um den Bau des Dammes ging. Der Fluß, der noch vor drei Wochen zwischen schilfbewachsenen – leider häufig auch mit Unrat verschmutzten – Ufern geflossen war, wurde jetzt in einem symmetrischen Becken aufgefangen. Um das Becken herum lief eine geteerte Fläche mit Sitzbänken. Da man die Fläche eines Tages begrünen wollte, hatte man im Beton Löcher für Bäume ausgespart. Außerdem hatte die

Brücke zur Springville Lane einen neuen Bogen aus Mauerwerk bekommen.

« Jetzt sieht es eigentlich gar nicht mehr so übel aus», sagte Wexford, und plötzlich sah er den Fluß Li-schuei vor sich, die phantastisch geformten Berge, den porzellanblauen Himmel, das sich kräuselnde Wasser – und Wong, der ertrunken war. «Purbank hat graues Haar», sagte er.

«Aber ich bitte Sie! Bei Sturm ist wohl jeder Hafen recht, wie?»

«Aber gar nicht. Purbank hat für die betreffende Nacht kein Alibi. Und er könnte ein Motiv haben.» Sie schlenderten zu ihrem Wagen zurück, den sie an der Stelle abgestellt hatten, an der der Fußweg aus dem Thatto-Tal auf die Straße stieß. «Von Knightons Fotografien fehlen drei oder vier und die Negative ebenfalls. Angenommen, es war Purbank, dem Adela Knighton ihre Fotos schickte. Der Stempel auf dem Paket, das mir zugeschickt wurde, ist Chingford. Und auf meinem Stadtplan von Groß-London liegt Chingford verdammt nahe bei Buckhurst Hill, wo Purbank wohnt. Angenommen, eins oder mehrere dieser Bilder zeigen

Purbank in einer kompromittierenden Situation. Und wieder angenommen, Purbank wäre bereit, sehr viel zu tun, damit die Sache nicht bekannt wird.»

«Was für eine Sache?»

«Das eben weiß ich nicht. Ich habe die Fotos nicht gesehen. Aber Purbank könnte angenommen haben, Adela Knighton habe ihm die Bilder nicht aus Nettigkeit oder Interesse geschickt, sondern um ihn darüber zu informieren, was sie wußte. Und vielleicht hat sie genau das getan.»

«Was können wir da tun?»

«Nichts, im Augenblick. Zuerst müssen wir feststellen, warum Vinald gelogen und behauptet hat, er sei zu Hause gewesen und habe sich mit der lieben Frau und der lieben Schwiegermutter einen angesäuselt, obwohl er in Wirklichkeit in Birmingham war. Oder in Herstmonceux oder Mevagissey. Bei einem Lügner seines Formats weiß man das nie. Das wirklich Interessante an diesem Alibi war, daß es nicht nur ihn, sondern auch Pandora schützte. Und das tut es jetzt nicht mehr. Nichts und niemand tut es.»

Allem Anschein nach war Vinald nur in Birmingham gewesen, um sich mit einem südamerikanischen Porzellansammler zu treffen. Er hatte ein paar seiner chinesischen Neuerwerbungen mitgenommen und zwei Vasen, die er erst vor ganz kurzer Zeit gekauft hatte. Als er sagte, er sei am ersten Oktober zu Hause und am zweiten in Birmingham gewesen, habe er sich ganz einfach geirrt.

Vinald brachte das mit seiner üblichen Redegewandtheit vor, konnte seine unterschwellige Nervosität jedoch nicht verbergen. Er hatte Angst, und die Angst wurde größer. Wexford und Burden hatten ihn zu Hause aufgesucht, nicht im Geschäft, und während sie mit ihm sprachen, kam Pandora herein. Hatte er ihretwegen so große Angst?

Sie trug heute ein weißes Strickkleid mit einem bronzefarbenen Gürtel und ebensolchen Schuhen. Das glänzende schwarze Haar war nach der neuesten Mode glatt frisiert, mit Renaissancelöckchen an den Schläfen. Sie wirkte ruhig und überhaupt nicht nervös. Wexford war plötzlich sicher, daß er sich geirrt hatte, als er sie mit Knighton in Verbindung brachte. Wahrscheinlich hatten die beiden noch nie ein einziges Wort miteinander gewechselt.

«Dann waren Sie und Ihre Frau Dienstag abend also allein zu Hause?»

Sehr rasch und wie aus einem Munde sagten beide ja. Ihre Hast brachte sie dazu, abzubrechen und sich gegenseitig verlegen zuzulächeln. Pandora zuckte mit den Schultern, und ihre Augen wurden riesengroß.

«Ich muß jetzt darauf bestehen, daß Sie mir den Grund Ihrer Auseinandersetzung mit Mr. Purbank nennen.»

Vinald wartete einen Moment. Er lächelte stoisch und versuchte aus der gegebenen Situation das Beste zu machen.

«Wenn Sie's unbedingt wissen müssen! Er stichelte ununterbrochen, behauptete dauernd, die Reise sei für mich nichts weiter als ein einziger Einkaufsbummel.»

«Nun, und wenn schon! Was konnte er dagegen haben?»

«Er sagte, daß ich mich, wenn wir auf Ausflügen die Wahl zwischen zwei Möglichkeiten hätten, immer für diejenige entschied, wo ich Kunstgegenstände kaufen konnte, nie für Museen, schöne Aussichten oder ähnliches.»

«Das mag Sie natürlich geärgert haben, aber beleidigend war es nicht, oder?»

«Es war die Art, wie er es sagte, auf das Was kam es gar nicht so an. Es waren diese versteckten Andeutungen...»

«Mr. Purbank behauptet, er habe die Ursache Ihres Streites vergessen.»

Damit, das war nicht zu verkennen, war Vinald höchst zufrieden. Er schob die Hand durch den Arm seiner Frau. «Er ist ein richtiger Miesling. Als er erklärte, er werde es unserem Führer sagen, daß ich die Ferien anderer für meine kommerziellen Unternehmungen mißbrauche, hatte ich wirklich genug. Ich schlug ihn nieder, und wir redeten kein Wort mehr miteinander.»

Wexford wußte, daß er log oder eine zumindest stark verwässerte Version der Wahrheit zum besten gab.

Die beiden Polizeibeamten verabschiedeten sich. Als sie die Stufen hinuntergingen, blieb Wexford stehen und streichelte der Schwermütigen Selima den Kopf, die in einer Schale mit welken Lobelien saß. Sie duldete seine Berührung, schüttelte sich dann angeekelt, sprang aus der Schale und lief dann in den Garten.

«Nicht alles ist rechtens, was dein schweifendes Auge verführt, nicht alles, was unbedachte Herzen berührt...» sagte Wexford.

«Was ist das?»

«Das Gedicht, aus dem die Katze ihren Namen hat. Kommen Sie, wir gehen ins V und A.»

Früher hätte Burden nicht genau gewußt, was Wexford meinte. Seine Frau hatte dafür gesorgt, daß das jetzt anders war. «Ins Victoria und Albert-Museum», sagte er zu Donaldson, dem London-Experten, und zu Wexford: «Was wollen wir eigentlich dort?»

«Wir sehen uns Chinas heiterste Kunst an», antwortete der «Chief».

An diesem Abend las er, als er müde, aber nicht sehr spät nach Hause kam, Le Fanus Vampirerzählung ‹*Carmilla*› zu Ende und begann mit der nächsten Geschichte in der Sammlung: ‹*Grüner Tee*›.

14

Er erzählte es weder Burden noch irgend jemand sonst. Er sagte es nur seiner Frau. Aufrecht im Bett sitzend, las er Le Fanu, und neben ihm war Dora in Charlotte Brontë vertieft. Als er mit der Geschichte fertig war, begann er zu lachen.

«Du meinst», sagte Dora, nachdem er ihr alles erklärt hatte, «daß dieser Mann ein Buch schrieb und sich, als er übermüdet war, mit grünem Tee wachhielt. Mit ungeheuren Mengen von grünem Tee, der wie ein Anregungsmittel wirkte?»

«Man kann ruhig sagen, er war ein ‹Kettentrinker›, wie es Kettenraucher gibt. Er konsumierte eine Tasse grünen Tee nach der anderen, und eines Tages begann er in der Zimmerecke ein affenähnliches Wesen zu sehen, das ihm furchtbare Angst einjagte. Dann sah er es auf der Straße, und es fuhr sogar im Omnibus mit ihm. Nun ja, und ich habe eben eine alte Frau mit gebundenen Füßen gesehen.»

«Ich nehme an, daß Len Crocker dir das Buch geschickt hat.»

«Natürlich war er es. Seiner Meinung nach ähnelten meine Halluzinationen geradezu frappierend denen von Herrn Pfarrer Jennings aus Le Fanus Geschichte. Ich habe ebenfalls ununterbrochen grünen Tee getrunken wie ein Süchtiger – mindestens sechs bis sieben Liter am Tag.»

Er lachte in der Erinnerung. Doch als er vor dem Einschlafen noch einmal darüber nachdachte, befriedigte ihn die Erklärung nicht völlig. Er war erleichtert, sie befreite ihn von peinigenden Selbstzweifeln, es war offensichtlich, daß er seine Visionen dem grünen Tee zu verdanken gehabt hatte – aber steckte wirklich nicht mehr dahinter? Ganz gewiß war es mehr gewesen, wenn er vielleicht auch nie erfahren würde, was.

Als er seinen Frühstückstee trank, hatte er ein ganz merkwürdiges Gefühl, obwohl es «Assam» von Twining's und keine Spur von Grün dabei war. Nach dem Frühstück suchte er zwischen seinen Büchern, fand die ‹*Meisterwerke des Übersinnlichen*› und stellte fest, daß die letzte Geschichte in der Anthologie ‹*Grüner Tee*› war. Hätte er das Buch nur zu Ende gelesen, hätte er auf dem Höhepunkt seiner Angst schon des Rätsels Lösung gekannt.

Jetzt mußte er sich vor allem überlegen, was er wegen der Aussage des alten Wilderers unternehmen sollte. Wegen Purbank und wegen der Fotos. Burden hatte mit den Berichten zu tun, die aus Middlesborough, Manchester und Newcastle eingingen und ohne Ausnahme die auf seiner Liste stehenden Männer entlasteten. Es handelte sich dabei um Mord, Brandstiftung und schwere Körperverletzung, und in jedem Fall hatte Knighton die Anklage vertreten. In dem kleinen Cottage am «Wehr» in Sewingbury bemühte sich Wexford, aus Bingley eine befriedigendere Aussage herauszuholen. Aber der alte Mann zeigte wieder auf Vinald, als er ihm das Foto vorlegte, und erklärte seine Wahl damit, daß von allen Männern auf dem Bild Vinald dem am ähnlichsten war, den er gesehen hatte. Das einzige, was er ganz sicher wußte, war, daß er morgens gegen drei auf dem Waldweg einen Mann beobachtet hatte, der aus dem Thatto-Tal zurückgekommen war.

Wexford und Burden gingen zum Lunch in den *Erhabenen Drachen*. Frühlingsrollen, Rindfleisch mit Zwiebeln, Sojabohnensprossen, Wassernüsse, chinesische Pilze. Burden trank eine Kanne Jasmintee, doch Wexford hielt sich heimlich schaudernd an Perrier. Ungefähr fünf Minuten nachdem er ins Büro zurückgekommen war, rief die Telefonzentrale bei ihm an und meldete ihm, unten sei ein Mädchen, das ihn sprechen wolle. Eine Miss Elf.

«Eine Miss – wie?»

«Elf, Mr. Wexford, wie der Elf aus dem Zauberwald. Wie Gnome und Feen, verstehen Sie?»

Um ein Haar hätte er gefragt: «Ist sie hellgrün?», aber grün war im Augenblick für ihn ein schmutziges Wort. «Lassen Sie sie heraufbringen», sagte er und legte auf.

Sie kam von Loring eskortiert, der auf ein Nicken von Wexford das Büro wieder verließ. Sie war klein und blond, vielleicht einsfünfzig groß, und sie sah sehr jung aus. Vierzehn oder fünfzehn, war sein erster Eindruck. Sie hatte ein unschuldiges Babygesicht und große sanfte blaue Augen. Sie trug Jeans, ein rotes Sweatshirt und eine rotweiße Trainingsjacke, dazu blauweiße Laufschuhe aus Segeltuch. Sie hatte keine Handtasche, und ihre Hände steckten in den Jackentaschen.

«Miss Elf?» sagte Wexford.

«Die bin ich.» Ihre Stimme paßte nicht ganz zu ihrer Erscheinung.

«Was kann ich für Sie tun?»

«Es handelt sich mehr um das, was ich für Sie tun kann. Ist es okay, wenn ich mich setze? Ich habe eine Information für Sie. Ein Freund von mir – nein, eigentlich eher ein Kunde – hat mir erzählt, daß die hiesige Polizei nach dem alten Kerl sucht, der am ersten Oktober nachts in der Gegend von H. P. G. rumlungerte. Ich hab's dem Kunden natürlich nicht gesagt, aber ich dachte mir: Geh lieber hin und sag's ihm, daß du's gesehen hast. Daß du ihn gesehen hast, mein ich.»

Es war alles sehr unklar. Miss Elf war Wexfords Schätzung nach zwei Jahre älter geworden, aber er war noch immer sehr verwirrt. «Sie wohnen Hydepark Gardens oder Stanhope Terrace? Mit Ihren Eltern?»

Sie brach in lautes Gelächter aus. «Nein,

nein. Ich sollte wohl lieber ganz von vorn anfangen. Ihnen sagen, wer ich bin und was ich bin und was ich um diese Zeit dort zu suchen habe. Okay?»

«Was sind Sie?» fragte Wexford langsam.

«Ich bin eine Hure», sagte Miss Elf.

Wexford hatte es fast vermutet. Er mochte es nicht, wenn Leute versuchten, ihn zu schokkieren, und er fragte sich, wann sie je begreifen würden, daß man ihn nicht schockieren konnte. Seit dreißig Jahren schon nicht mehr.

«Ich nehme an, Sie meinen, Sie seien Prostituierte, ein Callgirl?»

«Genau.»

«Dafür sehen Sie sehr jung aus.»

«Tja, das ist eben der springende Punkt. Daß ich so jung aussehe, meine ich. Das, könnte man sagen, hat mich ins Geschäft gebracht. Weil ich immer so jung aussehe. Ich hatte eine sehr selten gewordene Ware zu verkaufen, und der Markt war da. Die Männer, die Zwölfjährige bumsen wollen, sind nicht mit den Viktorianern ausgestorben, und als ich anfing, sah ich aus wie zwölf. Tatsächlich bin ich vierundzwanzig. Aber man kann mich immer noch für fünfzehn halten, meinen Sie nicht?»

Wexford nickte. «Heißen Sie wirklich Elf?» fragte er dann, er konnte einfach nicht widerstehen.

Ihr Lachen war laut und rauh, mit einem gewöhnlichen Unterton. «Wirklich und wahrhaftig. Ich bin eine geborene Elf, die einzige Tochter von Mr. und Mrs. Elf. Das war doch wirklich ein Glück, wie. Aber ich bestehe nicht darauf, daß man mich so nennt. Sie können Sharon zu mir sagen.»

Er beschloß, von diesem Angebot keinen Gebrauch zu machen. Seiner Meinung nach waren die meisten ihrer Kunden in seinem Alter, und er wußte genug über Prostituierte, um sich darüber klarzusein, daß sie ihn mit denselben Augen betrachten würde wie diese Männer, weil sie glaubte, er sei denselben Wünschen und perversen Begierden unterworfen – den Wünschen und Begierden nach zwölfjährigen Kindern. Er war etwas verärgert, und ihm war ein bißchen übel, doch dann sagte er sich, daß das, was jetzt vorging, zehntausendmal besser war als in der Zeit, in der man wirklich kleine Mädchen opferte.

«Kommen wir also zur Nacht des ersten Oktober», sagte er kalt.

Sharon Elf richtete die großen blauen Augen auf ihn. «Mein Kunde aus der Stanhope Terrace gehört zu meinen Stammkunden. Tatsächlich erinnert er mich sogar ein bißchen an Sie.» Sie merkte nicht, daß Wexford zusammenzuckte, und wenn sie es merkte, war es ihr gleichgültig. «Er rief mich an dem Abend gegen acht an und fragte mich, ob ich um Mitternacht zu ihm kommen könnte. Oder besser noch, wenn ich noch eine halbe Stunde später käme. Er habe Gäste zum Dinner, aber um halb eins seien bestimmt alle weg.»

«Wo wohnt dieser Kunde?»

«In H. P. G., in einem der Häuser, die praktisch verkehrt herumstehen – mit der Fassade an der Rückseite der Straße.»

«Hyde Park Gardens, ich verstehe.»

«Zufällig ging es sehr gut. Um elf hatte ich einen anderen Kunden, der oben in St. John's Wood wohnt. Ich ging dort ungefähr zwanzig nach Mitternacht weg, nahm mir ein Taxi und war zwanzig vor eins in der Stanhope Terrace. Ich weiß, Sie werden mich fragen, wieso ich mich so genau an die Zeit erinnere. Das liegt daran, daß ich ihn nicht in Verlegenheit bringen wollte, falls seine Gäste noch nicht gegangen waren. Ich sah also sehr oft auf meine Uhr, und daher weiß ich, daß ich gegen zwanzig vor eins dort war.

Im Haus meines Kunden brannte das Licht in der Halle und im Schlafzimmer, aber nicht im Salon, und da wußte ich, daß alles okay war. Als ich eben den Taxifahrer bezahlte, kam aus dem hinteren Eingang eines Hauses in H. P. G. dieser alte Kerl aus einer der ebenerdigen Wohnungen – das heißt, eigentlich liegen sie ja im Souterrain. Er überquerte die Straße und nahm mein Taxi.»

«Haben Sie zufällig gehört, wohin der Fahrer ihn bringen sollte?»

«Tut mit leid. Da kann ich Ihnen nicht helfen. Es interessierte mich nicht. Warum auch? Damals interessierte es mich jedenfalls nicht.»

«Und was wissen Sie jetzt genau?» fragte Wexford.

«Mein Kunde aus der Stanhope Terrace

rief mich gestern an, und ich ging gegen zehn zu ihm. Er erzählte mir, daß die Bullen ihn ausgequetscht haben. Ich hatte ihn drei Wochen nicht mehr gesehen, wissen Sie, sonst hätte er es mir früher gesagt, schätze ich.»

Ob es nun Purbank oder ein anderer war, der ihm die Fotos geschickt hatte, Wexford hätte ihn segnen können. Sie kamen ihm jetzt wie gerufen. Es war ein Bild darunter, auf dem die ganze Reisegruppe auf dem Hoteldach in Kweilin zu sehen war. Nur Adela Knighton fehlte, die fotografiert hatte. Ohne einen Augenblick zu zögern, zeigte Sharon Elf auf Knighton. «Das ist er.»

«Sie sind ganz sicher, daß das der Mann ist, den Sie in der Nacht des ersten Oktober zwanzig vor eins in der Stanhope Terrace gesehen haben?»

«Hundertprozentig», erklärte sie fröhlich. «Ich habe ihn mir sehr gründlich angesehen. Er hat mir nämlich sehr gut gefallen.»

In Wexfords Kopf drehte sich alles. Beruhte die Sache auf Gegenseitigkeit? Suchten nicht nur die alten Männer Mädchen, die zu jung waren, um zu kritisieren und Ansprüche zu stellen? Suchten auch junge Mädchen einen Großvaterersatz? Er war jedenfalls froh, als Miss Elf ihn verließ, kam sich jedoch gleichzeitig wie ein Narr vor und fragte sich, wer ihm das Recht gab, sie und ihresgleichen zu verurteilen. Trotzdem öffnete er, als sie gegangen war, das Fenster, um frische Luft hereinzulassen. Vielleicht wollte er aber auch nur den Geruch von Gummisohlen und billiger Seife vertreiben. Seine Gedanken begannen sich mit dem zu beschäftigen, was er durch sie erfahren hatte. Da war Bingleys Aussage – und jetzt das. Er drückte auf den Knopf der Wechselsprechanlage und teilte dem Kästchen mit, man solle Inspector Burden bitten, zu ihm zu kommen, wenn er im Haus sei. Burden brachte einen Bericht über den letzten Mann auf seiner Liste mit, einem gewissen Dudley Preston, der wegen Totschlags und Trunkenheit am Steuer vor Gericht gestanden hatte. Knighton hatte ihn verteidigt, konnte ihn aber nicht vor einer dreijährigen Gefängnisstrafe bewahren.

«Wissen Sie, daß Ihr Fenster sperrangelweit offen ist? Sie haben den reinsten Eisschrank hier.»

«Schließen Sie es ruhig, wenn Sie wollen.» Wexford berichtete ihm von Sharon Elf und ihrer Aussage.

Burden verzog die Mundwinkel nach unten. Aber das, dachte Wexford, gilt mehr Sharon Elfs Beruf, als Knightons zerstörtem Alibi.

«Sie glauben ihr? Einer solchen Frau?»

«Manchmal reden Sie wie ein viktorianischer Büttel. Ich begreife nicht, warum ein Callgirl nicht so aufrichtig sein sollte wie andere Leute. Sie können es drehen und wenden, wie Sie wollen, es ist ein ehrlicher Beruf. Leistung und Bezahlung sind gleichwertig – ich meine, jeder bekommt, wofür er bezahlt. Sie hat Knighton auf einem Gruppenfoto erkannt, also muß ich ihr glauben.»

Burden zuckte mit den Schultern. «Wenn es stimmt, und das nehme ich an, sieht es für Knighton schlecht aus. Dann müßte er die Wohnung aber sofort wieder verlassen haben, nachdem Dobson-Flint sich in sein Schlafzimmer zurückgezogen hatte. Wahrscheinlich wartete er ab, solange Dobson-Flint im Bad war, schlüpfte dann hinaus und nahm einen Schlüsselbund vom Tisch in der

Diele. Da kein Zug mehr fuhr, ließ er sich mit dem Taxi zu der Stelle bringen, wo er den Mietwagen geparkt hatte. Wer weiß? Vielleicht hat er sich sogar in der Nähe der Victoria Station ein Auto gemietet und es dort stehenlassen. Er hätte es nach seiner Ankunft in London mieten und so viel in die Parkuhr werfen können, daß sie Viertel nach sechs ablief. Da man ab halb sieben gebührenfrei parken kann, hätte er sich wegen des Wagens nicht mehr den Kopf zerbrechen müssen. Das bedeutet wahrscheinlich, daß wir jetzt die Mietwagenfirmen um die Victoria Station herum abklappern müssen.

Wenn er zwanzig vor eins ein Taxi genommen hat, wäre er zehn vor eins bei der Victoria Station gewesen. Ich kenne mich in London zwar nicht besonders gut aus, aber sogar ich weiß, daß es um diese Nachtzeit nicht viel Verkehr gibt. Spätestens um eins hätte er im Wagen gesessen und wäre losgefahren. Die Strecke hätte er spielend in einer Stunde zurücklegen können, also war er – sagen wir – gegen zwei zu Hause.»

«Eine Viertelstunde brauchte er, um die Glasscheibe herauszuschneiden, vielleicht ein paar Minuten, um sich zu sammeln – ja, der Zeitplan stimmt ungefähr.»

«Er brauchte nicht durch das Fenster einzusteigen, er hatte einen Schlüssel.»

«Trotzdem mußte er die Scheibe herausschneiden.»

«Natürlich mußte er», sagte Burden. «Ich bin ein Idiot. Selbstverständlich hat er das getan. Und er hätte es sich nicht bis nach dem Mord aufgehoben. Da ist nur etwas, das mich stört – können Sie sich vorstellen, daß er sie aus dem Bett reißt, vor sich her die Treppe hinuntertreibt und ihr durch den Hinterkopf schießt.»

«Es gibt sehr viele Dinge, von denen ich mir nicht vorstellen kann, daß menschliche Wesen sie tun, und doch werden sie getan, Mike.»

«Also ich kann das nicht so ohne weiteres schlucken. Das kann man doch keiner Frau antun, mit der man seit über vierzig Jahren verheiratet ist. Doch nicht der eigenen Frau! Und Knighton ist doch keiner von den Kerlen, mit denen ich's jetzt zu tun hatte, oder? Man kann ihn doch gewiß einen zivilisierten Menschen nennen.»

«Hören Sie, Mike, es gibt unendlich viele Dinge, die mir auch nicht gefallen. Mir gefallen sie ganz und gar nicht, aber das sind Beweise. Sharon Elf hat beobachtet, daß Knighton zwanzig vor eins Dobson-Flints Wohnung verließ. Bingley sah um 3 Uhr herum einen Mann, der aus dem Thatto-Tal kam und nach Sewingbury ging. Und es war bestimmt nicht Vinald, den er sah. Adela Knighton starb zwischen 2 Uhr 15 und 3 Uhr 30. Die Zeitabläufe fügen sich gut ineinander. Wohin wollte er denn zwanzig vor eins mit dem Taxi, wenn nicht heimlich nach Sussex zurück, während sein Freund ihn schlafend im Bett glaubte? Wir müssen mit ihm sprechen, wir müssen ihn wieder herholen. Wir müssen feststellen, wo die Pistole jetzt ist.»

«Ich sehe kein Motiv.»

«Motive haben es manchmal an sich, daß sie sich verhältnismäßig spät herauskristallisieren. Nebenbei hat irgend jemand mal gesagt, jeder verheiratete Mann habe ein Mordmotiv.»

Als Wexford nach dem Telefon griff, klingelte es. Die Zentrale meldete ihm einen zweiten Besucher.

«Ein Mr. Shah möchte Sie sprechen, Sir.» Die Stimme wurde leiser. «Ein Chinese.»

«Der Name klingt nicht chinesisch.»

Sha? Shah? Ein Inder oder ein Tibeter? Wexford war einen Augenblick verwirrt. Dann wurde ihm plötzlich vor Aufregung die Kehle eng. Der Name wurde wohl mehr oder weniger wie Shah ausgesprochen, aber er lautete Hsia. Der Besucher war Purbanks Nachbar aus Buckhurst Hill.

«Bleiben Sie bitte», sagte er zu Burden.

Der große Mann im dunklen Anzug, den Wexford in der Halle des Apartmenthauses getroffen hatte, betrat das Büro. Er trug auch heute einen dunklen Anzug in etwas anderer Schattierung und in der Hand den Diplomatenkoffer. Sein schwarzes Haar war so glatt, daß es aussah, als sei es auf den Kopf aufgemalt. Er hatte sanfte intelligente Augen, und sein Gesicht wirkte freundlich, aber irgendwie teilnahmslos. Er reichte Wexford eine schmale blaßbraune Hand, an der er einen Ring aus Obsidian und Gold trug.

«Mein Kollege, Inspector Burden», sagte Wexford. «Mr. Hsia.»

Hsia deutete eine leichte Verbeugung an.

«Sie sind Chief Inspector Wexford, nicht wahr? Ich hoffe, ich komme nicht ungelegen?»

«Aber keineswegs. Setzen Sie sich bitte. Ich glaube, wir könnten alle eine Tasse Tee vertragen, oder?» Wexford drückte auf den Summer.

Hsia setzte sich und legte die Arme starr und fast verkrampft auf die Seitenlehnen des Sessels. Dann hob er sie plötzlich, als beherrsche er eine besondere orientalische Entspannungstechnik, und ließ sie leicht und sehr ruhig auf die Knie sinken.

«Ich bin zu Ihnen gekommen, Chief Inspector, um Ihnen etwas zu sagen, was mein Freund und Nachbar Mr. Purbank nicht über sich bringt, Ihnen zu erzählen. Es mag so aussehen, als mißbrauche ich sein Vertrauen, aber wenn es mit dieser Heimlichtuerei so weitergeht, wird er am Ende noch krank. Er hat furchtbare Angst, daher muß ich Ihnen die ganze Wahrheit sagen, damit er Erleichterung findet.» Hsias Züge entspannten sich, und er lachte leise und reuevoll auf. «Sie werden, sobald Sie alles wissen, vermutlich der Ansicht sein, ich hätte das Geheimnis bewahren müssen, denn der Übeltäter bin ich. Darf ich jetzt beginnen?»

Wexford nickte. Der Tee kam, und Wexford sah nicht ohne Erstaunen, daß Hsia Milch und zwei Stück Zucker nahm.

«Ich heiße Hsia Yu-seng», fing er an. «Wo ich wohne, wissen Sie. Ich arbeite bei der Kaulun und Fuchow Bank in London.» Er machte eine Pause, und Wexford sagte sich, daß das Wort «arbeite bei» wahrscheinlich eine bescheidene Untertreibung war. «Die meisten Leute denken», fuhr Hsia fort, «daß ich aus Hongkong oder Taiwan stamme, aber dem ist nicht so. Ich bin in Shaoshan in der Volksrepublik China geboren – in demselben Ort wie der verstorbene große Vorsitzende Mao Tse-tung. Ich kam zehn Jahre vor der sogenannten Befreiung zur Welt.»

«Warum haben Sie China verlassen?» fragte Wexford.

Hsia hob die Teetasse an die Lippen und trank. «Darf ich?» sagte er und griff nach einem Garibaldibiskuit. «Ich habe», sagte er, «mit einundzwanzig Jahren ein Verbrechen begangen. Wäre ich damals gefaßt worden – und das war unvermeidlich, denn in China kann man so etwas nicht vertuschen –, hätte man mich hingerichtet.»

Wexford befeuchtete sich die trockenen Lippen. Natürlich brachte er die Todesstrafe mit Mord in Verbindung. «Was für ein Verbrechen?» fragte er.

«Ich habe jemanden vergewaltigt», sagte der sanfte, glatte Mr. Hsia und verzog die Lippen zu einem um Entschuldigung bittenden Lächeln.

15

Burden schien an seinem Tee zu ersticken. Er wischte sich mit einem frischen, weißen monogrammierten Taschentuch den Mund ab. «Entschuldigen Sie», sagte er.

«Sie haben jemanden vergewaltigt?»

«Ich und drei andere. Sie haben ja keine Ahnung, wie das war, das Leben dort, die Entbehrungen, die Unterdrückung, die Tyrannei. Dieses Mädchen hat uns herausgefordert, hat uns absichtlich gereizt, ihr Blick, ihr Gang waren eine einzige Einladung. Und als es dann passiert, zuerst mit meinem Freund, dann mit mir, sie bekommt Angst und erzählt später ihrem Vater, der Parteimitglied war.» Mit der Anstrengung, die es ihn kostete, das alles zu erzählen, wurde auch Hsias Englisch schlechter, klang manchmal fast wie Pidgin. Er riß sich zusammen und lockerte die geballten Hände. «Auf diese Tat steht in China Todesstrafe. Damals und auch jetzt noch. Mein Onkel, Bruder von meiner Mutter, er war Lkw-Fahrer und fuhr jede Woche nach Kanton. Er versteckt mich in seinem Laster, und von Kanton flüchte ich in die Neuen Territorien. Ich berichte eine lange Geschichte so kurz wie möglich, aber so war es. Ich ging über die Grenze, durchquerte die Neuen Territorien und kam nach Hongkong. Englisch konnte ich ein bißchen, ich habe an der Universität von Tschangscha studiert, also ging ich einige Zeit später mit meiner Frau, die ich in Hongkong geheiratet habe, nach England. Ihr Vater ist Direktor der Kaulun und Fuchow Bank, wissen Sie. Und von da an ging alles sehr gut für mich.» Er lächelte abermals und neigte diesmal leicht den Kopf.

Wexford sah ihn an, sah das sanftmütige,

pergamentfarbene Gesicht, die ruhigen Züge, die dazu geführt haben, daß chinesische Gesichter immer «unergründlich» oder «rätselhaft» genannt werden. Unvorstellbare Abenteuer, Schrecken, Nöte und Kämpfe waren zwischen den Zeilen dieser langen, drastisch abgekürzten Geschichte verborgen. Noch nie hatte Wexford einen Mann gesehen, der einem Mädchenschänder weniger glich als Hsia Yu-seng.

«Das ist alles gewiß sehr interessant», sagte der Chief, «aber was hat es mit Mr. Purbank zu tun?»

«Dazu komme ich noch», sagte Hsia und nickte. «Ich habe gesagt, alles geht für mich sehr gut, und das stimmt auch, abgesehen von einem Problem. Das ist meine Mutter. Mein Vater fiel bei den Kämpfen im Jahr 1949, und meine Mutter ist Witwe und lebt bei meinem Bruder und seiner Familie. Aber ich war ihr Lieblingssohn und war immer sehr traurig, daß ich ihr keine Nachricht geben kann. Ich hatte um ihretwillen immer Angst, ihr zu schreiben und darf es nicht wagen, einen Fuß in die Volksrepublik zu setzen. Oft schon habe ich überlegt, wie ich ihr

Nachricht zukommen lassen könnte, mir fällt aber nichts anderes ein als das, was mein Schwiegervater schon getan hat. Er hat sie wissen lassen, daß ich lebe. Dann erzählt mein Nachbar Mr. Purbank eines Tages meiner Frau, daß er mit dem Zug nach China fährt.»

«Ich fange an zu verstehen», sagte Wexford. «Purbanks Reiseroute führte auch nach Shaoshan, und Sie haben ihn gebeten, Ihrer Mutter eine Nachricht zu überbringen.»

«Ich habe ihn gefragt, ob er einen Brief für meine Mutter mitnehmen würde. Durch meinen Schwiegervater hatte ich erfahren, daß die Frau meines Bruders Köchin im *Wu Jiang Hotel* ist, und da dachte ich mir, es kann Mr. Purbank, der nach dem Besuch von Maos Geburtshaus bestimmt dort essen würde, nicht besonders schwierig sein, nach der Köchin zu fragen, um ihre Kochkunst zu loben. Er sollte sie nach ihrem Namen fragen und ihr den Brief heimlich zustecken, wenn sie ‹Mrs. Hsia› sagte.

Aber alles geht schief, weil Mr. Purbank meinen Brief verlor, als ihm in Rußland ein paar Sachen aus den Koffern gestohlen wurden. Und das machte ihn sehr nervös, weil er den Auftrag unbedingt erfüllen wollte, aber nicht wußte, wie. Also bat er den Dolmetscher, er soll zur Köchin sagen, der Freund ihres Bruders sei hier. Das tut er auch, und meine Schwägerin läßt ganz aufgeregt meine Mutter holen, die jetzt schon älter als siebzig Jahre ist.»

Und sie hat gebundene Füße, dachte Wexford. Also war es das erste Mal im *Wu Jiang Hotel* keine durch grünen Tee hervorgerufene Halluzination. Es war eine Frau aus Fleisch und Blut gewesen, die neben dem Wandschirm gestanden und auf Nachricht von ihrem Sohn gewartet hatte. «Fahren Sie fort», sagte er.

«Ja nun, und auf einmal bekam Mr. Purbank schreckliche Angst, denn egal, was er sagte, er mußte es vor dem Dolmetscher tun, dem offiziellen Reiseführer und Übersetzer von Lüxingshe. Er wußte, daß ich ein Verbrechen begangen hatte, und fürchtete, daß er und die ganze Reisegesellschaft aus China ausgewiesen werden könnten, wenn das bekannt wurde. Also ließ er meiner Mutter und meiner Schwägerin durch den Dolmetscher erklären, er habe sich geirrt, es sei ein Mißverständnis.

Aber damit gab sich meine Mutter nicht zufrieden. Ich denke, sie erriet, daß Mr. Purbank viel zu sagen hat, sich aber fürchtet zu sprechen. Als am nächsten Tag mein Kusin, der Sohn des Onkels, der mir das Leben gerettet hat, nach Tschangscha fährt, begleitet sie ihn, um Mr. Purbank zu suchen...»

Da habe ich sie zum zweitenmal gesehen, dachte Wexford. Auf der Orangeninsel.

«...und sie findet ihn auch, aber sie können sich nicht verständigen, außer durch die Zeichensprache, und sie haben beide Angst, Mr. Purbank und meine arme Mutter. Dann trifft er, wie es das Schicksal will, auf einem Spaziergang durch Tschangscha einen Studenten namens Wong, der zu ihm kommt und ihn bittet, mit ihm das Englische zu üben...» Hsia sprach jetzt nur noch in der Gegenwart, und Wexford erinnerte sich, daß er irgendwo gelesen hatte, Mandarin kenne keine Zeitformen. «Vielleicht geschieht das oft im heutigen China?» fragte Hsia.

«O ja, es ist oft der Fall.»

«Und da kommt Mr. Purbank die großartige Idee, diesen Wong zu bitten, er soll für ihn dolmetschen. Meine Mutter sitzt noch immer in der Halle des *Wu Jiang Hotels* und wartet. Mr. Purbank erzählt Wong alles über mich, daß ich in England lebe, bei der Kaulun und Fuchow Bank arbeitete, eine Frau habe und daß meine zwei Söhne in die Internatsschule gehen, und Wong sagt das meiner Mutter, die sehr glücklich ist und sehr glücklich weggeht, als mein Kusin sie abholt. Aber das ist für Mr. Purbank nicht das Ende der Geschichte.

Dieser Wong ist vielleicht selbst ein kriminelles Element, oder vielleicht ist es wahr, daß er nur aus der Volksrepublik China flüchten will. Um es wieder kurz zu machen: er folgt Purbank in den Zug nach Kweilin und bittet ihn, ihn aus China hinauszuschmuggeln. Außerdem, sagt Mr. Purbank, verlangt er dauernd Geld, wie wenn er Mr. Purbank drohen möchte, daß er ihn in große Schwierigkeiten bringt, wenn er ihm kein Geld gibt, weil Mr. Purbank etwas Unrechtes getan hat.»

«Sie meinen, dieser Wong hat Mr. Purbank erpreßt? Er verlangte von Purbank, daß er ihm Geld gab und ihn aus China hinausschmuggelte? Und wenn Purbank sich weigerte, wollte Wong ihn denunzieren, weil Sie durch ihn Verbindung mit Ihrer Mutter aufgenommen hatten?»

«So ungefähr ist es, ja. Mr. Purbank hatte jetzt schreckliche Angst, weil dieser Wong ihn überallhin verfolgte, und obwohl es natürlich schrecklich war, war er nicht besonders unglücklich, daß Wong auf dem Flußschiff den Unfall hatte und im Li-schuei ertrank.» Die ruhigen Züge verzogen sich zu einem nachdenklichen Lächeln. «Mr. Purbank dachte natürlich, seine Sorgen hätten jetzt ein Ende, bis er einige Zeit später von dieser Mrs. Knighton, die jemand erschossen hat, Fotografien vom Ausflug auf dem Fluß Li-schuei zugeschickt bekam. Auf den Fotos sieht man ihn im Gespräch mit Mr. Wong, und Mr. Purbank bekommt wieder sehr große Angst...»

«Haben Sie die Fotos gesehen, Mr. Hsia?»

«Nein, aber er hat mir von ihnen erzählt. Mrs. Knightons Mann hat irgendwie mit dem Recht zu tun, und Mr. Purbank denkt, angenommen, die Geschichte kommt heraus und löst einen internationalen Zwischenfall aus. Also verbrennt er die Fotos und die Negative und schickt den Rest an Sie, und dann wird er wieder nervös, weil Sie vielleicht denken, er hat Mrs. Knighton erschossen...»

Wexford war nahe daran, laut herauszulachen. Doch etwas, was er wußte, Hsia offensichtlich nicht, hinderte ihn daran.

«Es war sehr klug von Ihnen, daß Sie zu mir gekommen sind», sagte er.

«Ich hielt es für das beste. Und jetzt will ich Ihnen sagen, wo Mr. Purbank in der Nacht des ersten Oktober bis nach Mitternacht war – mit meiner Frau und mir in unserer Wohnung.» Hsia stand auf, um zu gehen. Er reichte Wexford die Hand und fügte hinzu: «Ich fürchte, er hält es für wesentlich sicherer, wenn man ihn verdächtigt, Mrs. Knighton ermordet zu haben, als sich offiziell mit zwei politisch so gefährlichen Menschen wie uns abzugeben.»

Vom Fenster aus beobachtete Wexford, wie Hsia den Platz vor dem Kommissariat überquerte und in einen dunklen BMW neuester Bauart stieg. Merkwürdig, sich vorzustellen, daß dieser glatte Kapitalist der

Sohn der alten Frau mit den hufähnlichen verkrüppelten Füßen war, der Vorbotin, die seine Halluzinationen ausgelöst hatte…

«Glauben Sie das?» fragte Burden. «Können Sie wirklich glauben, daß Purbank tatsächlich diplomatische Schwierigkeiten auf höchster Ebene befürchtete, weil Fotos existieren, die ihn im Gespräch mit einem nicht regimetreuen Chinesen zeigten?»

«Hsia glaubt es.»

«Klar glaubt er es. Er ist in einem Land aufgewachsen, in dem ein politisches System an der Macht ist, das die Menschen unterdrückt wie vielleicht kein anderes auf der Welt.»

«Ich sage Ihnen jetzt ganz einfach, was ich denke», meinte Wexford. «Zwar werde ich es nie beweisen können, ich habe nichts, worauf ich mich stützen könnte – nur mein Gefühl. Aber ich bin fest überzeugt, daß Purbank Wong über Bord gestoßen hat. Er war beunruhigt, nervös, weil Wong ständig hinter ihm her war, und als er Wong vorn am Bug hocken sah, schlich er sich von hinten an ihn heran und gab ihm einen kräftigen Stoß, so daß er über Bord ging. Purbank wollte

Wong nicht töten, nehme ich an, er wollte ihm nur einen ordentlichen Schreck einjagen und ihm auf seine konfuse Art zeigen, daß er sich nicht benutzen und nicht manipulieren ließ.

Als er wieder zu Hause war, vergaß er die ganze Geschichte ziemlich rasch, glaube ich. Wir alle kennen doch die alte Frage: wenn Sie sich mit einem ganz einfachen Heben der Hand eine Million verdienen und gleichzeitig einen Chinesen töten könnten – würden Sie es tun? Die weitverbreitete Meinung ist, daß nur wenige Menschen lange zögern würden. Vielleicht kam es Purbank ein bißchen so vor. Nachdem Wong ertrunken war, fragte ich Adela Knighton, was denn passiert sei, und sie antwortete gleichgültig, jemand sei ertrunken. ‹Keiner von uns›, sagte sie, ‹ein Chinese.› Purbank hatte die Hand gehoben und wenn schon kein Geld, so doch den Frieden zurückgewonnen, und es war zwölftausend Meilen weit weg geschehen, und außerdem gibt es sowieso zu viele Chinesen. Und dann bekam er plötzlich das Bild, auf dem er die Hand nach Wongs Rükken ausstreckte.»

Burden nickte. Das war durchaus plausibel. Verdächtige wurden entlastet, Unverdächtige hineingezogen. Die Vergewaltigung hatte ihn an Coney Newton erinnert und an das, was er Wexford über den El Vido Club berichten mußte. Loring war am Abend vorher dort gewesen und hatte sich umgehört.

«Geschäftsführer ist ein gewisser Jimmy Moglander – ‹Moggy› für seine Freunde. Newton war dort. Er und drei oder vier andere blieben, bis das Lokal Mittwoch früh zumachte. Das Leben, das diese Halunken führen! Moglander und der Barmann erinnern sich beide, daß Newton da war. Damit ist jeder einzelne dieser alten Knastbrüder aus dem Schneider, die etwas gegen Knighton haben könnten.»

«Was machen wir mit Knighton?»

«Er läuft uns bis morgen früh bestimmt nicht weg, denke ich.»

«Da haben Sie recht.» Wexford rutschte mit dem Sessel ein Stück zurück und stand auf. «Ich gehe nach Hause, Mike. Wenn ich hierbleibe, taucht ganz gewiß jemand hier auf, der mir erzählt, er habe eine alte Frau mit gebundenen Füßen durch Knightons Klofenster klettern sehen. Knighton lassen wir bis morgen schmoren.»

Aber für Adam Knighton kam nie wieder ein Morgen. Es ist wie ein *déjà-vu*, dachte Wexford, oder als ließe man ein Band noch einmal ablaufen. Es war, als sehe man einen Film und bliebe hinterher noch einmal bei Werbung, Wochenschau und Vorfilm sitzen, um den Anfang des Hauptfilms noch einmal zu sehen. Aber das tat man gewöhnlich nur, wenn einem ein Film gefiel. Er hatte Wexford jedoch das erste Mal nicht gefallen, und das zweite Mal...

Der Vorspann war derselbe wie beim erstenmal und der einleitende Teil ebenfalls. Es begann damit, daß Renie Thompson um neun Uhr bei der Polizei anrief und gleich danach die Prozession nach Thatto Hall Farm aufbrach: Burden, der Fingerabdruckexperte, alle anderen Spezialisten, die am Tatort Ermittlungen durchführten, und Dr. Crocker. Die Sonne schien, und Tau glitzerte auf dem Gras, die Heidekraut-Astern waren stärker aufgeblüht, und Frost hatte die Blätter der Dahlien verbrannt. Falls die Sonne ein bißchen höher stand, weil die Uhren inzwischen zurückgestellt worden waren, hätte das nur ein Purist gemerkt. Bis zu diesem Punkt schien alles genauso wie beim erstenmal. Auf die einzige Abweichung stießen sie erst im Haus, denn diesmal war es Knighton, der tot auf dem Bett lag. Von eigener Hand gestorben.

«Zweimal innerhalb eines Monats», sagte Mrs. Thompson. «Da fängt man an zu überlegen, ob man noch einmal ein fremdes Haus betreten soll. Ich dachte, er wolle länger liegenbleiben, aber die Schlafzimmertür war nicht ganz zu, also klopfte ich leise an und steckte den Kopf durch den Spalt...»

Seit Wexford das letzte Mal hiergewesen war, war Knighton wieder in das Zimmer umgezogen, das er mit seiner Frau geteilt hatte. Dort hatte er am Abend vorher die Kleider abgelegt, einen blauen Baumwollschlafanzug und einen braunen Morgenrock angezogen, sich auf das Bett gelegt und seinem Leben ein Ende gesetzt. Auf dem Nachttisch stand eine fast leere Cognacflasche, ein leeres Weinglas, kein Cognacschwenker, und daneben lag ein Kunststoffröhrchen, das fünfzig Kapseln Tuinal enthalten hatte.

«Das hat ihm sein Arzt wahrscheinlich gegen Schlaflosigkeit verschrieben.»

«Nicht ich, Gott sei Dank», sagte Crocker. «Ich hätte ihm Mogadon gegeben. Die einzige Möglichkeit, sich mit Mogadon umzubringen, wäre die, sich so viele in den Hals zu stopfen, daß man daran erstickt.»

Er drückte Knighton die starren blauen Augen zu. Auf dem Toilettentisch lagen zwei versiegelte Briefumschläge, die Adressen mit Knightons energischer, schöner Schrift geschrieben. Einer der beiden Briefe war für den Leichenbeschauer bestimmt.

«Wer ist Mrs. Ingram?» fragte Crocker.

«Das weiß der liebe Gott.» Wexford las die Adresse: Thain Court, Cadogan Avenue, London SW 1. Und plötzlich fiel es ihm ein. «Ich glaube, sie ist die Schwiegermutter eines Antiquitätenhändlers, den ich zufällig kenne. Knighton hat den Brief zwar frankiert, aber ich überbringe ihn wohl am besten selbst.» Draußen knirschte der Kies unter dem Fenster, und Wexford sah hinaus.

«Angus und Jennifer», sagte er und schob die Briefe in die Tasche.

Knightons gelblichweißes Gesicht erweckte den Anschein, als sei er schon so lange tot wie die Marquise von Tai. Es sah aus, als sei es aus Porzellan, aber aus einem Porzellan, das man vergessen hatte zu bemalen, bevor man es brannte.

«Armer Teufel», sagte Wexford, «er sah keinen Ausweg mehr.»

«Dann hat er sie doch getötet?»

«Das habe ich nicht gesagt», widersprach Wexford. «Ich habe das Gefühl, daß sein Problem moralischer Art und daß es sein Gewissen war, dem er nicht entrinnen konnte.» Sie verließen das Zimmer und schlossen die Tür hinter sich. «Ich habe mich noch gar nicht für das Buch bedankt, Crocker.»

«Ich weiß natürlich nicht, ob grüner Tee wirklich Halluzinationen hervorruft.»

« Ja und nein», antwortete Wexford geheimnisvoll.

Jennifer und ihr Mann standen in der Halle. Ihr Gesicht hatte denselben mürrischen Ausdruck wie immer. Als Wexford die Treppe hinunterging, hörte er noch den letzten Teil der Unterhaltung zwischen Jennifer und Mrs. Thompson. Was Jennifer sagte, lief darauf hinaus, daß sie keine Hilfe im Haus habe und überdies durch den Schock die Wehen früher einsetzen könnten. Angus Norris hingegen sah so geschockt und verzweifelt aus, als sei Knighton sein Vater gewesen.

«Das ist eine schlimme Sache, Mr. Norris», sagte Wexford. Es war ein Satz, den er bei solchen oder ähnlichen Gelegenheiten immer anwandte. Unverbindlich, aber er drückte trotzdem alles Erforderliche aus.

Norris nahm ihn wortwörtlich. «Eine schreckliche Sache, schrecklich», sagte er mit fast tragischem Eifer. Sein Gesicht war ziemlich blaß und faltig wie die Gesichter mancher Halbwüchsiger, die deshalb aber nicht älter aussehen. Er schaute sich nach seiner Frau um, vielleicht um sie zu trösten oder sich selbst trösten zu lassen. Aber Jennifer lag im Wohnzimmer in einem Sessel und hatte die Beine hochgelegt.

«Hat er – einen Abschiedsbrief hinterlassen?» fragte er mit ein wenig mehr Selbstbeherrschung als vorher. «Oder etwas in dieser Art, meine ich?»

«Etwas in dieser Art», antwortete Wexford trocken und ging hinter dem Doktor her aus dem Haus.

Auf der gekiesten Zufahrt hielt eben Roderick Knightons gelber TR 7 neben dem schäbigen Citroën der Norris'. Der Anwalt stieg aus und stürmte ins Haus, wobei er die Haustür laut hinter sich zuknallte.

Die Briefe schienen Wexford ein Loch in die Tasche zu brennen. Er wäre berechtigt gewesen, den Umschlag mit der Adresse von Mrs. Ingram zu öffnen und den Inhalt zu lesen. Durch einen Selbstmord verwirkt ein Mensch sein Recht auf Privates und Persönliches, und dieser Selbstmord stand darüber hinaus noch in einem ganz engen Zusammenhang mit einem Mord, bei dem der Selbstmörder der Hauptverdächtige war. Mrs. Ingram – Pandora Vinalds Mutter. Aber wer war sie noch? Was war sie für Adam Knighton gewesen, daß er ihr auf dem Totenbett einen Brief geschrieben hatte? Wexford wollte diesen Brief erst öffnen, nachdem er mit ihr telefoniert hatte. Er griff zum Hörer und wollte die Zentrale bitten, Mrs. Ingrams

Nummer ausfindig zu machen, legte aber wieder auf. Die Frau, die auf dem Hoteldach in Kweilin mit Pandora zusammen war, war eine andere gewesen, eine viel ältere weißhaarige Frau. Sooft er auch über die Ereignisse in der Dach-Bar nachgedacht, sooft er sich die Menschen in Erinnerung gerufen hatte, diese Frau war nie aufgetaucht. Pandoras Schönheit hatte sie völlig in den Schatten gestellt, hatte sie ausgelöscht.

Für ihn vielleicht, fast für alle, die sie zusammen sahen, aber nicht für Knighton. Knighton, der mit seiner Frau am Tisch gesessen hatte, hatte sie gesehen, wie Dante Beatrice sah, und in diesem einen Augenblick hatten sein Leben und seine Hoffnungen sich umgestaltet. Doch anders als Dante sah er sie nicht zum erstenmal. Davon war Wexford überzeugt. Er war eine romantische Natur und hatte eine Schwäche für das Phänomen der Leidenschaft, hielt es aber für ausgeschlossen, daß ein Mann in Knightons Alter sich auf den ersten Blick in eine Frau wie Mrs. Ingram verliebte, die nicht viel jünger war als er.

Er mußte sie früher gekannt haben, vor

vielen Jahren vielleicht. Während eines Verhörs hatte er gesagt, seine Karriere wäre zerstört gewesen, wenn «ich meine Frau und meine Kinder wegen einer jungen Schauspielerin verlassen hätte». Als die Knightons unter der Woche in Hampstead wohnten und das Wochenende regelmäßig in Sussex verbrachten, als Jennifer und Colum Babies gewesen waren und als Knighton mit seiner Redegewandtheit mindestens einen Mörder vor der Hinrichtung bewahrte – in dieser Zeit war Mrs. Ingram jung gewesen.

Interessant war, daß ihn Pandora, als er sie das erste Mal in London sah, an eine vor dreißig Jahren berühmte Schönheit erinnert hatte. Er hatte an Hedy Lamarr oder Lupe Velez gedacht. «Du bist deiner Mutter Spiegelbild, und in dir lebt der ach so liebliche April ihrer Jugendblüte wieder auf...» Mrs. Ingram hat Freunde in der Welt des Films. Sie hatte einen Kameramann zu ihrer Tochter und ihrem Schwiegersohn mitgebracht.

«Wie mag Milborough Lang heute aussehen?» hatte Dora gefragt. als sie im Fernsehen ‹*Die Schneemotte*› gezeigt hatten. «Sie muß jetzt fünfundfünfzig sein.»

Den Brief an den Leichenbeschauer, Dr. Neville Parkinson, lieferte Wexford selbst ab. Dann ging er in den *Erhabenen Drachen*, wo er mit Burden verabredet war.

«Daß Sie keinen Hunger haben, sieht Ihnen gar nicht ähnlich», sagte Burden.

Wexford pickte lustlos mit der Gabel im Essen herum. «Sie haben sich hier auf die westliche Küche spezialisiert», sagte er, «aber hauptsächlich aus der Region Sezuan. Man kocht dort noch besser als in der Provinz Huan, deren Küche wir meist vorgesetzt bekamen. Im Westen Chinas kocht man sehr scharf, ähnlich wie in Mexiko.»

Burden sah beeindruckt aus. «Haben Sie schon mal von einem Stück gehört, das *‹Der gute Mensch von Sezuan›* heißt? Ein gewisser Brecht hat es geschrieben. Die hiesige Dramatische Gesellschaft führt es Ende dieses Monats auf. Sie sollten es sich ansehen.»

«Ich nehme an, Ihre Frau spielt die Titelrolle?» Wexford sah es Burdens einfältiger Miene an, daß er richtig geraten hatte. Er tauchte die Eßstäbchen ein, um eine Gumboschote aufzunehmen, während ihn Burden, der sich resigniert eines Löffels bediente, wachsam beobachtete. Wexford bedachte die vielseitige Jenny Burden noch mit einem ganz leicht ironischen Lächeln. «Knighton war zu alt, um im trüben zu fischen», sagte er. «Er war zu alt, um eine Geliebte zu haben und seine Frau zu ermorden.»

«Was stand in dem Brief an Parkinson?»

«Er war sehr kurz. Wahrscheinlich weiß ich ihn noch auswendig. ‹Hiermit erkläre ich, daß ich am Morgen des 2. Oktober meine Frau Adela Knighton getötet habe, indem ich sie mit einer Walther PPK-Pistole erschoß. Ich ziehe die Konsequenz aus dieser Tat und werde mir, wenn Sie diesen Brief lesen, das Leben genommen haben.› Unterschrift. Das war alles.»

Burden schenkte sich ein Glas Mineralwasser ein. «Ich frage mich, wo er die Waffe her hatte und was er hinterher damit gemacht hat.»

«Ich frage mich noch viel mehr. Offen gestanden, Mike, es sind diese Zweifel, die mich – nun ja, ich will nicht gerade aufregen sagen – aber immerhin beunruhigen.»

«Soll das heißen, daß Sie das für ein falsches Geständnis halten?»

Wexford antwortete nicht direkt. «Er wurde von Schuldbewußtsein verzehrt, nicht wahr? Um das zu merken, brauchte man kein großer Psychologe zu sein.» Er schob seinen Teller weg, zögerte einen Augenblick und bestellte dann beim Ober ein Kännchen grünen Tee. «Und er wünschte ganz bestimmt ihren Tod. Er schlich sich aus Dobson-Flints Wohnung und kam in der Nacht hierher. Er muß sie getötet haben. Warum sollte er es behaupten, wenn er es nicht getan hat? Das ist nicht das übliche falsche Geständnis, Mike. Der Mann hat Selbstmord begangen. Der eigentliche Sinn eines falschen Geständnisses ist es doch, Aufmerksamkeit zu erregen, und Hysteriker, die ein solches Geständnis ablegen, bringen sich nicht um die Früchte ihrer Tat, indem sie unmittelbar darauf Selbstmord begehen.»

«Ganz gewiß nicht», sagte Burden mit großer Entschiedenheit.

«Gehen wir. Ich muß Mrs. Ingram anrufen und fahre hinterher zu ihr.»

16

Die Mode war im Kreis gegangen, und ihre Kleidung war jener sehr ähnlich, die sie in ihren Filmen getragen hatte – ein kleines graues Flanellkostüm mit geradem Rock, eine perlgraue Seidenbluse mit hohem Plisseekragen, Nahtstrümpfe, hochhackige Schuhe. Ihre Figur schien unverändert. Doch schwarzes, seidiges Haar, wie sie es gehabt hatte, ist von allen Farbnuancen vielleicht am anfälligsten gegen die Zeit. Es war jetzt weißer als ihre Haut, und die Haut selbst von Fältchen durchzogen wie von hauchfeinem Spinngewebe.

Sein Anruf schien sie nicht überrascht zu haben. Warum auch? Seit Wochen schon mußte sie darauf gewartet haben, daß die Polizei zu ihr kam. Warum er gekommen war, das war natürlich etwas anderes. Sie begrüßte ihn mit ganz ironisch gefärbter Freundlichkeit.

Sie gingen ins Wohnzimmer. Die Wohnung lag in einem kleinen Apartmenthaus in einer der begehrtesten Wohngegenden der Welt, ein elegantes, fast luxuriöses Domizil, dem jedoch jede eigene Note fehlte. Das war auch nicht erstaunlich, da in diesem Haus nur kurzfristige Mietverträge abgeschlossen wurden und die Mieter häufig wechselten. Eine Flucht von Motelzimmern mit biskuitfarbenen Plüschteppichen auf den Fußböden, mit schokoladefarbenen Leinenvorhängen und Polstermöbeln, ein paar Wandbildern, die eine Mischung aus Samuel Palmer und Rowland Hilder waren, oder Montagen aus gehämmerten Blechbüchsen und Bambus. Sie hatte ein paar eigene Stücke hinzugefügt – zwei Aquarelle, eine rot-blau-goldene Ikone, eine oder zwei Vasen, die wahrscheinlich von Vinald stammten, und Blumen in Hülle und Fülle. Sie hatte Vasen und Schalen mit allem gefüllt, was der Oktober zu bieten hatte, mit Dahlien und Chrysanthemen, aber auch mit allem, was der Oktober nicht mehr bot, sie sich aber offensichtlich leisten konnte, mit Gladiolen, Rosen und Nelken.

Sie setzte sich auf das Sofa – die Knie geschlossen, den Körper ein bißchen schräg, den Kopf sehr hoch erhoben, eine ganz typische Milborough Lang-Haltung. Plötzlich wurde Wexford das Herz schwer. Sie tat ihm entsetzlich leid.

«Ich glaube», sagte er, «Sie haben Adam Knighton sehr gut gekannt?»

«Gekannt?» wiederholte sie, sofort hellhörig und furchtsam. «Was soll das heißen ‹ich habe ihn gekannt›? Ich kenne ihn, ja.»

So wie ihm jetzt mußte dem Mann zumute gewesen sein, der in der Stille der Nacht Priams Vorhang geöffnet hatte, und wie Priam ahnte sie schon, was geschehen war.

«Mrs. Ingram», sagte er, «ich habe das Wort gewissermaßen vorbereitend gebraucht. Ich habe eine traurige Nachricht für Sie. Ich glaube wenigstens, daß sie für Sie traurig ist.»

Sie saß sehr still und sah ihn nur an.

«Mr. Knighton ist tot.»

Ihre Lippen öffneten sich, sie preßte die Hände zusammen.

«Er wurde heute morgen tot aufgefunden», sagte Wexford.

«Wollen Sie damit sagen, daß er sich selbst getötet hat?»

«Leider ja.»

«Wie?» fragte sie leise.

«Brandy und eine Überdosis Schlaftabletten. Er hat einen Brief für den Leichenbeschauer und einen Brief für Sie hinterlassen. Ich habe Ihnen den Ihren mitgebracht.»

Sie streckte die dünne blaugeäderte Hand nach dem Brief aus. Am Mittelfinger steckte ein Ring mit mehreren Diamanten, die zusammen so groß waren wie eine Weintraube. Sie trug eine Diamantuhr und diamantene Ohrringe. Ihr Gesicht schien, seit sie von Knightons Tod wußte, um gut zehn Jahre gealtert.

«Es war sehr freundlich von Ihnen, daß Sie sich selbst herbemüht haben, um mir die Nachricht zu überbringen.» Sie stand langsam auf. Sie verabschiedete ihn, höflich, aber unmißverständlich.

«Sie wollen den Brief natürlich allein lesen», sagte er. «Doch ich fürchte, daß Sie ihn mir dann zeigen müssen.»

Sie drückte den Brief an die Brust und kreuzte die Hände darüber. Es war die typische Pose des Mädchens, das seinem Vater einen Liebesbrief nicht zeigen will. Mrs. Ingram war noch immer Schauspielerin.

«Ich muß ihn sehen, Mrs. Ingram. Er

könnte uns über den Mord an Mrs. Knighton sehr wichtige Aufschlüsse geben. Ich muß den Brief lesen, und anschließend müssen wir beide miteinander sprechen.»

«Und wenn ich ihn nicht freiwillig herausgebe, was dann? Können Sie mich irgendwie dazu zwingen – durch eine Anordnung oder einen Haftbefehl oder etwas ähnliches?»

Er nickte. « Ja, so ungefähr. Aber ich bin überzeugt, Sie zeigen ihn mir, ohne daß ich zu Zwangsmaßnahmen greifen muß, nicht wahr?»

«Ja.» Sie schob den Daumennagel unter die Klappe des Umschlags und begann ihn zu öffnen. «Sie entschuldigen doch, wenn ich hinausgehe, um ihn zu lesen?»

Er ging damit ein kleines Risiko ein, doch er brachte es nicht übers Herz, nein zu sagen. Während ihrer Abwesenheit stand die Verbindungstür zum Nebenzimmer offen, als habe sie seine heimliche Befürchtung erraten. Wexford dachte währenddessen über das nach, was Irene Bell ihm über Knightons Verhalten gegen seine Frau erzählt hatte. «Nach Colums Geburt hatte Adela nur insofern einen Ehemann, als im zweiten Bett ihres Schlafzimmers ein Mann schlief.» Colum Knighton war jetzt ungefähr dreißig. Es paßte. «Und dann kam Adam plötzlich zurück. Er wohnte zu Hause, aß zu Hause, er fing an mit Adela auszugehen – tat eben alles.» Was hatte sie sonst noch gesagt? «Es war, als habe er einen Schock erlebt und sei wieder zur Vernunft gekommen.» Was war passiert? Milborough Lang hatte ihn nach fünf Jahren verlassen und jemand anderen geheiratet.

Sie kam zurück und reichte Wexford den Brief mit einer raschen, beinahe verächtlichen Geste. Zwar brannte eine Lampe, aber er ging zum Fenster und las im schwindenden Licht des Tages:

Mein Liebling, wenn Du diese Zeilen liest, bin ich schon tot. Ich habe davon geträumt, daß wir beide miteinander glücklich sein könnten, ich habe mich danach gesehnt, und eine kleine Weile schien es sogar im Bereich des Möglichen zu liegen. Ich glaubte, ich könnte mit allem leben, wenn nur wir beide einander endlich hätten, aber ich habe mich geirrt. Meine Liebe zu Dir ist das stärkste

Gefühl, das ich je für einen Menschen empfunden habe, sie ist noch stärker als meine Liebe zu meinen Kindern. Ich habe Dich dreißig Jahre lang geliebt und Dein Bild immer in mir getragen.

Aber Reue ist stärker als Liebe. Als ich Adela tötete, kannte ich mich selbst nicht. Obwohl ich mein Leben lang mit dem Bösen in enger Verbindung gestanden habe, wußte ich nicht, wie heimtückisch es ist, wie es die Freude an allem zu zerstören vermag, sogar die Freude der Liebe. Nie hätte ich geglaubt, daß diese Tat, die ich beging, um endlich glücklich zu werden, mich statt dessen in eine Hölle aus Scham und Selbsthaß stieß, eine Hölle, in der ich Tag und Nacht lebe, in der ich jede Sekunde eines jeden Tages lebe.

Das ertrage ich nicht, und ich kann auch nicht verlangen, daß Du es mit mir teilst. Darum habe ich beschlossen, ein Ende zu machen. Vor fünfundzwanzig Jahren haben mich meine Kinder und mein Verantwortungsgefühl – und meine Feigheit zurückgehalten. Diesmal, glaube ich, werde ich den Mut haben. Vielleicht habe ich ihn auch nicht – vielleicht sollte ich lieber sagen, er fehlt mir. Denn ich habe nicht den Mut, so weiterzuleben wie jetzt.

Weißt Du noch, wie wir miteinander chinesische Gedichte lasen? Hier sind zwei Zeilen von Chang Chi:

«Jetzt gebe ich dir deine schimmernden Perlen zurück, und auf jeder glänzte eine Träne.

Wie groß ist mein Bedauern, daß ich dir nicht begegnete, als ich noch frei war.»

Gute Nacht, mein Liebling, und Gott segne Dich, Adam.

Sie hatte nicht geweint, als sie den Brief gelesen hatte, aber als sie Wexford beim Lesen beobachtete, stiegen ihr die Tränen in die Augen. Sie liefen ihr über die Wangen, doch sie schien es kaum zu merken.

«Setzen Sie sich bitte, Mrs. Ingram. Fühlen Sie sich imstande, jetzt darüber zu sprechen, oder möchten Sie lieber eine Weile warten?»

«Wir können es gleich hinter uns bringen.» Die Worte waren unfreundlicher als der Ton, in dem sie gesagt wurden. Sie setzte sich. «Ich möchte meinen Brief wiederhaben.»

«Später. Sie bekommen ihn, bevor ich gehe. Ich möchte jetzt von Ihnen die ganze Geschichte hören.»

Sie machte eine abwehrende Geste, schien zu erschrecken, schüttelte den Kopf. «Er hat sie nicht getötet, egal, was er sagt. Er kann sie nicht getötet haben.»

«Sie werden leider hinnehmen müssen, daß er es tun konnte und auch getan hat. Sie werden mir jetzt alles über sich und ihn erzählen. Es wird Ihnen guttun, und es wird auch mir nützen. Haben Sie denn sonst jemanden, dem Sie es erzählen können? Einen einzigen Menschen, der interessiert genug ist zuzuhören?»

«Nein», sagte sie.

Er war zweiunddreißig gewesen, sie fünfundzwanzig. Sie hatten sich auf einer Dinnerparty jenes Henry Lacey kennengelernt, bei dem Knighton am Abend vor dem Mord eingeladen gewesen war. Adela war auch dagewesen. Die junge Milborough Lang war über Nacht berühmt geworden, als ihr erster Film in die Kinos kam, die kuriose, fast geheimnisvolle Geschichte eines tauben Mädchens. ‹*Die Schneemotte*›. Nach diesem Film hatte sie einen großen Bühnenerfolg mit der Petra in Ibsens ‹*Ein Volksfeind*›. Wexford erinnerte sich, den Film gesehen zu haben, als er herauskam. Ebenso wie es vermutlich auch auf die Garbo zutraf, hatte Milborough Lang ihren Erfolg weniger ihren schauspielerischen Fähigkeiten zu verdanken als ihrer Schönheit, der Anmut ihrer Bewegungen und ihrem Gesichtsausdruck, der reiner schien als der gewöhnlicher Sterblicher. Milborough Lang war unbeschreiblich schön gewesen.

«Wir waren ein hübsches Paar», sagte sie, als habe sie seine Gedanken gelesen. «Isaak Dinesen behauptet, das Leben sei nichts anderes als ein Prozeß, der ausgelassene junge Hündchen in räudige alte Hunde verwandelt. Nur waren wir nie wirklich ein Paar. Adam hatte Adela, und er hatte vier Kinder. Colum war drei Monate alt, als wir uns kennenlernten. Adam sagte mir, Adela habe die beiden kleineren Kinder nur bekommen, um ihn an sich zu fesseln, und es funktionierte, er blieb bei ihr.

Wir sahen uns, sooft wir konnten. Technisch gesehen, lebte er noch mit Adela zusammen, er schlief unter ihrem Dach. Es war sehr grausam, er benahm sich abscheulich gegen sie, das weiß ich. Ich glaube, ich hatte ein viel schlechteres Gewissen als er.» Sie unterbrach sich und wischte sich mit den Fingern die trocknenden Tränen ab. «Wir bezahlten natürlich dafür. Wir wurden bestraft. Die Zeit, die wir miteinander verbringen konnten, hatte immer etwas Gehetztes, war ein Rennen gegen die Zeit. Er mußte zurück zur Arbeit, zum Gericht, zu Adela, und ich hatte ja auch meinen Beruf. Ich bekam ein Angebot aus Hollywood, drehte dort einen ganz fürchterlichen Film, hielt es aber ohne Adam nicht aus.

Ich war diejenige, die unsere Beziehung abbrach. Wir hätten so nicht weitermachen können. Sie hatte fünf Jahre gedauert, aber Colum war erst fünf, und das hätte fünfzehn weitere Jahre mit Zeitnot, Heimlichkeit, Leidenschaft und einem verrückten Durcheinander bedeutet. Außerdem hatten wir nie die Chance gehabt festzustellen, wie sich unsere Liebe im Alltag bewähren würde, es war eine Romanze.

Ich lernte Ryan Ingram kennen. Er wollte mich heiraten und mit mir nach Neuseeland gehen. Ich glaube, der arme, liebe Ryan sah sich als eine Art Fürst Rainier der Neuen Welt, der das geliebte Mädchen aus der bösen, wilden Welt des Films in ein Leben des Reichtums und des Friedens rettete. Ich scheine auf romantische Männer eine besondere Anziehungskraft auszuüben, nicht wahr? Jedenfalls heiratete ich ihn und ging mit ihm fort, und Adam und ich schrieben uns nicht und sahen uns nicht mehr – fünfundzwanzig Jahre lang, bis ich in China dieses Hoteldach betrat.»

Ryan Ingram war vor drei Jahren an einem Herzinfarkt gestorben. Ihre gemeinsame Tochter hatte mit neunzehn geheiratet, und ihre Ehe war sehr unglücklich geworden. Um Pandora von den Erinnerungen an diese Ehe und die unvermeidliche Scheidung abzulenken, hatten Mutter und Tochter eine Weltreise angetreten, die für beide in London zu Ende gewesen war – bei beiden wegen einer Liebesgeschichte.

«Adam erkannte mich sofort. Es muß wahr

sein, daß Liebe blind macht, denn ich glaube, ich habe mich in diesen 25 Jahren mehr verändert als andere Menschen im gleichen Zeitraum. Natürlich erkannte ich ihn auch. Es war ein merkwürdiges Gefühl, ihn dort sitzen zu sehen, noch immer mit Adela.»

Sie stand auf, zog die Vorhänge zu und schloß den dunklen Spätnachmittag aus. Als sie die Lampe unter der Ikone anknipste, schimmerte das Gold der Einfassung und der Krone der Jungfrau Maria dunkel und geheimnisvoll im Licht. Wexford erinnerte sich plötzlich, daß er in einer Sonntagsbeilage einen illustrierten Artikel über Ikonen gelesen hatte, die, wenn sie so aussahen, aus der Nähe des Baikalsees stammten... Milborough Ingram lächelte, ein bißchen traurig, ein bißchen kläglich, und fuhr fort:

«Adela ging zu Bett. Er kam an unseren Tisch und sagte, um den Schein zu wahren – oh, dieser ewige Schein, der gewahrt werden mußte! –: ‹Miss Lang, wir haben uns vor vielen Jahren in London im Haus von Henry Lacey kennengelernt. Wahrscheinlich erinnern Sie sich nicht mehr.› – ‹Ich erinnere mich›, antwortete ich. Pandora unterhielt sich mit ein paar Australiern, ich glaube nicht, daß sie Adam überhaupt bemerkte. Die jungen Leute merken nie etwas, sie interessieren sich nicht für uns. Warum sollten sie auch? Er sagte mit nicht ganz fester Stimme: ‹Darf ich Sie zu einem Glas einladen?› Ich entschuldigte mich bei den anderen, und wir gingen ins Haus. Den Drink, zu dem er mich eingeladen hatte, habe ich nie bekommen. – Aber ich glaube, ich hätte jetzt gern einen. Sie auch?»

Wexford nickte. Sie holte Eis und goß Whisky darüber. Es waren große Gläser.

«Wir entdeckten einen Bankettsaal, einen großen, leeren, düsteren Raum, gingen hinein und redeten. Sie seien auch in diesem Hotel gewesen, sagte Adam. Ist das nicht merkwürdig? Wo waren Sie um diese Zeit?»

«Ihr Schwiegersohn hat mir seine Porzellansammlung gezeigt.»

Sie zog die zarten dunklen Brauen hoch. «Er fürchtet sich vor Ihnen zu Tode, denn er glaubt, Sie seien hinter ihm her, weil er einem Amerikaner etwas verkauft hat. Hat er recht?»

Wexford lächelte. «Ich denke, die Chinesen wären hinter ihm her, wenn sie es wüßten. China ist sehr weit weg.»

«Ja.» Ihre Stimme wurde wieder ernst. «China ist sehr weit weg. Adam hat mir einmal die Geschichte von dem chinesischen Mandarin erzählt, und daß die Menschen es sich nicht lange überlegen würden, einen chinesischen Mandarin zu töten, wenn sie dadurch zu einer Million Pfund kommen könnten. China ist so weit weg, so unvorstellbar weit weg, sogar heute noch. Wenn man ganz einfach nur ein Zeichen machen müßte, sagte Adam damals...» Sie setzte sich wieder und sah Wexford an. «In China schien uns an jenem Abend alles ganz einfach. Adam konnte Adela verlassen. Die Zeit hatte uns den Weg geebnet, und wir konnten zusammensein.»

«Sie wollten es noch? Nach einem Vierteljahrhundert? Nach Ihrer Ehe?»

Sie zögerte mit der Antwort, trank einen Schluck Whisky. «Ich will ehrlich sein», sagte sie endlich, «ich empfand nicht mehr so wie früher. Wie konnte ein gewöhnlicher realistischer Mensch noch dasselbe empfinden? Adam war kein gewöhnlicher realistischer Mensch. Ich schmeichle mir nicht, wenn ich sage, daß er mich noch liebte wie damals, vielleicht sogar noch mehr.

Ich wollte ihn glücklich machen. Ich hätte gern wieder geheiratet, wäre gern mit ihm verheiratet gewesen. O ja, es hätte mir gefallen.»

«Und dann flogen Sie alle mit derselben Maschine nach England – er, Sie und Ihre Tochter. Haben Sie je mit Adela Knighton gesprochen?»

«Nein. Sie hatte mich ein einziges Mal gesehen, vor dreißig Jahren bei einer Dinnerparty, und selbstverständlich hatte sie mich vergessen. Adam und ich sprachen erst wieder miteinander, als wir uns in London trafen. Pandora und Gordon verliebten sich sofort ineinander. Deshalb war es so leicht, direkt nach London zu fliegen. Pandora wollte es, sie wäre ohne mich gegangen, wenn ich Einspruch erhoben hätte. Hier angekommen, mietete ich mir diese Wohnung, und Adam besuchte mich. Er und Adela fuhren des öfteren zusammen nach London, sie kamen mit dem Zug, und sie ging einkaufen und besuchte eine Freundin in Primrose Hill, während er sich mit alten Freunden traf. Ich nahm die Stelle der alten Freunde ein.

Es war fast genauso wie vor 25 Jahren. Alles wiederholt sich im Leben, nicht wahr? Da saß ich in meiner Wohnung, und dort lebte Adam mit seiner Frau. Zeit und Uhr beherrschten uns wie früher. Ich wußte beinahe schon von Anfang an, daß er Adela nicht verlassen würde. Ich sprach mit ihm darüber, und er weinte – weinte wirklich und wahrhaftig, der arme Adam, es war schrecklich. Er könne sie nicht verlassen, sagte er, nicht nach vierzig Jahren. Er konnte ihr und seinen Kindern so etwas nicht antun. Es war, als habe es das Vierteljahrhundert nie gegeben. Ich hatte geheiratet, ein Kind bekommen und lebte auf der anderen Seite der Welt, und er war Kronanwalt geworden, hatte sich aus dem Berufsleben zurückgezogen und war Großvater – aber alles war genauso wie damals. Es war unheimlich. Und doch liebte er mich, liebte mich mehr als ich ihn, armer Adam.

Und dann versuchte ich, die Sache zu beenden wie damals. Ich sagte, es sei hoffnungslos, so weiterzumachen, die Geschichte wiederhole sich, und da wir sie nicht umschreiben könnten, werde alles so bleiben. Ich sagte ihm, ich sei zu alt für eine solche Beziehung, und sobald der Mietvertrag für diese Wohnung abgelaufen sei, würde ich in mein Haus in Auckland zurückgehen.»

«Soll das heißen, Sie haben diese Drohung wie ein Damoklesschwert über ihm hängenlassen?»

Sie hob die Schultern, und auf ihren Lippen erschien der geisterhafte Abglanz des berühmten Milborough Lang-Lächelns. «Er wußte, daß ich gehen würde, wenn alles beim alten blieb und er nichts tat, um die Dinge zu ändern, ja.»

Das Lächeln ärgerte Wexford. «Dann, Mrs. Ingram, kann man ruhig sagen, daß Sie für den Mord an Adela Knighton und auch für Adam Knightons Tod in einem hohen Maß mitverantwortlich sind.»

Sie sprang auf, ihre Heiterkeit war verflogen. «Das ist nicht wahr!» schrie sie ihn an. «Adam hat sie nicht getötet. Ich habe Ihnen doch gesagt, daß er sie nicht getötet haben kann.»

«Er hat die Tat gestanden. Aber auch

schon vor seinem Geständnis waren wir ziemlich sicher – alle Beweise, Indizien und andere Beweise wiesen auf ihn. Er hatte ein Motiv, die Gelegenheit, und er war dort.»

«Er war nicht dort», antwortete sie ruhiger. «Er war hier, bei mir.»

17

«Es klingt lächerlich», sagte sie. «Ein Mann von über sechzig Jahren schleicht sich heimlich aus dem Haus seines Freundes und fährt mit einem Taxi quer durch London, um mit der Frau zusammenzusein, die er liebt – einer fünfundfünfzigjährigen Frau. Um die Nacht mit ihr zu verbringen und sich bei Tagesanbruch wieder zurückzuschleichen. Romeo und Julia im Ruhestand, überaltert gewissermaßen. Aber das gibt es wirklich, und es ist geschehen.»

Wexford glaubte ihr. Es war so offensichtlich wahr. «Wann ist er gekommen?»

Sie antwortete sofort. War es vielleicht die einzige Nacht gewesen, die sie zusammen verbracht hatten?

«Ein paar Minuten nach eins.»

Knighton ist nicht der erste Mensch, der einen Mord gestanden hat, den er nicht beging, dachte Wexford. Und doch...

«Bestimmt haben Sie ihn hinterher noch ein paarmal gesehen?»

«Wir haben sehr viel telefoniert. Gesehen habe ich ihn – dreimal? Viermal?»

«Er hat Ihnen gegenüber nie die geringste Andeutung gemacht, daß er seine Frau tötete?»

«Wie hätte er das tun können? Schließlich wußte ich, daß er zur fraglichen Zeit bei mir war. Ich sah, daß er unglücklich war, etwas schien ihn furchtbar zu quälen. Aber seine Frau war ermordet worden, und gleichgültig, was er für sie und für mich empfand, sie war seine Frau gewesen.» Milborough Ingram stützte den Arm auf und legte das Gesicht in die Hand. Ihre Stimme klang nicht mehr ganz fest. «Er sprach nie mehr davon, daß wir heiraten und zusammenbleiben würden. Er war anders geworden, hatte sich verändert. Ich dachte, er sei krank. Er brauche Ferien, sagte ich, und ich ginge mit ihm. Er starrte mich nur an, hielt meine Hand und sah mich an.» Sie griff nach ihrem Whiskyglas. «O Gott, ich darf nicht mehr trinken. Es hilft nichts, wenn ich mich betrinke. Seit ich achtzehn war, hat man mir dauernd gepredigt, ich dürfe nicht trinken, weil ich mir dadurch meine Figur und mein Gesicht verdürbe, und das schüttelt man nicht so leicht ab. Was macht es jetzt noch aus?»

Er stand auf. Sie war beherrscht, aber unter dieser Beherrschtheit lauerte Hysterie.

«Soll ich Ihre Tochter verständigen, damit sie zu Ihnen kommt?»

«Ich bin lieber allein. Wirklich.»

Er wandte die Augen von dem gramzerfurchten, einst so schönen Gesicht ab. Sie blieben an der Ikone hängen, und er erinnerte sich, wo er sie schon gesehen hatte – in Vinalds Hotelzimmer in Kweilin.

«Ich habe meinem Schwiegersohn 200 Pfund dafür bezahlt.»

Ihre Stimme klang rauh. «Das ist sie bestimmt wert», sagte er höflich.

«Zweifellos. Nur hat Pandora mir hinterher erzählt, er habe die Ikone gegen zwei Jeans eingetauscht, von denen eine ihm nicht einmal gehörte.»

Sie hatte aus der Verbitterung ihres Herzens gesprochen. Sie ließ ihren Zorn über die Ungerechtigkeit der Welt an Gordon Vinald aus. Aber schon schämte sie sich ihrer Schwatzhaftigkeit.

«Was macht es jetzt noch aus?» sagte sie abermals.

Wexford antwortete nicht. Er verabschiedete sich und ging hinunter, wo Donaldson mit dem Wagen wartete.

Der Bungalow in der Tabard Road in Kingsmarkham war ihm fast so vertraut wie sein eigenes Haus am anderen Ende der Stadt.

Dora Wexford hatte das Problem, die Frau eines Polizisten zu sein, dadurch bewältigt, daß sie es mit Geduld hinnahm. Jennifer Burden löste es auf positivere Weise, indem sie an den Abenden Kurse besuchte und Kurse gab, sich bei der Dramatischen Gesellschaft engagierte und Kammermusik spielte. Sie war an diesem Abend nicht zu Hause, bei einer Theaterprobe, sagte Burden. Er holte zwei Büchsen Bier aus dem Kühlschrank.

«Knighton war nicht verrückt», sagte

Wexford. «Er hat sich nicht in einer Art von Wahn eingebildet, es getan zu haben. Er wußte, daß er die Pistole nicht in der Hand gehalten, abgedrückt und sie erschossen hatte. Er meinte, daß er moralisch für die Tat verantwortlich war, daß er jemanden angestiftet hatte, sie zu begehen.»

«Niemanden, den er dafür bezahlte. Wir wissen, daß er keine großen Summen ausgegeben hat.»

«Ich glaube nicht, daß es eine so direkte Sache war», meinte Wexford nachdenklich. «Ich denke, es war eher so, wie wenn man durch ein Nicken oder eine Geste mit der Hand den Mandarin tötet.»

«Ich kann Ihnen nicht folgen.» Burdens Gesicht hatte den beschränkten Ausdruck, den es seit seiner zweiten Heirat ab und zu annahm. Einmal hatte sich Wexford dadurch hinreißen lassen zu erklären, es erinnere ihn an Göring, der gesagt hatte, daß er sofort zur Waffe greife, wenn er das Wort Kultur höre. Manchmal wirkte der normalerweise sehr hellhörige Inspector verstockt und störrisch. «Ich habe keine Ahnung, was das alles zu bedeuten hat», sagte er.

«Ich kann Sie leider nicht erleuchten, und ich drücke mich nicht absichtlich unverständlich aus. Ich weiß selbst noch nicht mehr. Ich will Ihnen statt dessen von Vinald und Purbank erzählen. Ich weiß jetzt, um was es bei ihrem Streit ging. Vinald hat Purbank ein Paar Jeans geklaut, um sie gegen eine Ikone einzutauschen.»

«Was hat er getan?»

«Ich stelle mir vor, daß die Ikone einem Bauern im östlichsten Rußland gehörte. Russen sind ganz verrückt nach Drillichjeans, das habe ich wenigstens gehört. Wahrscheinlich hatte Vinald dort nicht viel Zeit, oder der Ikonenverkäufer war ungeduldig – das ist ja auch egal. Jedenfalls ging Vinald zum Zug zurück und holte ein Paar von seinen Jeans. Weil er selbst keine saubere mehr hatte oder sich von keiner mehr trennen wollte, nahm er auch eine von Purbank mit. Zweifellos hat er Purbank hinterher alles erklärt und ihm angeboten, die Jeans zu bezahlen, aber Purbank war empört und wollte nichts mehr mit ihm zu tun haben.»

Burden lachte. «Aber warum haben sie uns das nicht gesagt?»

«Vinald wollte es nicht, weil es ihn zum Gauner gestempelt hätte, und Purbank befürchtete, man könnte glauben, er sei ein Idiot. Es ist schon recht entwürdigend, wenn Ihnen jemand eine Hose klaut. Es ist fast so, wie wenn man sie Ihnen vom Leib zieht.»

«Ja, da können Sie recht haben», sagte Burden. «Schicken Sie die Katze weg, wenn Sie sie nicht haben wollen.»

Jennys Abessinierin, anmutig und geschmeidig und das ganze Gegenteil der korpulenten Schwermütigen Selima, war Wexford auf die Knie gesprungen. Er streichelte ihr den glatten Rücken.

«Glauben Sie, daß Vinald ein Gauner ist?»

«Erinnern Sie sich, daß ich mich im Victoria and Albert Museum besonders eingehend mit dem Sung-Steingut befaßte? Celadon nennt man es. Weiß oder hellgrau oder hellgrün, ein Versuch, Jade zu imitieren, rund tausend Jahre alt. In Kweilin zeigte mir Vinald das Celadon-Steingut, das er gekauft hatte und vertraute dabei, mit Recht, auf meine Unwissenheit. Er sagte mir, die Stücke seien hundert Jahre alt, und ich glaubte ihm natürlich. Er hatte unter anderem eine weiße Schale, ein unansehnliches Ding, und ich weiß noch, daß ich dachte, daß Dora so etwas im Haus nicht dulden würde. Man kann sich einfach nicht vorstellen, daß jemand dafür 10000 Pfund bezahlt, nicht wahr?»

«10000 Pfund? Für einen hundert Jahre alten weißen Pott?»

«Tja, er war eben nicht hundert Jahre alt, Mike. Eher achthundert. Ich sah ein Stück rotes Siegelwachs in Vinalds Zimmer liegen, aber es sagte mir nichts. Damals wußte ich allerdings auch noch nicht, daß jedes antike Stück, das man aus China ausführt, das rote Siegel der Regierung aufweisen muß. Vinald ergatterte unbezahlbare Stücke von Leuten, die nicht einmal ahnten, was sie da verkauften, bezahlte praktisch nichts dafür und versah sie selbst mit dem roten Stempel. Ganz besonders diese weiße Schale – die er am ersten Oktober selbst nach Birmingham brachte und dem Mittelsmann eines südamerikanischen Antiquitätenhändlers für 10000 Pfund verkaufte.»

«Und man kann ihm nichts anhaben?»

«Was sollte man ihm denn anhaben können? Ihn nach China ausliefern? Wissen Sie, was er antworten würde, wenn wir ihm sagten, was ich eben Ihnen erklärt habe? Daß er geglaubt habe, daß es eine Ching-Schale sei. Und dafür habe er einen angemessenen Preis entrichtet. Natürlich sei sie gestempelt. Er verstehe nicht, was wir meinten. Erst als er das Stück zu Hause gründlich untersuchte, habe er festgestellt, daß er für fünf Pfund eine Sung-Schale erworben habe.»

Die Katze, die Wexford noch immer streichelte, begann tief und rauh zu schnurren. Kopfschüttelnd holte Burden noch zwei Büchsen Bier, es fiel ihm nicht leicht, sich mit der Hinterhältigkeit und Unredlichkeit der Menschheit abzufinden. Wexford wechselte das Thema. «Als Sie sich auf die Suche nach den alten Knastbrüdern machten – Rückfalltäter nennt man das jetzt wohl –, hatten Sie zwei Listen, nicht wahr? Auf der einen standen die Namen der Männer, bei deren Verurteilung Knighton tatkräftig mithalf, und auf der anderen die Namen derer, für die er einen Freispruch oder ein mildes Urteil erreicht hatte?»

«Das ist richtig.»

«Was hatte die zweite Liste für einen Sinn?»

«Sie meinen die mit den Namen der Männer, die er erfolgreich verteidigt hatte?»

«Ich meine, was hatte es für einen Sinn, Namen von Leuten aufzulisten, die keinen Grund hatten, sich an ihm zu rächen?»

«Ich habe es eigentlich aus keinem besonderen Grund gemacht. Brownrigg und ich notierten uns einfach jeden Fall, mit dem Knighton irgendwie zu tun hatte, und der uns wichtig erschien. Ich schrieb die Knighton wohlgesinnten in die rechte Spalte, die anderen in die linke. Ich habe sie auch durcheinandergebracht, ich…»

Aber das wollte Wexford nicht hören. «Haben Sie die Listen noch?»

«Aber natürlich.»

Am nächsten Vormittag sah Wexford sich die Listen an. «Dieser Coney Newton scheint mir in beiden Spalten zu stehen. Wofür hat man ihn eingesperrt?»

«Vergewaltigung und Mordversuch», sagte Burden. «Er steht auf beiden Listen, weil – nun ja, meiner Meinung nach hätte er Knighton dankbar sein müssen, weil er nur sieben Jahre bekam. Andererseits hätte er es ihm auch nachtragen können, daß er keinen Freispruch erzielte. Und komischerweise war er Knighton nicht böse, er fand nur, er habe sich als Verteidiger keine rechte Mühe gegeben. Jedenfalls hat er ein gutes Alibi für diese Nacht, und dieses Alibi ist Silver Perry.»

«Ist das nicht großartig, daß ein so aufrechter und gesetzestreuer Bürger wie Perry seine Aussage bestätigt?»

«Sie waren zusammen in einem Club», antwortete Burden leicht gekränkt. «Ich war in diesem Club. Es steht außer Frage...»

«Schon gut. Wer ist Henry Thomas Chipstead?»

«Er war früher mal Gangster in East End. Vor ungefähr zwanzig Jahren stand er wegen schwerer Körperverletzung vor Gericht, und Knighton erzielte einen Freispruch. Wills» – Burden zeigte mit dem Finger auf den Namen in der linken Spalte – «Wills meinte, daß Knighton vielleicht einen ‹Profi wie Chipstead› angeheuert habe. Das waren seine Worte, nicht die meinen. Er sagte, Chipstead habe zu Lees Bande gehört und sei vielleicht schon gestorben, er wisse jedenfalls nichts über ihn. Aber Chipstead ist nicht gestorben, sondern sehr lebendig, und er wohnt in Leytonstone. Doch er ist inzwischen über siebzig, und wir wissen ja, daß Knighton niemanden bezahlt hat.»

«Und was hat Wills zum Verfall unserer Gesellschaft beigetragen?»

Burden lächelte schief. «Er wurde wegen Begünstigung verurteilt. Er hat die Frau nicht selbst getötet, aber er war Mittäter. Er versteckte die Leiche nachts auf einer Straßenbaustelle. Aber ein Arbeiter entdeckte sie, bevor sie die Straßendecke gossen... Was ist los?»

«Ich weiß, was er mit der Waffe gemacht hat», sagte Wexford bedächtig.

«Wer hat was damit gemacht?»

«Wer – das ist eine andere Frage. Ich meine, ich weiß, wohin unser Verbrecher die Waffe gebracht hat. Sie haben es mir eben gesagt. Was Sie über Wills und die Straßenbaustelle sagten, hat es mir verraten.»

«Tatsächlich?»

«Ins ‹Wehr›, Mike, in das neue ‹Wehr› bei Sewingbury Mill.»

Es war eine weithergeholte Vermutung. Burdens Meinung nach würde man «sie» nie dazu bringen, den ganzen neuen Damm – und alles was dazugehörte – zu demolieren, um eine Pistole zu finden. Es handle sich schließlich nicht um eine Leiche. Und am Ende, fügte er pessimistisch hinzu, sei die Waffe gar nicht da.

«Sobald ich die erforderliche Vollmacht habe», erwiderte Wexford, «werden ‹sie› mit dem Abreißen anfangen, und wenn es eine Stecknadel wäre, die ich suche, und ‹sie› deshalb die Landwirtschaftliche Hochschule in Sewingbury einreißen müßten.»

Colonel Charles Griswold, der Chief Constable von Middlesussex, empfand dasselbe Unbehagen wie Burden. Und vielleicht wäre es Wexford nie gelungen, die Vollmacht zu bekommen, hätte der Polier, der die Bauarbeiten beaufsichtigte, dem Chief Constable nicht gesagt, daß am 1. Oktober bei Arbeitsschluß bis auf das gepflasterte Stück alles fertig gewesen sei. An diesem Nachmittag habe nur noch dieser Teil offen dagelegen und das Fundament sei nicht abgedeckt gewesen.

«Nehmen wir einmal an, er hat einen Wagen auf dem Marktplatz stehenlassen», sagte Wexford, «ging zu Fuß ins Thatto-Tal und erreichte gegen zwei Thatto Hall Farm. Dort drang er entweder durch das Toilettenfenster ein oder schloß die Haustür ganz normal mit dem Schlüssel auf, nachdem er die Scheibe eingedrückt und alles so hergerichtet hatte, als sei er durch das Fenster eingestiegen. Er weckte Mrs. Knighton, zwang sie, nach unten zu gehen, erschoß sie, täuschte halbherzig einen Einbruch vor und ging auf dem Fußweg nach Sewingbury zurück. Dabei wurde er gegen drei Uhr von Bingley beobachtet. Da, wo der Weg in die Straße mündet, entdeckte er die Baustelle am ‹Wehr› und stellte fest, daß die Pflasterarbeiten noch nicht ganz abgeschlossen waren, und es dauerte bestimmt nur ein paar Minuten, die Pistole unter dem noch lockeren Fundament zu vergraben.»

Der Tag war kalt, und ein frostiger Wind wehte. Der Kingsbrook wälzte sich, von heftigen Regenfällen geschwollen, laut rauschend unter der Springhill Bridge durch und in den neuen Kanal. Dieselben Bauleute, die das ‹Wehr› gebaut hatten, kamen, um es teilweise wieder zu demolieren. Sobald sie das Pflaster aufgerissen hatten, sollten die Sergeants Martin und Archbold anfangen, nach der Pistole zu graben. Wexford warf einen Blick in die zur gleichen Zeit stattfindende Leichenschau für Adam Knighton. Die Familie war einzig und allein durch Angus Norris vertreten.

Wexford wußte, daß die Leichenschau nur vertagt werden konnte, bis konkretere Ergebnisse vorlagen, eine andere Möglichkeit gab es nicht. Dr. Parkinson las Knightons Geständnis vor und zitierte dann wortwörtlich, was Wexford gesagt hatte: daß Knighton seine Frau nicht mit eigener Hand getötet haben konnte. Wexford schlich sich aus dem Saal. Auf der gegenüberliegenden Seite des viereckigen Platzes, der Gericht und Polizeikommissariat trennte, erwartete ihn Donaldson am Steuer seines Wagens, und Burden saß im Fond. Ein heftiger Windstoß griff nach ihm und ließ seinen Schal wie einen Wimpel flattern.

«Am Fluß ist es heute ziemlich ungemütlich», sagte Burden und rieb sich die Hände.

Wexford machte eine bissige Bemerkung, die Burden nicht verstand oder nicht verstehen wollte, denn er erwiderte nichts darauf.

«Gibt es in Leytonstone ein Lokal, in dem man etwas Anständiges zu essen bekommt?» wandte Wexford sich an Donaldson.

Aber der «Experte» für London wußte es zu seinem eigenen Kummer nicht, in Leytonstone war er nie gewesen.

«Wir fahren zu Chipstead, nehme ich an», sagte Burden. «Henry Thomas Chipstead, Dogshall Road 55, Leytonstone. Er ist 73 und scheint sich nicht mehr als Killer betätigt zu haben, seit Knighton ihn vor 23 Jahren freibekam. Aber für den Anfang reicht es.»

«Ich wünschte, Sie würden mir erklären, was es mit diesem Mandarin auf sich hat, den man tötet, wenn man die Hand hebt», sagte Burden mürrisch.

Sie waren jetzt auf der Autobahn. Der Wind war so stark, daß der schwere Wagen schlingerte. Ab und zu klatschten kurze Regenschauer ihre schweren Tropfen an die Windschutzscheibe.

«Ich glaube», sagte Wexford, «daß Knighton vor vielen, vielen Jahren aus irgendeinem Grund mit einem professionellen Mörder in Kontakt kam. Wahrscheinlich verteidigte er ihn. Nach dem Prozeß kam der Mann wahrscheinlich zu ihm und sagte in etwa: ‹Wenn ich irgendwann mal etwas für Sie tun kann, Mr. Knighton, Sir, dann brauchen Sie nur ein Wort zu sagen, mir einen ganz leichten Rippenstoß zu geben – Sie wissen schon, was ich meine, und es wird ganz unauffällig erledigt. Bestimmt war Knighton damals ganz außer sich vor moralischer Entrüstung. Aber später begann er darüber nachzudenken. Viel später erst, und als es ihm wirklich gelegen gekommen wäre, jemanden aus dem Weg zu räumen.

Das einzigartig Schöne daran war, daß es ihn keinen Penny kosten würde. Er würde sich mit dem alten Knastbruder nicht treffen, würde ihm keine drei oder vier Tausender in gebrauchten Einsern hinblättern oder ähnliche Dinge tun müssen. Er würde sich vielleicht sogar einbilden können, er habe die Tat überhaupt nicht angestiftet. Angenommen, er brauchte nicht mehr zu tun, als anzurufen und zu sagen: ‹Meine Frau ist in der Nacht vom ersten zum zweiten Oktober allein im Haus.› Angenommen, daß er nicht einmal so deutlich zu werden brauchte.

Aber das war vor der Tat…

Sobald der Mord geschehen war, waren bei einem Mann wie Knighton Reue und Schuldbewußtsein genauso groß, wie wenn er einen Mörder gedungen oder selbst geschossen hätte.»

«Die Schuld bleibt ja auch die gleiche», sagte Burden.

«Natürlich war er genauso schuldig, aber viele Menschen würden sich nicht so schuldig fühlen. Das ist die Analogie mit dem Mandarin. Ein Mensch unter Chinas wimmelnden Millionen ist genauso ein menschliches Wesen wie die eigene Frau, das eigene Kind, doch es kommt einem nicht so vor, weil er so unvorstellbar weit weg und für uns praktisch unsichtbar ist. Und wenn jemand nur einen Arm zu heben braucht… Ich halte es für möglich, daß Knighton nur die Hand zu heben oder etwas ähnlich Einfaches zu tun brauchte, um seine Frau loszuwerden und Milborough Ingram zu bekommen.»

Sie fuhren durch den Blackwall-Tunnel nach London hinein. Vom nördlichen Ende des Tunnels war es nach Leytonstone nicht mehr weit. Totes Laub von den Ausläufern des Eppington Forest wirbelte durch die Luft. Dogshall Road war eine lange gerade Straße, die mit einem Buckel über die Trasse einer unterirdisch verlaufenden Bahnlinie führte und in einer Mulde unter einer anderen hindurch. Die Gullies waren mit Blättern verstopft, die Bäume auf den Gehsteigen, dreimal so hoch wie die darunter kauernden Reihenhäuser, überließen ihre Blätter dem Wind. Es gab eine rote Backsteinkirche und einen Pfarrsaal aus Fertigbauteilen mit einem Asbestdach, doch nichts unterbrach die Eintönigkeit der langen viktorianischen Häuserreihen und der davor geparkten Wagen. Donaldson entdeckte ein Stück unterhalb von Nummer 17 eine Lücke und parkte ein.

«Ich will ja wirklich nicht anfangen zu moralisieren, das wäre auch fehl am Platz», sagte Wexford, «aber deutlicher kann es einem nicht vor Augen geführt werden, daß Verbrechen sich nicht bezahlt macht, finden Sie nicht? Chipstead hat seinen Lebensunterhalt hauptsächlich durch Schwerverbrechen bestritten. Ich will nicht sagen, ohne Erfolg, denn er brachte viel Leid über Menschen, er schadete der Gesellschaft, machte den Menschen angst, verschaffte der Polizei Arbeit und kostete den Steuerzahler eine Menge Geld. Aber Chipstead selbst hat nicht viel daran verdient, oder?»

Sie betrachteten, was die Verbrecherlaufbahn Chipstead eingebracht hatte: einen hundert Jahre alten braunen Backsteinwürfel mit zwei Metern Beton davor, auf dem eine Mülltonne und ein Kübel mit einer vertrockneten Geranie standen. An der Vorderseite des Hauses waren nur drei Fenster und alle Vorhänge noch geschlossen. Wexford stieg aus dem Wagen, und Burden folgte ihm.

Das Haus sah leer und unbewohnt aus, und Wexford, der energisch den Türklopfer betätigte, hatte kaum Hoffnung, daß jemand öffnen würde. Aber nach ein paar Minuten hörten sie eine Frauenstimme etwas rufen, und sie hörten Schritte auf der Treppe.

Die Tür ging auf, und vor ihnen stand Renie Thompson.

18

«Henry war mein Bruder», sagte sie.

Sie standen zu dritt in der Halle. Im ersten Stock brannte Licht, und man hörte Frauen flüstern.

«Er war?» sagte Wexford.

«Er ist tot, nicht wahr? Heißt das, Sie haben es nicht gewußt? Heute ist die Beerdigung. Als Sie klopften, dachte ich, daß es die Leute vom Beerdigungsinstitut sind.» Sie trug einen grauen Mantel und einen schwarzen Filzhut. Aufsässig musterte sie ihre mißtrauischen Gesichter. «Sie möchten natürlich gern was draus machen, nicht wahr? Ich weiß es. Aber es steckt nichts dahinter.»

«Versorgen Sie uns mit dem Informationsmaterial, Mrs. Thompson, und die Entscheidung treffen dann wir.»

Eine Frau kam die Treppe herunter, unverkennbar eine weitere Schwester. Sie stand da, schaute, horchte, hielt sich am Geländer fest.

«Ich habe seit 1960 für Mrs. Knighton gearbeitet. Er und sie waren die besten Arbeitgeber, die man sich vorstellen kann. Henry sollte wegen einer Sache vor Gericht, die er nie getan hat, und ich sagte zu ihm, wenn du willst, wird dich Mr. Knighton verteidigen, und das hat er dann auch getan. Mr. Knighton war auf Henrys Seite, weil er mich kannte, und Henry wurde freigesprochen. Natürlich wurde er freigesprochen, weil er's ja nicht getan hatte.»

Die Frau auf der Treppe schnalzte mit der Zunge.

«Henry hat von Mr. Knighton unglaublich viel gehalten.»

«Du aber auch, Renie», sagte die Frau auf der Treppe.

«Ihre Familie stammt aus Sewingbury, nicht wahr?» fragte Burden. Sie nickten beide und sahen ihn wachsam an. «War Ihr Bruder krank, bevor er starb?»

Die dritte Schwester tauchte auf und knöpfte sich, während sie die Treppe herunterstieg, einen schwarzen Astrachanmantel zu.

«Er hat sechs Monate im Krankenhaus gelegen», sagte Renie Thompson. «Hatte es auf der Brust, wissen Sie, auf der Lunge, und dann griff es sein Rückgrat an.»

Der Türklopfer ratterte. Die Frau im Astrachanmantel öffnete, und der Wind wehte ein totes Blatt herein, das an ihrem Mantel hängenblieb. Vor der Tür standen, den Hut in der Hand, zwei Männer in Schwarz.

«In Ordnung», sagte Wexford, «wir wollen Sie im Augenblick nicht länger belästigen.»

Zwischen den anderen Wagen parkten jetzt zwei Daimler, der eine leer, in dem anderen der mit Blumen bedeckte Sarg mit der Leiche des toten Gangsters. Wexford und Burden gingen zu ihrem Auto. Donaldson sagte, über Funktelefen sei die Nachricht gekommen, daß die Waffe unter dem Pflaster am «Wehr» gefunden worden sei.

Wexford nickte. Er beobachtete Chipsteads Haus. Bisher war ihm gar nicht der Gedanke gekommen, daß außer den drei Schwestern noch andere Leute im Haus gewesen sein könnten. Zweifellos hatten sie schweigend hinter den verhängten Fenstern gesessen und darauf gewartet, Chipsteads Sarg auf den Friedhof oder ins Krematorium zu begleiten. Sie kamen jetzt den Weg herunter, ein älteres Paar, Arm in Arm, ein Junge von etwa achtzehn Jahren in einem geliehenen schwarzen Jackett, ein kleiner Mann mit rotem Haar, ein fetter Mann, der praktisch glatzköpfig war, ein hochgewachsener Mann mit silbernem Haar.

«Silver Perry», sagte Burden.

«Waren wohl ‹alte Kameraden›, oder?»

«Es würde mich nicht überraschen.»

Der Daimler nahm die Schwestern und das ältere Paar auf. Die anderen Trauergäste stiegen in einen alten dunkelblauen Ford Popular.

«Was glauben Sie, wohin sie fahren, Donaldson?» sagte Wexford.

«Zum Krematorium der City of London im Manor Park, Sir», antwortete Donaldson prompt. «Zwanzig Minuten hin, zwanzig Minuten Totengesänge, und ‹wir übergeben unseren lieben Bruder den Flammen›, zwanzig Minuten zurück.»

«Dann können wir jetzt essen gehen.»

Der Wind hatte sich gelegt, und es war sehr dunkel geworden, so dunkel, daß im Vorderzimmer des Hauses Dogshall Road 52 das

Licht brannte. Der Junge war der erste, der ging. Er steckte jetzt von Kopf bis Fuß in Leder und trug einen Schutzhelm, stieg auf die Yamaha, die neben dem Ford Popular aufgebockt war, und raste mit dröhnendem Motor in Richtung der Brücke davon. Eine Weile später ging die Tür wieder auf, und Silver Perry verließ das Haus. Dem Anlaß entsprechend trug er einen dunklen Hut und einen dunklen taillierten Mantel. Im schwindenden Licht hatte er eine gewisse Ähnlichkeit mit Adam Knighton, wirkte aber eher wie eine schlechte, vergröberte Kopie. Er war nicht ganz so groß, und ihm fehlte die Ausstrahlung des Mannes, für den er, wie er erklärt hatte, alles tun und sogar sein Leben geben würde.

«Er hat tatsächlich diese Worte gebraucht?»

«Sie standen jedenfalls in einer Zeitung», sagte Burden. «Ich wollte es Ihnen erzählen, aber Sie unterbrachen mich, weil Ihnen die Idee mit der Pistole kam, wissen Sie noch? Man erinnert sich im Club El Vido, daß Coney Newton bis drei Uhr da war, und Newton behauptet, Perry sei bei ihm gewesen, aber im Club sagte mir niemand, daß er Perry gesehen habe.»

Vor der Haustür küßte Perry Renie Thompson und entfernte sich dann rasch. Wexford glaubte, er werde in den Ford einsteigen, doch der gehörte offenbar nicht ihm, er war zu Fuß gekommen. Und zu Fuß ging er auch jetzt durch den grauen Nebelregen, der jetzt gleichmäßig fiel. Die Straßenlaternen waren eingeschaltet worden, orangefarbene Tropfen hingen in den kahlen Ästen der Bäume. Perry stellte den Kragen seines Mantels auf und ging, die Hände in den Manteltaschen, müde durch Regen und Kälte – wahrscheinlich zur U-Bahn-Station, eine Viertelmeile hügelaufwärts, an dem Straßenbuckel vorbei. Langsam kroch der Wagen hinter ihm her. Ein Lieferwagen hinter ihnen hupte, aber Donaldson beachtete ihn nicht.

«Hier wird er über die Straße wollen», sagte Wexford. «Biegen Sie ab, und halten Sie an.»

Donaldson bog genau in dem Augenblick scharf ab, in dem auf der anderen Seite Perry an die Bordsteinkante trat, um die Straße zu überqueren. Die Flanke des Wagens ragte wie eine Mauer vor ihm auf. Als die Tür aufgerissen wurde, trat Silver Perry einen Schritt zurück. Wexford stieg aus.

«Sollen wir Sie mitnehmen, Silver?»

Wexford holte seinen Ausweis heraus, doch er hätte sich die Mühe sparen können. Perry gehörte zu jenen Männern, die einen Polizisten an einem FKK-Strand oder bei einem Kostümfest erkennen. Für ihn war es ein Kinderspiel, drei dieser Spezies in einer Londoner Vorstadt aufzuspüren, selbst wenn sie in einem Wagen saßen und obwohl es regnete. Trotzdem sah es für den Bruchteil einer Sekunde so aus, als wollte er weglaufen. In dieser Sekunde erschien auf seinem Gesicht ein Hoffnungsschimmer, flackerte Panik über seine Züge, und dann wurden beide von Vernunft unterdrückt. Er zuckte mit den Schultern und stieg in den Wagen. Regen tropfte von seinem glänzenden, glatt anliegenden Haar.

«Wissen Sie, wo die Cyril Street in Bethnal Green ist, Donaldson?» fragte Burden.

«Ich finde sie schon, Sir.»

«Eine Seitenstraße der Globe Road», sagte Perry.

«Oder sollen wir ihn gleich zu uns mitnehmen? Ihre Pistole wurde gefunden, Perry. Knarren tauchen am Ende immer wieder irgendwo auf.»

«Eine Knarre? Was für eine Knarre?» sagte Perry.

«Zuerst in die Cyril Street, glaube ich», entschied Wexford, «und dann können wir es uns ja noch überlegen. Sie haben sich bei der Beerdigung gut unterhalten, Silver, nicht wahr? Mein Gott, riechen Sie nach Sherry!»

«Sie halten sich wohl für sehr komisch. Ich bin nicht hingegangen, um mich zu unterhalten. Henry Chipstead und ich waren ein Leben lang miteinander befreundet.»

«Und wir wissen alle, wie gut Sie zu Ihren Freunden sind. Geben Ihr Leben für sie und so weiter. Oder nehmen anderen Leuten das Leben, einem guten Freund zu Gefallen.» Wexford sah dem Mann in die hellblauen, wäßrigen Augen, die enger beieinanderstanden und unsteter waren als die von Knighton. «Sie haben für die Nacht des ersten Oktober kein Alibi. Und Sie wurden in der Nähe von Thatto Hall Farm gesehen. Und zwar um drei Uhr morgens auf dem Weg, der aus dem Thatto-Tal nach Sewingbury führt.»

Silver Perry schwieg. Der Wagen schlängelte sich durch ein Netz von Einbahnstraßen aus den östlichen Vororten ins East End. Es regnete jetzt stark, und die Scheibenwischer liefen auf vollen Touren.

«Sie hatten Ihr Auto in Sewingbury auf dem Marktplatz abgestellt», sagte Burden. «Kennen Sie denn die Gegend so gut?»

Perry gab nichts zu. «Renie und ich – es kommt mir so vor, als wäre es hundert Jahre her», sagte er leise. «Ich meine, damals habe ich Renie recht gut gekannt.»

«Als Sie zurückkamen, entdeckten Sie die Baustelle und vergruben die Pistole, weil Sie wußten, daß die Pflasterarbeiten am nächsten Tag fortgeführt werden würden.»

Perry tippte Donaldson auf die Schulter. «Jetzt die zweite links, Sohn», sagte er.

«Ich nehme an, Knighton hat Ihnen etwas für Ihre Mühe gegeben», sagte Burden. «Ihnen zumindest die Auslagen für die Knarre ersetzt.»

Perry seufzte. «Meine Frau ist nicht da,

sie ist bei ihrer Schwester. Ich möchte nicht, daß sie da hineingezogen wird.»

Ein hoher Turm mit einem unregelmäßigen Muster erleuchteter Rechtecke, seine nicht minder hohen Nachbarn, senkrecht übereinanderstehende Schlafplätze. Auf dem glänzenden schwarzen Asphalt standen jetzt ein paar hundert Autos, aber kein einziges welkes Blatt war zu sehen, weil es hier keine Bäume gab, die ihr Laub abwerfen konnten. Wexford schickte Donaldson in ein Café in der Globe Road, wo er eine Tasse Tee trinken sollte. Der Lift trug sie, wie ihnen vorkam, zehn Meilen in Perrys luftige Höhe, von der man einen Ausblick hatte, bei dem früheren Generationen der Atem gestockt hätte, der jetzt aber für Luftreisende und häufige Gäste in Restaurants auf Fernsehtürmen nichts Atemberaubendes mehr hat.

Es war niemand zu Hause. Die Wohnung war dunkel. Perry schaltete eine oder zwei Lampen ein und führte sie in ein Zimmer, das außer der Höhe nichts mit einem Penthouse gemein hatte.

«Ich will Ihnen alles erzählen», sagte er. «Jetzt brauche ich mir um Mr. Knighton keine Sorgen mehr zu machen. Nichts kann ihm mehr schaden, er ist tot.»

Die billige Sentimentalität dieser Leute! dachte Wexford. Wie typisch. Perry hatte einmal kaltblütig einen Mann erschossen, hatte seither mehrere schreckliche Gewalttaten verübt, ganz zu schweigen von Knightons Auftrag, seine Frau zu töten, aber er redete wie eine absolut unschuldige, leichtgläubige alte Frau.

«Sie aber», sagte Wexford, «weilen noch nicht im Jenseits bei den Seligen, und Ihnen kann noch eine Menge passieren.»

«Heißt das, daß Sie mich verhaften wollen?»

Wexford schüttelte den Kopf. «Noch nicht. Jetzt erzählen Sie uns erst mal, wie Sie Mr. Knighton kennenlernten.»

«Das ist jetzt 25 Jahre her. Nein, noch länger. Wenn er nicht gewesen wäre, hätten sie mich gehängt.» Perry sah Burden an. «Sie wissen, wie es war. Ich schrieb meine Geschichte für die Zeitung auf, und als sie gedruckt war, schnitt ich sie aus und schickte sie Mr. Knighton. Er hat nie geantwortet, natürlich nicht, ein Mann in seiner Position.

Eines Abends wartete ich in Lincoln's Inn auf ihn, und wir kamen ins Gespräch.»

«Einfach so?» Wexford versuchte sich vorzustellen, wie dieser lichtscheue Ganove und Knighton sich trafen und «ins Gespräch kamen».

«Nicht einfach so», sagte Perry. «Ich habe ihn nicht belästigt ich habe mich ihm nicht aufgedrängt. Ich sagte nur ganz ruhig, ich wollte ihm richtig danken. Ich sagte ihm auch, daß es auf der Welt nichts gibt, was ich nicht für ihn tun würde.»

Und plötzlich konnte Wexford es sich vorstellen. Knightons Integrität war bereits erschüttert, er wurde allmählich korrupt. Fünf Jahre lang war er Milborough Langs Geliebter gewesen, aber inzwischen wußte er, daß er auf dieser unsicheren Basis nicht weitermachen konnte. Sie würde ihn verlassen, und ihm blieb nur Adela. Es sei denn...

«Mit dieser Phrasendrescherei haben Sie gemeint, daß Sie ihn von seiner Frau befreien würden, nicht wahr?»

Perry zuckte zusammen, Wexfords Ausdrucksweise war ihm doch zu kraß. «Er hat gewußt, was ich meinte. Er wußte es, und ich wußte es, wir brauchten es nicht auszusprechen. Ich wollte ihm helfen, alles zu bekommen, was er wollte, und er hat es gewußt.»

«Woher wußten Sie, was er wollte?» fragte Burden.

«Ich habe doch gesagt, ich wartete auf ihn. Ein paarmal, es dauerte seine Zeit, bevor ich ihn allein erwischte und wir miteinander reden konnten. Ich folgte ihm auch und sah, daß er sich mit diesem Mädchen traf. Schauspielerin war sie, weltberühmt.»

«Aber Knighton machte von Ihrem großzügigen Angebot keinen Gebrauch?»

«Er hatte eine Menge Skrupel, ja, die hatte Mr. Knighton», antwortete Perry mit einer Art weiser Ehrerbietung. «Nun ja, das muß man schließlich in seiner Position. Ich sagte ihm, ich würde nie vergessen, was er für mich getan hatte, und falls er sich einmal doch entschließen sollte – Sie wissen schon, wozu –, brauchte er mir nur Bescheid zu geben. Ich bin, sagte ich, jederzeit bereit. Ich würde mich ihm nicht aufdrängen, sagte ich außerdem. Ich wußte ja, daß ein Mann in seiner Position mit Leuten wie mir nicht gern gesehen wird, das kann man schließlich verstehen. Damals wohnte ich noch in Cambridge Heath, und als wir hierher umzogen, schickte ich ihm meine neue Adresse und meine Telefonnummer. Er antwortete nicht, natürlich nicht.» Perry blickte auf und sah Wexford direkt in die Augen. «Irgendwie störte es mich, ich dachte sehr oft daran, daß ich nie etwas für ihn getan, mich ihm nie richtig erkenntlich gezeigt hatte. Ich hatte ein schlechtes Gewissen.»

«Sie hatten – was?»

«Ich kenne genau wie andere Leute die Bedeutung des Wortes Dankbarkeit.»

«Nein, nicht wie andere Leute, Perry», sagte Wexford. «Ihre Art ist pathologisch.» Er schüttelte nachdenklich den Kopf. «Was sollte er eigentlich tun? Sollte er Sie anrufen und sagen, er habe es sich anders überlegt?»

«Ich habe Ihnen doch erklärt, daß es zwischen uns nie ausgesprochen wurde. Es war überhaupt nichts Greifbares, wir verstanden uns ganz einfach. Anrufen mußte er mich natürlich. Ich habe das arrangiert, ich wußte ja, daß er mich nie direkt darum bitten würde.» Perry begann auf seinem Stuhl herumzurutschen. Er hatte den schwarzen Mantel anbehalten, jetzt zog er ihn aus und warf ihn über die Armlehne eines Sessels. Hinter ihm funkelten die Lichter der Stadt wie eine Million gefallener Sterne. «Ich sagte zu ihm: ‹Wann immer Sie es wollen, Sie wissen schon, was, dann brauchen Sie mich nur anzurufen.› Er sagte kein Wort, und ich sah ihm in die Augen. ‹Sie brauchen es nicht auszusprechen›, sagte ich. ‹Wählen Sie nur meine Nummer, und wenn ich mich melde, sagen Sie nur ein Wort. Irgendeins, egal welches – nur kennen muß ich es›.» Schweißtropfen sammelten sich jetzt auf Perrys Stirn, dicht unter dem perückenähnlichen weißen Haaransatz. «Er antwortete mir nie direkt. Er sah mich nur an und begann mir eine Geschichte von einem chinesischen Mandarin zu erzählen, aber ich weiß jetzt nicht mehr, um was es dabei eigentlich ging. ‹Das ist es›, sagte ich, ‹Mandarin. Sie rufen mich an, und wenn ich mich melde, sagen Sie Mandarin, dann weiß ich Bescheid.› Das alles ist jetzt 25 Jahre her, beinahe 26. ‹Mandarin›, sagte ich, ‹wann immer Sie dieses eine Wort sagen, werde ich wissen – und dann tu ich es›.»

Was war damals in Knightons Kopf vorgegangen? Hatte er es auch schon damals für möglich gehalten? Oder war er einfach nur zum Schein darauf eingegangen, hatte Silver Perry ermutigt, um ihn endgültig loszuwerden? Wexford vermutete, daß sie in einem Pub oder sogar irgendwo auf einer Parkbank gesessen hatten. Und sie hatten sich nur dieses eine Mal getroffen, davon war er überzeugt. Perry voller Eifer, dankbar, glücklich, daß dieser «erhabene» Mann sich herabließ, sich mit ihm zu unterhalten, Knighton unaussprechlich geschockt, entsetzt und dennoch nicht abgeneigt. Heb die Hand, sprich das Wort aus, mehr brauchst du nicht zu tun, und sie wird sterben, damit du dir deinen Herzenswunsch erfüllen kannst. Was für ein bösartiger, gottloser Unsinn! Besser, sich selbst das Leben zu nehmen, um den Jammer nicht länger ertragen zu müssen, viel besser, als das in Erwägung zu ziehen, ja, als es sich anzuhören sogar. Aber «Mandarin» – ein einziges Wort...

«Doch eines Tages vor nicht allzulanger Zeit hat er angerufen und das Wort ausgesprochen», sagte Burden.

«Das war Anfang September. Das Telefon klingelte, ich hob ab, aber es blieb still, obwohl ich jemanden atmen hörte. Als ich schon auflegen wollte, weil ich glaubte, irgendein Witzbold sei dran, da sagte die Stimme das Wort. Stotterte ein bißchen und sprach ganz leise. Das Komische an der Sache ist, daß ich es vergessen hatte. Ich meine, ich hatte Mr. Knighton nie wiedergesehen, nie seine Stimme gehört. Ich erfuhr durch Renie hin und wieder etwas, aber ich hatte zum Beispiel lange nicht gewußt, daß er im Ruhestand war, ich wußte nicht, daß sie jetzt ständig in Sussex wohnten.

Die Stimme sagte das Wort. Ich hörte, daß es mit ‹Man› anfing, und dachte, jemand wollte mir etwas über einen ‹Manager› sagen, aber der Anrufer legte auf, bevor ich antworten konnte. Aber das Wort muß in meinem Unterbewußtsein etwas geweckt haben, weil es mir den ganzen Tag nicht aus dem Kopf ging. Und plötzlich erinnerte ich mich. Nach so vielen Jahren konnte ich Mr. Knighton endlich vergelten, was er für mich getan hatte, konnte ich mein Versprechen erfüllen.»

Wexford stand auf und wandte sich ab. «Mir wird übel, wenn ich Sie ansehe.» Er stellte sich ans Fenster und blickte auf das lurexbestickte London hinunter, sah ein hell beleuchtetes Flugzeug die Landebahn anfliegen und zwang sich, ruhig zu atmen, um seinen Zorn zu unterdrücken. «Fahren Sie fort», sagte er, «und ersparen Sie sich Ihre edlen Regungen.»

«Sie haben auf Grund dieses einzigen Wortes gehandelt – eines Wortes, das Sie nicht einmal richtig verstanden hatten?» warf Burden ein.

«Ich wußte es», sagte Silver. «Ich trieb mich in der Nähe seiner Kanzlei herum, aber er kam nie heraus, und dann sah ich, daß sein Name nicht mehr auf der Firmentafel stand. Ich fuhr nach Hampstead, wußte aber schon nach dem ersten Blick, daß in dem Haus nur noch verdammte Araber wohnen. Zweimal rief ich in Thatto Hall Farm an, und er meldete sich das erste, sie das zweite Mal, aber das half mir nicht weiter.»

«Wieso sollte es Ihnen helfen?»

«Ich mußte schließlich ihren Tagesablauf kennen, nicht wahr? Ich mußte sie allein erwischen. Und dann sah ich ihn eines Tages, nachmittags, gegen vier. Er kam aus der Victoria Station. Es war Mittwoch, der erste Oktober. Er hatte eine kleine Reisetasche bei sich, und da wußte ich auch, daß er über Nacht wegbleiben wollte.»

«Was hatten Sie auf der Victoria Station zu tun?»

«Ich habe gearbeitet, das muß ich schließlich, oder? Ich muß mir meinen Lebensunterhalt verdienen. Ich fuhr ein Mini-Taxi und ließ einfach eine Fahrt sausen. Er hielt nach einem Taxi Ausschau, und ich dachte mir: Eigentlich könntest du ihn doch fahren. Aber ich wußte, daß er mit mir ganz bestimmt nicht gesehen werden wollte. Außerdem hatte ich eine bessere Idee. Sie kam mir, als ich die Reisetasche sah. Er wollte in London übernachten, und sie war allein. Ich rechnete damit, daß sie allein war. Ein paar Wochen vorher hatte ich den armen alten Henry im Krankenhaus besucht, und Renie war auch da und erzählte mir, daß die Tochter verheiratet ist und ein Kind erwartet. Also rechnete ich damit, daß die alte Frau allein war. Und ich sagte mir, wenn ich es tun wollte, sollte ich es gleich hinter mich bringen, am besten in dieser Nacht.»

Wexford glaubte, die Wohnungstür ins Schloß fallen zu hören. Jemand ging durch die Diele, und dann kam die Frau herein, die Burden angeschrien hatte. Wie ihr Mann erkannte sie einen Polizisten rein instinktiv, und sie warf Wexford einen Blick zu, mit dem andere Menschen Diebe oder Vagabunden bedenken. Wexford und Burden gingen in die Diele hinaus.

«Nehmen wir ihn mit und stellen ihn unter Anklage?»

Wexford zuckte mit den Schultern. «Da gibt es nichts anzuklagen. Ich bezweifle sogar, daß wir mit Verschwörung durchkommen würden.»

Als sie in das Zimmer zurückkamen, war die Frau verschwunden, und Silver Perry trank etwas, das wie Whisky aussah. Anscheinend bekam er ihn streng rationiert wie ein Medikament.

«Ich arbeitete bis Mitternacht. Ich hatte einen Freund gebeten – egal, wer das war, es ist jetzt nicht mehr wichtig –, im Notfall auszusagen, daß ich mit ihm im El Vido Club war. Na ja, meine letzte Fahrt dauerte eine gute halbe Stunde länger, als ich gedacht hatte, und es war schon nach zwei, wahrscheinlich sogar schon zwanzig nach, ehe ich nach Sewingbury kam. Ich ließ mein Fahrzeug auf dem Marktplatz stehen und ging zu Fuß. Ich bin auf dem Fußweg zurückgekommen, habe aber auf dem Hinweg die Straße genommen, weil ich mich vielleicht nicht zurecht gefunden hätte, wenn der Mond untergegangen wäre.

Es war schon nach drei, als ich Thatto Hall Farm erreichte. Ich nahm meinen Glasschneider und schnitt aus dem Toilettenfenster eine Scheibe heraus. Dazu habe ich etwa zehn, vielleicht auch fünfzehn Minuten gebraucht. Im Haus war es nicht ganz dunkel, weil der Mond hereinschien. Ich zog die Schuhe aus und schlich die Treppe hinauf.

Alle Schlafzimmertüren standen offen, und ich ging in das große, das nach vorn heraus liegt, weil ich dachte, daß ich sie dort bestimmt finde. Es standen Ehebetten darin, und bei einem Bett waren die Laken zurückgeschlagen. Später bin ich noch einmal hinaufgegangen, habe ihren Schmuckkasten genommen und ihre Kinkerlitzchen im Garten verstreut, damit es aussah, als ob jemand eingebrochen wäre. Er war schließlich Amateur, nicht wahr, er wußte nicht, auf was es ankam. Aber vorher schaute ich noch in die anderen Zimmer, und als ich sie nicht finden konnte, ging ich wieder hinunter. Langsam fing ich an, mich zu fragen, was eigentlich los war.»

Perry leerte sein Glas und stellte mit einer schwerfälligen Bewegung das Glas ab.

«Sie lag auf dem Boden. Und sie war tot, sie war erschossen worden. Ich wußte sofort, daß Mr. Knighton mir zuvorgekommen war und es selbst getan hatte.»

19

Wexford hielt die Pistole in den Händen. Alles was die Untersuchung der Waffe ergeben hatte, war in einem Bericht zusammengefaßt, der vor ihm auf dem Schreibtisch lag. Es war eine Walther PPK 9 mm, und etwa in der Mitte des Laufs war auf der Unterseite ein warzenähnlicher Fehler im Metall, der jede Kugel, die aus der Pistole abgeschossen wurde, mit einem haarfeinen Kratzer zeichnete. Burden sah über die Schulter zu Wexford hinüber und sagte: «Und womit wollte Perry es tun? Mit den bloßen Händen?»

«Das nehme ich an. Es sind Waffen, deren man sich nicht zu entledigen braucht. Eine merkwürdige Sache war das, nicht wahr? Perry war überzeugt, daß Knighton sie getötet hatte, weil er nicht wußte, daß sie erst gut elf Stunden nach Knightons Abreise nach London gestorben war. Er dachte, Knighton sei es müde geworden, darauf zu warten, daß er sein Versprechen erfüllte, und hat es deshalb selbst getan.» Wexford legte die Waffe auf den Tisch. «Ich habe für einen solchen Ganoven wie ihn wirklich nichts übrig, aber ich glaube ihm, wenn er mir sagt, daß er sich schämte, weil er Knighton im Stich gelassen hatte. Er glaubte, weil er seit Anfang September herumgetrödelt hatte, habe er Knighton dazu getrieben, es selbst zu tun. Und weil er dachte, Knighton habe die Sache nicht richtig angepackt, nahm er die Schmuckkassette und verstreute das Zeug im Garten, um einen Einbruch vorzutäuschen.»

Aber Perry hatte geglaubt, daß Knighton trotzdem sofort wegen des Mordes an seiner Frau verhaftet werden und der von ihm vorgetäuschte Einbruch und Raub nichts nützen würde. Er hatte sich wegen seines Zögerns verflucht, das seiner Meinung nach dazu geführt hatte, daß Knighton das Verbrechen beging. Als Knighton nichts passierte, schob er das ganz einfach auf die Unfähigkeit der Polizei. Und falls er je an Knightons Schuld gezweifelt hatte, wurden diese Zweifel durch seinen Selbstmord zerstreut.

«Und Knighton glaubte ganz gewiß, daß Perry sie getötet hatte», fuhr Wexford fort. «Als er am zweiten Oktober nach Hause kam und ich ihm sagte, seine Frau sei erschossen worden, war er sofort überzeugt, daß Perry der Täter war und er ihn zu dem Mord angestiftet hatte. Das ist die Erklärung für das merkwürdige Gefühl, das wir immer hatten, daß wir glaubten, er sei überrascht und doch nicht überrascht, schuldig und doch unschuldig. Ich frage mich, was Anfang September geschah, das ihn dazu trieb, Perry anzurufen? Wir werden es nie erfahren.

Hatte Adela etwas von Milborough Ingram erfahren? Ihm gedroht oder ihn verspottet? Hat Mrs. Ingram begonnen davon zu sprechen, daß sie wieder nach Hause wollte? Oder wollte Adela wieder für längere Zeit verreisen – wir wissen, daß sie im Februar nach Indien und Nepal wollte –, und er hatte Angst, wieder von Milborough getrennt zu werden? Was immer es war, eine Versuchung, die ein Vierteljahrhundert alt war, lebte wieder in ihm auf, und diesmal erlag er ihr. Doch ich kann mir nicht vorstellen, daß er wirklich daran glaubte, Mike. Es muß ihm wie etwas völlig Phantastisches vorgekommen sein. Und bei jedem anderen als Silver Perry, der meiner Meinung nach nicht ganz bei Verstand ist, wäre es auch etwas Phantastisches gewesen.

Ich stelle mir vor, daß er eines Nachmittags Milborough Ingrams Wohnung verließ, um sich mit Adela zu treffen und mit ihr nach Hause zu fahren. Dann sah er irgendwo eine leere Telefonzelle und erinnerte sich an die Vergangenheit, erinnerte sich an ‹Mandarin›.

Natürlich war alles Unsinn, nichts würde

geschehen, jetzt nicht mehr. ‹Mandarin› war alles, was er sagen mußte, dann wurde Adela ermordet, und sein Glück war gerettet. In seiner Phantasie, in seinen Träumen, nie und nimmer in Wirklichkeit. Trotzdem betrat er die Telefonzelle, wählte die Nummer, sagte das Wort. Sagte auf jeden Fall etwas, das ähnlich klang. Dann legte er auf, traf sich mit Adela und schalt sich zweifellos einen Idioten.»

Burden kam um den Schreibtisch herum und setzte sich.

«Aber er hat sich bestimmt gefragt. ob etwas passieren würde», sagte er stirnrunzelnd.

«Möglich. Doch es passierte nichts, oder? Drei oder vier Wochen vergingen, und nichts war geschehen. Er muß gedacht haben, Silver Perry habe sein Versprechen vergessen, habe ‹Mandarin› vergessen, sei alt geworden oder ehrlich – oder hatte es nie ernst gemeint. Aber als Adela getötet wurde, wußte er, wer es getan hatte und warum, nur – sein Glück war dadurch nicht gerettet. Es gab für ihn keine Freiheit, keine Zukunft, keine glückliche Erwartung. Es gab kein Glück, nur

Reue. Denn er glaubte, Perry habe es getan, nachdem er das Wort gesagt hatte, obwohl das Wort nur ein undeutliches Flüstern nach fünfundzwanzig Jahren gewesen war.»

«Er hat sich völlig grundlos selbst getötet», sagte Burden. «Er hat sich getötet, weil er das Opfer einer Illusion war. Er hätte glücklich werden, hätte wieder heiraten können. Denn Silver Perry hatte nichts getan, und er selbst auch nicht.»

«Die Absicht war vorhanden, Mike», sagte Wexford nachdenklich. «Und bei ihm war es mehr als nur ein Wunsch, daß seine Frau sterben sollte, nicht wahr? Wie undeutlich auch immer, es war eine direkte Anstiftung, die er an einen dreckigen kleinen Ganoven und Mörder weitergegeben hatte. Nie hätte er sich so weit erniedrigen dürfen, mit einem solchen Menschen zu sprechen. Selbst wenn wir den Täter gefunden hätten, als Knighton noch lebte, wäre er die moralische Schuld nie losgeworden, nicht wahr? Sie hätte sein Gewissen belastet, er hätte sich selbst verabscheut, und all das hätte, wie ich annehme, die Gefühle vergiftet, die er der großen Liebe seines Lebens entgegenbrachte. Männer wie

Knighton sollten keine Verbrechen begehen, auch nicht indirekt, und sie sollten sich in keine Verbrechen verwickeln lassen, von denen sie sich einbilden, sie hätten sie indirekt begangen.»

Burden sah auf seine Uhr. «Er müßte jetzt zu Hause sein», sagte er. «Es ist kurz nach zehn.» Als Wexford nicht antwortete, sagte er: «Ich meine den wirklichen Täter. Sie haben gesagt, Sie wollten nicht, daß er von zu Hause abgeholt wird.»

«Nicht unter den gegebenen Umständen, nein.» Wexford seufzte. «Es dürfte zwar keinen großen Unterschied machen, zwei Stunden höchstens. Ich habe nicht vor, lange mit ihm zu sprechen, wir brauchen kein Geständnis. Es ist alles glasklar. Ich hätte es von Anfang an sehen müssen, aber China war mir im Weg, versperrte mir die Sicht. China und was dort passierte, hat mich verwirrt. Und natürlich hatte China auch eine ganze Menge mit seinem Motiv zu tun, o ja.»

«Er hat», sagte Burden, «die Waffe ganz offiziell bei einem sehr respektablen Waffenhändler gekauft. *Warrington Waffen* heißt der Laden. Es war leicht. Und es erleichtert uns unsere Aufgabe.»

«Die Bücher, die er geführt oder vielmehr nicht geführt hat, sind auch erdrückendes Beweismaterial gegen ihn. Wir werden den ganzen Tag zu tun haben, um seine finanziellen Jongleurakte zu entwirren, Mike. Kommen Sie, holen wir uns diesen liebenswerten Zeitgenossen.»

Sie waren fertig. Es blieb ihnen bis zur Verhandlung des Sondergerichts am nächsten Morgen nichts mehr zu tun. Es war schon seit Stunden dunkel – ein richtiger Novemberabend mit Feuchtigkeit und Nebel. Wexford nahm seinen Mantel und schlüpfte hinein. «Ich brauche etwas zu trinken.»

«Gehen wir zu mir», sagte Burden.

Wexford war entsetzlich müde, so müde wie in jenen schlaflosen Nächten in China. In seinem Kopf schien alles in Bewegung, er schien voll von sich drängenden Gestalten, Ausreden, Lügen. Und doch konnte er nur an das denken und über das sprechen, was sie den ganzen Tag getan hatten. Und sie sprachen weiter darüber.

«Aber es war doch bestimmt Perry, den Bingley im Wald gesehen hat?» hatte Burden gefragt.

«Wie wäre das möglich? Durcheinander, wie Bingley war, bildete er sich ein, daß der Mann, den er gesehen hatte, aus dem Thatto-Tal gekommen war und nicht erst hinging. Außerdem ist Perry auf dem Hinweg über die Straße gegangen und hat erst auf dem Rückweg den Waldweg genommen. Und wenn Perry erst um drei bei Thatto Hall Farm ankam, eine Viertelstunde brauchte, um die Scheibe herauszuschneiden und weitere zehn Minuten das Haus durchsuchte, bevor er die Leiche fand, wäre er kaum vor vier an der Stelle vorbeigekommen, an der Bingley ihn sah. Und um diese Zeit hätte der Alte ihn gar nicht mehr sehen können, weil er da schon zu Hause war.»

Sie stiegen in Wexfords Wagen. Burdens Fahrzeug hatte Jenny genommen. Wexford fuhr langsam, weil er müde war.

«Aber Bingley hat einen grauhaarigen Mann gesehen», blieb Burden hartnäckig.

«Hat er das wirklich? Er kam hauptsächlich deshalb zu uns, weil seine Nichte ihm gesagt hatte, es sei seine Pflicht. Er hatte um drei Uhr morgens auf dem Waldweg einen Mann gesehen, der nach Sewingbury unterwegs war, und zwar genau am 2. Oktober. Aber er hatte Angst, zu uns zu kommen, weil er gewildert hatte. Also sagte er, um uns einen Gefallen zu tun, was wir seiner Ansicht nach gern hören möchten. Knighton ist groß und hat graues oder silbernes Haar. Bingley kennt Knighton entweder vom Sehen oder von einem Zeitungsfoto. Deshalb beschreibt er uns den Mann groß und silberhaarig. Doch als ich ihm das Gruppenfoto zeige, sieht die Sache anders aus. Er wird daran erinnert, wie der Mann im Wald tatsächlich ausgesehen hat. Von den Leuten auf dem Foto sucht er sich nicht Knighton heraus, der Silver Perry ähnlicher sieht als irgendein anderer aus der Gruppe. Er zeigt auf Gordon Vinald, der ihm nicht ähnlich, aber jünger, dunkelhaarig, nicht besonders groß und schlank ist.»

Burdens Bungalow war dunkel, nur das Außenlicht brannte. Wexford stieg aus dem Wagen und ging den Pfad entlang auf das Licht zu. Etwas Weiches, das aus den Schatten geschlichen kam, rieb sich an seinem Hosenbein. Er zuckte zusammen, denn er war müde und der Tag lang gewesen. Burden schloß die Haustür auf, und Wexford folgte ihm, mit der Katze auf dem Arm, ins Haus.

«Bingley konnte den Mann, der Adela Knighton getötet hatte, auf dem Foto natürlich nicht finden, weil er nicht auf dem Foto war. Also suchte er den Mann heraus, der ihm am ähnlichsten sah. Er zeigte auf den einzigen in der Gruppe, der jung, dunkelhaarig, nicht sehr groß und schlank war.»

Die Deckenleuchte im Wohnzimmer flammte auf, doch die Glühbirne in der Tischlampe flackerte nur und erlosch dann wieder. Das grelle Licht von der Decke ließ Wexford zusammenzucken, und er blinzelte. Burden knipste es wieder aus.

«Ich hole eine neue Birne. Muß nur überlegen, wo Jenny sie aufbewahrt. Und was dann? Scotch?»

«Eigentlich nicht», sagte Wexford wie Milborough Ingram vor ein paar Tagen, obwohl er mehr an seine Gesundheit als an sein Gesicht und an seine Figur dachte. «Aber ich nehme trotzdem einen.»

Er saß im Dunkeln, aus der Diele fiel schwaches Licht herein. Die Hintertür fiel krachend ins Schloß, als Burden in die Garage ging. Die Katze begann jene unheimlichen Dinge zu tun, die nun einmal Katzenart sind, starrte ins Nichts, folgte dem Nichts mit den Blicken. Sie glitt von Wexfords Knien und setzte sich, bewegte ganz langsam den Schwanz hin und her, blickte unverwandt zur Tür, blickte ins Licht...

Eine alte Chinesin mit gebundenen Füßen, in dunkler Hose und gesteppter Jacke, kam mit kleinen trippelnden Schritten aus dem Licht auf ihn zu, blieb auf der Schwelle stehen. Wexfords Herz hörte ganz einfach zu schlagen auf. Er hatte das Gefühl, daß es aufgehört hatte zu schlagen, und als es wieder begann, war das rhythmische Klopfen beinahe schmerzhaft.

«Warum sitzen Sie im Dunkeln?» fragte Jenny Burden. «Wo ist Mike?»

«Er ist hinausgegangen und sucht eine elektrische Birne», gelang es ihm mit völlig normaler Stimme zu sagen.

Sie verschwand in der Küche. Die Sandalen mit der hohen Holzsohle, die sie trug, veränderten ihren Gang, und es sah aus, als könne sie nur noch trippeln. Nach einer Weile kam sie mit einer Glühbirne zurück. Die Tischlampe leuchtete auf und zeigte ihm Burdens Frau, als Chinesin verkleidet, aber durchaus nicht alt, eine schwarze Perücke auf dem blonden Haar. Die Katze rieb sich an ihr, schlängelte sich zwischen ihren Fußknöcheln durch, drehte und wand sich.

«Der gute Mensch von Sezuan, wie ich vermute?» sagte er.

«Wir hatten Kostümprobe. Da es schon dunkel war, dachte ich, ich brauchte mich nicht umzuziehen und könnte gleich so nach Hause fahren.» Sie küßte Burden, der mit den Drinks hereinkam. «Entschuldigt mich bitte, ich zieh mir nur schnell etwas anderes an.»

«Mein Gott», sagte Burden, «ein Wunder, daß Sie nicht dachten, Sie hätten wieder Halluzinationen.»

Wexford sagte nichts. Mit ruhiger Hand nahm er seinen Whisky entgegen.

«Bingley hat also tatsächlich Angus Norris gesehen?» sagte Burden.

«Selbstverständlich. Nachdem er mit dem

Schlüssel seiner Frau ins Haus eingedrungen war, seine Schwiegermutter geweckt, sie hinuntergebracht und erschossen hatte, machte er sich in aller Gemütsruhe durch den Wald auf den Heimweg. Und so kam es, daß Bingley ihn um drei Uhr sah.»

«Wahrscheinlich hat Norris Mrs. Knighton erzählt, seine Frau sei krank geworden, oder die Wehen hätten zu früh eingesetzt, und sie hätten sie telefonisch nicht erreichen können. Er schoß ihr in den Hinterkopf, weil ein Gentleman beim Betreten eines Zimmers einer Dame immer den Vortritt läßt. Und seine Frau steht ganz kurz vor der Entbindung...»

«Ich hoffe», sagte Wexford, «daß ihr das Baby ein Trost sein wird. Mutter und Vater tot, und jetzt das. Norris war über Knightons Selbstmord tief erschüttert. Haben Sie sein Gesicht gesehen, als er es erfuhr? Das hatte er nicht erwartet. Ich wette, er glaubte Knighton einen Gefallen zu tun, wenn er Adela umbrachte. Ich glaube auch nicht, daß er es lange geplant hat. Als er nach London fuhr und bei *Warrington Waffen* die Pistole kaufte, dachte er noch nicht an Mord. Er kaufte sie, weil er Schußwaffen sammelt. Dann sagte ihm seine Frau – vielleicht sogar erst an dem bewußten ersten Oktober –, daß ihr Vater nach London fahre und dort übernachten wolle.

Jennifer schlief tief, sie hatte Beruhigungstabletten genommen. Sie hat nicht gemerkt, daß er eine Stunde lang weg war. Er muß verzweifelt gewesen sein. Er hatte eine Frau geheiratet, die erwartete, im selben Stil zu leben wie ihre Mutter, ihre älteren Brüder und deren Frauen, aber er konnte es sich nicht leisten. Er hatte nur sein Gehalt, und als Assistent bei Symonds, O'Brien und Ames verdiente er nicht gerade üppig. Ich stütze mich hier natürlich nur auf Vermutungen, doch es kann kaum anders gewesen sein. Meiner Meinung nach hat er für den Kauf des Hauses eine Hypothek aufgenommen, die weit über das hinausging, was er erübrigen konnte. Die Lebenshaltungskosten stiegen, die Hypothekenzinsen wurden teurer. Das Haus ist nicht einmal ausreichend möbliert. Wir haben uns heute immerhin genug Einblick in seine finanziellen Angelegenheiten verschafft, daß wir wissen, wie hoch er verschuldet war. Und jetzt war ein Baby unterwegs, was wahrscheinlich bedeutete, daß Jennifer ein Hausmädchen verlangen würde.

Er war halb verrückt vor Geldsorgen. Er nahm seine Pistole, ging nach Thatto Hall Farm und ermordete Jennifers Mutter. Er glaubte, wir würden denken, sie sei heruntergekommen und habe einen Fremden eingelassen. Norris, müssen Sie wissen, lebt in demselben Wahn wie die Familie seiner Frau. Er bildet sich ein, zu einer Elite zu gehören, die über jeden Verdacht erhaben ist.»

«Seine Firma war die Anwaltsfirma von Mrs. Knighton», sagte Burden. «Sie haben ihr Testament aufgesetzt, daher wußte er, daß seine Frau 50000 Pfund zu erwarten hatte.»

«Das war nur ein zusätzliches Motiv. Es war ein Bonus. Sein eigentliches Motiv war Mrs. Knightons Ferien-Fonds.»

«Wir haben nicht ein einziges Schriftstück gefunden, in dem er erwähnt wird, nicht den geringsten Hinweis darauf, daß er existiert.»

«Ich glaube, Norris war der Ansicht, es sei so am sichersten. Wahrscheinlich wollte er zum gegebenen Zeitpunkt ganz einfach leugnen, daß seine Schwiegermutter ihm je eine größere Summe anvertraut hatte, die er investieren sollte. Doch wenn er das getan hätte, hätte das den Bruch mit der Familie seiner Frau und den Verlust des Erbes bedeutet. Jedenfalls hatte er nicht den Mut. Er hatte nur Mut genug, sie zu töten.»

«Wahrscheinlich hat er sich selbst reichlich aus dem Fonds bedient und gehofft, die entnommene Summe durch irgendein Wunder wieder zurückzahlen zu können, bevor Adela eine sehr große Summe verlangte.»

Wexford nickte. «Schließlich hatte er erst im April 4000 Pfund für sie beschaffen müssen, damit sie nach China reisen konnte. Eine stolze Summe für einen einzigen Urlaub.»

«Aber das ist doch schon mehr als sechs Monate her. Warum hat er sie ausgerechnet jetzt getötet?»

«Weil sie wieder Geld wollte. Sie wollte im Februar nach Indien und Nepal reisen. Was hätte das für die beiden Knightons gekostet? Wenigstens so viel wie die Chinareise. Wahrscheinlich hatte er gar nicht mehr so viel übrig. Mit Jennifers Erbe hätte er seine Schulden bezahlen und das veruntreute Geld zurückgeben können. Alles wäre tadellos in Ordnung gewesen, wenn Knighton oder seine Schwäger Einsicht in sein Geschäftsgebaren verlangt hätten.»

«Merkwürdig, nicht wahr, daß ein Mann lieber einen Mord begeht, sich fünfzehn Jahre einsperren läßt, daß er lieber Frau und Kind verliert – denn das wird er, davon bin ich überzeugt –, als zu bekennen, daß er Geld verloren oder veruntreut hat.»

Wexford zuckte mit den Schultern. «Wir sind alle feige, jeder auf seine Art. «Er sah auf und lächelte. Jenny kam zurück und war wieder ganz sie selbst.

Ruth Rendell

«Mich fasziniert jedesmal wieder, wie leise–harmonisch die Romane von **Ruth Rendell** beginnen, wie verständlich und normal die ersten Schritte sind, mit denen die Figuren ins Verhängnis laufen. Ruth Rendells liebevoll–ironisch geschilderte Vorstadtidyllen sind mit einer unterschwelligen Spannung gefüllt, die atemlos macht.»
Hansjörg Martin

Eine Auswahl der thriller von Ruth Rendell:

Dämon hinter Spitzenstores
(thriller 2677)
Ausgezeichnet mit dem Gold Dagger 1975, dem begehrtesten internationalen Krimi–Preis.

Der Pakt
(thriller 2709)
Pup ist sechzehn und möchte seine Stiefmutter loswerden. Aus dem Spiel mit der Schwarzen Magie wird tödlicher Ernst...

Flucht ist kein Entkommen
(thriller 2712)
«... ein sanfter, trauriger Thriller. Mit einer Pointe wie ein Feuerwerk.»
Frankfurter Rundschau

Die Grausamkeit der Raben
(thriller 2934)
«... wieder ein Psychothriller der Sonderklasse.»
Cosmopolitan

Der Kuß der Schlange
(thriller 2934)

Die Masken der Mütter
(thriller 2723)
Ausgezeichnet mit dem Silver Dagger 1984.

3017/3

rororo thriller

Durch Gewalt und List
(thriller 2989)

Den Wolf auf die Schlachtbank
(thriller 2996)

Mord ist des Rätsels Lösung
(thriller 2899)

In blinder Panik
(thriller 2798)
«Ruth Rendell hat sich mit diesem Krimi selbst übertroffen: die Meisterin der Spannung ist nie spannender zu lesen gewesen.»
Frankfurter Rundschau

Die Tote im falschen Grab
(thriller 2874)

Mancher Traum hat kein Erwachen
(thriller 2879)

Der Herr des Moores
(thriller 3047)

«Ruth Rendell – die beste Kriminalschriftstellerin in Großbritanien.»
Observer Magazine

Paula Goslling

«Es sieht so aus, als seien zur Zeit die besten Krimi–Autoren weiblichen Geschlechts. **Paula Gosling** zu versäumen wäre ein Fehler für Krimi–Fans.»
Frankfurter Rundschau

Ein echtes Gaunerstück
(thriller 2939)
Wahrscheinlich hätte die schöne Ariadne noch ein paar fröhliche Jahre vor sich gehabt, mit einem Mann, der sie anbetete und einer liebevollen Stieftochter – wenn sie nicht im unpassenden Moment gelacht hätte...
«Ein spannender und amüsanter Krimi für Strandkorbtage.»
Frankfurter Rundschau

Tod auf dem Campus
(thriller 2858)
Professor Aiken Adamson war ein gehässiges, hinterhältiges Ekel. So hat Lieutenant Stryker beim Motiv ein Dutzend Verdächtiger, beim Alibi aber keine – zunächst jedenfalls...
«Bildung schützt vor Dummheit nicht – zum Vorteil des Lesers, der in genußvoller Spannung gehalten wird, wenn Selbstüberschätzung die Wissenschaftler zu verhängnisvollen Begegnungen mit dem Täter führt, wenn überraschend akademische Fassaden bröckeln und aus der wütenden Gegnerschaft zwischen dem Polizisten und einer Verdächtigen eine Liebesgeschichte entsteht.»
FAZ

rororo thriller

Alpträume
(thriller 3070)
Ein Autounfall raubt Tess Leland nicht nur den Ehemann: Wohnungseinbrüche folgen und anonyme Telefonanrufe, sodaß schließlich auch die Polizei nicht mehr an einen simplen Autounfall glaubt.

Der Polizistenkiller
(thriller 2971)
In Grantham versetzt eine Mordserie Polizisten in Panik. Drei Kollegen sind schon tot, aus dem Hinterhalt erschossen. Den ersten Tip gibt kein Informant, sondern der Polizeicomputer...

Blut auf den Steinen
(thriller 2826)
Wychford ist ein kleines verträumtes Städtchen am Ufer des Flusses Purle – bis grausame Frauenmorde die Idylle zerstören.

Barbara M. Gill

«Bestechende Logik, gekonnte Dialoge und atemberaubende Handlungen.»
Saarbrücker Zeitung

Nocturno für eine Hexe
(thriller 2926)
«Das ist eine Fahrstuhlfahrt in den Abgrund. Angetrieben von Mißverständnissen, gekränkter Eitelkeit und Haß. Ausgelöst durch ein Mädchen, das auf geheimnisvolle Weise der Frau auf einem alten Foto gleicht ... ein Thriller, der einen frösteln läßt.»
Frankfurter Rundschau

Seminar für Mord
(thriller 2775)

Herzchen
(thriller 2818)
Die kleine Zanny ist ein reizendes Mädchen mit blauen Augen und blonden Locken. Aber Zanny kann es nicht ertragen, wenn ihr jemand etwas wegnimmt ...

Die Zeit danach
(thriller 2968)
Maeve Barclay ist an ihrem siebenundzwanzigsten Geburtstag aus der Haft entlassen worden. Die Rückkehr in ihr Haus ist ein ebensolcher Kulturschock wie das Gefängnis, das unauslöschliche Spuren bei ihr hinterlassen hat. Ihr Mann, erfolgreicher Börsenmakler, möchte dieses dunkle Kapitel so schnell wie möglich vergessen, doch die Vergangenheit holt Maeve immer wieder ein ...

Der zwölfte Geschworene
(thriller 2738)

rororo thriller

Die Rapunzel-Morde
(thriller 3046)
Der tödlich verunglückte Bradshaw hat durch seinen Bericht wesentlich zur Überführung des fünffachen Frauenmörders Hixon beigetragen. Aber Hixon gesteht nur vier Morde, den fünften habe er nicht begangen. Seltsamerweise ist genau bei dieser Toten Bradshaws Bericht unpräzise. Chief Inspector Maybridge ahnt bald, daß er vor einem bizarren Mordfall steht.

Blind in den Tod
(thriller 3053)

rororo thriller wird herausgegeben von Bernd Jost. Ein Gesamtverzeichnis der Reihe finden Sie in der *Rowohlt Revue*. Jedes Vierteljahr neu. Kostenlos in Ihrer Buchhandlung.

3006/3

Crime Ladies

«Es liegt in der Tradition des Kriminalromans, daß Frauen bessere Morde erfinden. Aber warum? Diese Frage kann einen wirklich um den Schlaf bringen!»
Milena Moser in «Annabelle»

Patricia Highsmith
Venedig kann sehr kalt sein
(thriller 2202)
Peggy liegt eines Morgens tot in der Badewanne. Niemand zweifelt, daß sie sich selbst die Schlagader aufgeschnitten hat. Nur für den Vater ist klar: der Ehemann muß schuldig sein...
«Unter den Großen der Kriminalliteratur ist Patricia Highsmith die edelste.»
Die Zeit

Nancy Livingston
Ihr Auftritt, Mr. Pringle!
(thriller 2904)
Pringle vermißt eine Leiche
(thriller 3035)
«Wer treffenden, sarkastischen, teils tief eingeschwärzten Humor und exzentrische Milieus schätzt, komm mit Privatdetektiv G.D.H. Pringle, einem pensionierten Steuerbeamten, der die Kunst liebt, ganz auf seine Kosten.»
Westdeutscher Rundfunk

Anne D. LeClaire
Die Ehre der Väter
(thriller 2902)
Herr, leite mich in Deiner Gerechtigkeit
(thriller 2783)
Peter Thorpe zieht an die Küste von Maine und hat zum erstenmal in seinem Leben den Eindruck ehrlichen, rechtschaffenden Menschen zu begegnen. Hier gibt es keine Lügner, Diebe, Mörder. Oder doch?

3022/3

rororo thriller

Jen Green (Hg.)
Morgen bring ich ihn um! *Ladies in Crime I - Stories*
(thriller 2962)
Diese Anthologie von sechzehn Kriminalgeschichten von Amanda Cross über Sarah Paretsky bis Barbara Wilson zeigt in Stil und Humor die breite schriftstellerische Palette der Autorinnen.

Jutta Schwarz (Hg.)
Je eher, desto Tot *Ladies in Crime II - Stories*
(thriller 3027)

Irene Rodrian
Strandgrab
(thriller 3014)
Eine Anzeige verführt so manches Rentnerpaar, die Ersparnisse in ein traumhaftes Wohnprojekt im sonnigen Süden zu investieren. Sie können ja nicht ahnen, daß sie nicht nur ihr Geld verlieren, sondern auch ihr Leben aufs Spiel setzen...
Tod in St. Pauli *Kriminalroman*
(thriller 3052)
Schlaf, Bübchen, schlaf
(thriller 2935)

Christine Grän

«Anna Marx, 35, tizianrot und rubensdick ist das ausgekochte Phantasiegeschöpf der Bonner Journalistin **Christine Grän**, die ihre Krimiheldin als sinnenfrohe Gerechtigkeitsfanatikerin gegen die sattsam bekannte lakonische Melancholie alter Krimihaudegen antreten läßt.»
Neue Presse Hannover

Ein Band ist schnell gelegt...
(thriller 2901)

Weiße sterben selten in Samyana
(thriller 2777)
«Vergnüglich plaudernd begleitet Christine Grän ihre Heldin auf Mördersuche, läßt die Liebe nicht zu kurz kommen und sorgt an den richtigen Stellen für einen Schuß Spannung.»
Hamburger Abendblatt

Dead is Beautiful
(thriller 2944)
Peter Münzenberg ist nicht der Mann, der sich seine Politikerkarriere von einer Frau zerstören läßt. Als er erpreßt wird, soll Anna Marx ihm helfen. Sie hätte lieber nicht zusagen sollen. Erst ein Frontalangriff auf ihre Linie, dann auf ihr Leben...

Nur eine läßliche Sünde
(thriller 2865)
Ein rotzfrecher Teenager zwingt ihre Mutter, den rechtmäßigen Vater um Geld anzugehen. Dem paßt die Sache überhaupt nicht in den Kram - er ist nämlich Bonner Politiker auf der höchsten Ebene.

Ein mörderischer Urlaub *Stories*
(thriller 2950)

rororo thriller

Grenzfälle
(thriller 3031)
Als Anna Marx die Zeitungsmeldung über den Tod der dreiunddreißigjährigen Susanne Sawitzki liest ist sie wie elektrisiert. Das ist doch der Name gewesen, den der geschwätzige Typ in der Bar so beiläufig erwähnte. Und seitdem dieser Name gefallen ist, hat sich Philipp Handke verändert. Geistesabwesen und abweisend hat er auf Annas vergebliche Versuche reagiert, wieder Kontakt zu ihrem Geliebten zu bekommen. Aber Anna wäre nicht Anna, wenn sie nicht versuchen würde, der Geschichte auf den Grund zu gehen ...

rororo thriller wird herausgegeben von Bernd Jost. Ein Gesamtverzeichnis der Reihe finden Sie in der *Rowohlt Revue*. Jedes Vierteljahr neu. Kostenlos in Ihrer Buchhandlung.

3008/2